16
Dungeon Master
wants to sleep now and forever...
著 鬼影スパナ Illust. よう太
絶対に働きたくない
ダンジョンマスターが
惰眠をむさぼるまで

天使（ロクコ憑依用）
ロクファ
「ところでロクコ……弄った？」

ダンジョンマスター
増田桂馬
「……い、弄ってないわよ？」
「本当は弄ったよね？」
「……」
第695番ダンジョンコア
ロクコ

ケーマとロクコの娘
ソト
「お久しぶりです、おば様！」

第89番ダンジョンコア
ハク
「あらあら、くすぐったいわ？」
「おいソト。
さりげなくスリットから覗く
フトモモに頬ずりするんじゃ
ありません！」

光神教の聖女
アルカ
犬耳少女（偽装中）
トイ

「これより、異端審問を開始する」
アンデッド
第10番

CONTENTS

Dungeon master wants to sleep now and forever...

絶対に働きたくないダンジョンマスターが惰眠をむさぼるまで 16

鬼影スパナ

OVERLAP

イラスト／よう太

◆プロローグ

Dungeon master wants to sleep now and forever...

どうしてこうなった。

ダイードでのひと仕事を終えた俺達だったが、ハクさんから新たに聖王国の調査を命じられた。それはまぁまだいいとして、ハクさんに押し付ける気満々の厄介者をこちらで使えと押し付け返された。ちくしょう。

そんなわけで俺達は、レオナの孫、ニクそっくりの犬耳少女トイという爆弾のような仲間を新たに加えて無事ゴレーヌ村へと帰還した。

「とりあえず、トイの取り扱いをどうするかな」

俺は、村長執務室にこのダンジョンの幹部を集め、相談することにした。


「――と、いうわけでうちでコイツを引き取る羽目になった」

「トイと申します。よろしくお願いします、皆々様」

ペコリ、と頭を下げ皆に挨拶するトイ。ニコリ、と意味深に思えるレオナ譲りの笑顔がなければ、ニクと瓜二つだろう。特に今はニクと同じ宿の制服（メイド服）を着ているし、黙って無表情になっていたら首輪の有無でしか見分けがつかないだろう。

「よろしくお願いされます。私はレイです」

「へぇー、本当にニク先輩にそっくりですねー。あ、ネルネですー」

「私はキヌエです。……マスター、ロクコ様。彼女の部屋はどうするのでしょうか？」

まとめての自己紹介が終わり、早速取り扱いについての話に入る。

「私としては、軒先に犬小屋でも建ててくだされればそこに住みますが？」

「名案ですご主人様。このような負け犬は家の中に入れるべきではないです」

トイと並んでニクが言う。……爆弾を家の中に入れたくないのは同感だけど、さすがに女の子を犬小屋でってのは外聞が悪すぎる。

「はいはーい！　私のダンジョンで飼います！　家賃に靴下を要求します！」

「うん、ソトは黙っててくれ。……ロクコはどう思う？」

「寮に寝泊りさせておけばいいんじゃない？　なんならバイトとしてシフトに組み込んで仕事も割り振るし。……キヌエ、空き部屋はまだあったわよね？」

「はい、後ほど整えておきます」

「はい決定。よろしく」

ロクコの采配であっさりと決定した。いや、いいんだけどね。他にいい場所ないし。宿の他は教会という手もあるが、教会のサキュバス達はレオナ達の関係者といってもいい。だからまとめて置いておきたくない。やっぱり最適はロクコの言う通り社員寮ということだ。……もちろんハクさんにも秘密にしていること——ソトの【収納】ダンジョンがどこにでも繋げられるという秘密と、ゴーレム関係のアレコレは極秘だ。

「時にケーマ様、バイトとはどのようなことをするのでしょうか？　まぁ私、色々とやっておりましたから大抵のことはできると自負しておりますが」

「うん、宿の受付と食堂の給仕だな」

「はい？」

「宿の受付と食堂の給仕だな」

「……この私をそんなことに使うのですか。贅沢ですね？」

だってしょうがないじゃん。ダンジョンの業務は手が足りてるし他にさせることがないんだよ。元々ウチに置いときたくないからハクさんに押し付けようと思ってたんだし。

「もっと私の能力を活用できる仕事が良いと思うのですが」

「といってもなぁ。何ができる？」

「暗殺、拷問、拉致、流言、調査、扇動、物資強奪、破壊活動等ができますよ？」

忍者かよ。……あれ、そう考えると結構使い道がある気がしてきたぞ。

「破壊活動。丁度いいわね。……そうだケーマ！　ハク姉様の依頼についても話しときましょうよ」

それこそ丁度みんな揃ってるし、今話しといた方が楽でしょ？　とロクコが言う。

「マスター、またハク様からお仕事の依頼ですか？」

「……ああ。聖王国にある人工ダンジョン生産拠点の破壊工作をしろとのお達しでな」

まったく厄介な仕事だ、と思う。またダンジョンを放置して出かけなければならないだろうし、命の危険もある。ああもう、おうちに籠って寝ていたい。

「……ケーマ様。この話、私が聞いていてもいいのですか？」

「ま、ハクさんもお前がいる前で話してたし。むしろ暗にお前を使って解決しておけってことだろう。得意なんだろ？　こういうの」

「なるほど。では意見があれば遠慮なく言わせてもらうとしましょう」

というわけで、トイも含めてハクさんからのお仕事について話し合うことになった。

「やっぱりまた俺が行くしかないのかなぁ」

「はっ、ご安心をマスター。マスターの不在時は、我々がダンジョンを守ります！」

レイが自信満々に宣言し、ネルネとキヌエさんが頷いて同意する。うん、それはまぁ今回のダイードでの件も無事何事もなく終わったし、なんとかなるだろうけど。

「ちゃうちゃう、レイ。まったくアカンで？　ご主人様のことなんも分かっとらんなぁ」

「む、どういうことですかイチカ先輩」

「ご主人様はひと仕事を終えたばかりや。つまり家でのんびりしたい。せやろ？」

パチン、と俺にウィンクするイチカ。

「む、その通りだ。イチカ、心でも読んだのか？」

「あはは！　そんなんできるわけないやろ？　ウチの観察眼の賜物（たまもの）っちゅーやつやで。ご主人様のことならなーんでもお見通しや！　なんつって！」

中々に高精度な観察眼。さすがイチカと感心せざるを得ない。ほんとコレでギャンブル癖とかなかったら最高のメイドなんだけど。

「トイに行ってもらうのはどうかしら？　得意なんでしょ、破壊活動」

「ロクコ様。……まぁ得意ですが、私一人にして良いのですか？」

良くない。そりゃ良くないに決まってる。トイを向かわせるとしても、一人で行かせるのはあり得ない。監視が必要だ。

「その新入りに任せるくらいなら私達が行きますよ。どうぞ命じてくださいマスター」

「いや、そもそもお前ら全員破壊工作とか向いてないだろ」

レイは攻撃力0、キヌエさんはメイドで、ネルネも研究者。イチカは一般冒険者、ニクは対個人なら強いがやっぱり破壊工作向きではない。ロクコとソトは論外だ。

「あー、それならー、新しくモンスターを召喚してー、新入りの監視を任せてしまうのはどうでしょうかー？」

「しかしハク様から直々の依頼でしょう？　新人に丸投げするのは心配です」

ネルネの提案は一瞬名案に思えたが、キヌエさんの心配ももっともだ。ハクさんからの仕事だし、内容的にも新人には荷が重そうである。たとえそれがトイの監視だけだとしても、トイに言うことを聞かせるのは俺の言葉でないといけないらしいし。

さて、やはり俺が行くしかないか——と、そう思ったとき、トイがすっと手を挙げた。

「全てを解決する良いアイディアがありますが、ご入用でしょうか？」

トイに視線が集まる。

「……なんだ？　言ってみろ」

「はい。この拠点となる村から外出せずに外出する方法があります。聡明なるケーマ様とロクコ様であればもう既知のことかもしれませんが、お気付きでないようなので」

「……外出せずに外出、って矛盾してるなぁ。どういうことだ？」

「簡単でございますとも。他人に【憑依】して出歩けばよろしいのです」

ニコニコと笑みを崩さず言うトイ。

「他人に【憑依】ときたか……その他人の身体で外出するから、俺の身体はこの村で寝こけつつも意識は外へ行ける、と。そういうことか」

「ええ！　さすがケーマ様、ご推察の通りでございます。抵抗されぬよう意識を抹消した健康な身体が望ましいですね。聖王国に侵入するのであれば聖王国の者が良いかと思いますが、都合のいい素材がいたりしませんか？」

それなら丁度、俺達を狙った聖王国由来の暗殺者がこの村の井戸から繋がっている隠し牢にいたりする。が、トイにそれを言う必要はないかな。あまり村の弱点になりそうな情報を渡したくない。

「あいにく丁度いいのはいないな。聖王国出身の奴隷でも探すか？」

「いえいえ、いないのであれば旅行者を装えば良いだけです。ケーマ様はダンジョンマスターですので、【人化】のできるモンスターをご用意すればよろしいかと」

しかも他人の身体を乗っ取るよりも便利なことに、俺がこっちで起きている間をそのモンスターに自身の身体を任せることができるときたもんだ。しかもダンジョンの機能による『憑依』なので、スキルによる【憑依】よりも安全性が高そうである。

尚、【人化】は必須だそうだ。なにせ聖王国ではダンジョンコアぶっころ&人間至上主義を掲げてるだけあり、他種族……特に獣人には厳しいし、モンスターと分かれば殺されても文句は言えない国だ。国境でバレる可能性を減らすには必須か。

「聖王国の暗殺者でもいれば、彼らの聖王国に入るツテをそのまま使えるというメリットもございましたが。まぁ、いないのであれば仕方ありませんね」

む、それはそれで確かにメリットはあるな……実はいるって言っちゃうか？

「トイにはそういうツテはないの？　得意なんでしょ、調査とか。聖王国にも潜り込むツテのひとつやふたつ、あるんじゃない？」

「おお、さすがは100年に一人の才女と名高いロクコ様！　よくぞ見破られました。もちろん私にその手腕はございます。ですので私が同行すれば何の問題もなく聖王国へと行くことができるでしょう！」

「あら言うじゃない」

ふふん、とロクコがおだてられて自慢げに鼻を鳴らす。

「なら私とケーマは『憑依』するモンスターを用意するから、旅支度をしておきなさい」

「かしこまりました、奥様。３名分でよろしいですね」

ぺこりと恭しく頭を下げるトイ。……あれ、ロクコも同行するつもり満々なんだ？　まぁいいけど。安全は確保できそうだし。トイのアイディアを採用するのはなんか罠に嵌められそうで嫌な気がしなくもないが、俺とロクコが『憑依』してる間、身体をコアルームで寝かせておけば万全だろう。

そして、ニクを見て、フッと鼻で笑うトイ。

「どうですか？　これが駄犬と私の違いです。器が違うのですよ、器が」

「む。……わたしに負けたくせに生意気です」

「あれはソトお嬢様のお力でしょう？　あなた単体に負けたわけではありません。現に、こうしてケーマ様へ有用な献策をしたのは私です」

ふふん、と胸を張りニクを見下すトイ。だがニクもその視線に反論するようにぐっと目に力を入れて睨み返す。

「後輩のくせに生意気です」

「後輩？　まぁ良いでしょう。無能な先輩を下に敷くのも一興」

「わたしのほうが上です」

「あら。駄犬のくせに、姉に勝てるとでも？」

「わたしのほうが姉です」

　ばちり、と2人の間に火花が散った。

「ご主人様、ロクコ様。失礼します。この新入りに立場を分からせねばなりません」

「ケーマ様。ロクコ様。この身の程知らずに世間の広さを叩き込んで差し上げますね」

「あ、うん。……ケガしないようにね」

　小さな2人に圧され、思わず頷いてしまった。

「ご主人様から許可が出ました。行きましょう、わからせてあげます」

「ええ、その無駄にそそり立った生意気な自信を踏みにじってあげます」

「できるものか、と」

「ほざけ、ですかね？　うふふ」

　と、ニクとトイは牽制し合いながら部屋を出て行った。……よく分からんが、上下関係は大事なのだろう。犬獣人だし。

「パパ！　どっちが勝つか見ものですね！　私はもちろんニクお姉ちゃんを応援します」

「あー、うん、そうだね？」

とりあえず俺は皆に解散を告げ、仕事に戻るようにと言っておいた。

モニターを開くソトを撫でていると、ロクコがつんつんと肩をつついてきた。

「ケーマ、どっちが勝つか賭けない？　負けた方が勝った方のお願いをひとつ聞くの」

「……難しいところだな。まぁいいけど。無茶な要求はなしだぞ」

「ええ。……じゃ、私はトイが勝つ方に賭けるわ！」

「なら俺はニクだな」

ふっ。ばかめロクコ。ダイード国で厄介だった印象が先行しているようだが、敵キャラは仲間になると弱くなる法則を知らんのか。これは勝ったな、風呂入ってこよう。……いや、法則は冗談だけど、実際ニクにはトイにないオリハルコンサポーターも付いているし、ウチの最高戦力がそうホイホイ負けたりなんかしないって俺は信じてる。


「それじゃ、観戦しましょっか」

そう言ってロクコは自分でメニューを開くことをせずに俺の横に座る。メロンパンのような良い匂いがふわりと香った。

「……なぁ、香水とか着けてる？　メロンパンの」

「何それ欲しい。あるの？」

「いやしらんけど」

というか、今更だけどこれニクが勝ったとしてお願いに困るやつだな？　いっそ負けてくれた方がいいのかもしれない。

「……おっと！　私やっぱり自分の部屋で観戦することにします！　あでゅー！」

娘（ソト）は、空気を読んで【収納】ダンジョンへと帰っていった。あでゅー。

◆閑話　犬耳幼女メイドの格付けバトル

犬獣人。その特性は、犬に近いところがある。すなわち序列が非常に重要な性分で、新入りとくれば当然上下関係をきっちりしなければ気が済まない。ましてやそれが同じ犬獣人であれば尚更だ。

だから、トイがこのゴレーヌ村は『欲望の洞窟』へとやってきた以上、同じ人物にお仕えする以上、ニクとトイの序列を決めつけるのは急務であった。

2人の犬耳褐色ロリメイドが揃って歩く。この村では有名人のニクと、それとまったく同じ顔のトイ。見た目の違いはその表情と、首輪の有無程度。たまたま村長邸から出てきたところに通りかかった村人は、目を見開いて二度見して「あれ、俺疲れてんのかな。オヤスミナサイ」と教会に祈りを捧げに向かった。

「宿の中庭——いえ、ここは闘技場で勝負をつけましょう。わたしも本気を出します」

「あらあら、駄犬のくせにひとりで私に勝てると錯覚しているのかしら。よろしくてよ。……案内はちゃぁんとできるかちらぁ？　寄り道してはだめでちゅよ？　くすくす」

「……うざい、とは、こういう気持ちなのですね？」

かくして、ニクはトイを連れてダンジョンに入っていく。一応ギルドの受付はあったのだがニクは顔パスであり、ニクと同じ顔のトイも顔パス——えっ？　なんで子犬ちゃんが2人？　と受付のギルド員が呆気に取られている隙に通過した——である。

　2人はダンジョンの中を玄関から闘技場まで駆け抜けた。

　途中、前を行くニクがわざと矢の罠を発動させトイを攻撃するシーンもあったが、そのような見え見えの嫌がらせにトイは屈したりしない。余裕ではねのけ、笑顔のままニクに付いて走ったし、何なら後ろから通りすがりのゴーレムを投げつけニクが回避する場面もあった。そんな前哨戦を道中で繰り広げながら、2人は無傷で、息も切らさず闘技場までたどり着く。

　光の魔道具に照らされ観客のゴーレム達が見守るバトルフィールド。その中央で2人の犬耳褐色ロリメイドが対峙する。いよいよ、格付けが始まろうとしていた。

「改めまして、私はトイ。貴方の姉です」

「わたしはニク。ニク・クロイヌです。ご主人様の抱き枕ですしわたしの方が姉です」

　ふんす、と胸を張って自分の方が上だと主張するニク。ちなみにダンジョン『欲望の洞窟』における序列は、ケーマを頂点とし、次がロクコ、ソト。その次にニクがきてイチカ、ロクコのペット達、レイ達幹部、その他部下達となっている（とニクは認識している）。

　ここに新入りが入ってきた場合、どこの位置に割り当てるのが適切であるか？

　当然最下層！　レイ達幹部の下、『その他部下達』の中である！

そこから順当に実力をもって這い上がるのであれば、まぁ幹部くらいは許してやらないでもない。が、最初は最下層。これは当然だ。少なくとも自分より上はあり得ないのである。

「抱き枕。あらあら結構な役職ですこと！　では私もその仕事を仰せつけられるのでしょうか？　うふふ、駄犬にできて私にできないことなど何一つとしてありませんからね。むしろ私でなければ満足できない身体にして駄犬の仕事を楽にして差し上げましょうか」

口元に手をやり、クスクスと笑うトイ。

トイの基準では（相変わらずレオナが最上位に君臨してはいるが）今回ケーマの群に入れてもらう形であり、（実力を鑑みて）ここでの順位は最低でも幹部と同レベル以上であれば何ら文句はない所存であった。しかしそのような謙虚な考えは『失敗作が序列4位』という現状の前にはひとえに風の前の塵に同じ。なぜならトイは有能であり、無能な失敗作よりも序列が下などとはレオナの命令でもなければ従えないほど腹がぶんぶく茶釜。何、前に負けた？　アレは1対1でなかったのでノーカウントである。

ダイード国を相手に色々やってきたトイは自身を有能だと認識しており、文句があるなら国を堕としてから言うべきだ。当然、自分より無能な存在が上に立つなど認められるはずもない。ここにきては自分が3位に納まるか、あるいは失敗作に身の程を教え込み順位を下げるなりして自分が上に立つべきであると感じていた。

「ところで駄犬。確認ですが、どこまでやっていいのでしょうか？　さすがにケーマ様の抱き枕を許可なく廃棄処分するのは気が引けるのですが」

「ご主人様の手を煩わせない程度——としましょう」

「ええ、それが良いですね？　ケガしないように、と言われましたし」

ニクは【収納】から模擬戦用の木製ナイフを取り出す。対するトイは【収納】から木の棒を取り出した。握りやすい太さで身長ほどの八角柱、棍だ。

「おや、ナイフではないんですか？」

先日の戦いでは肉厚で大きなナイフを使っていた記憶がある。それを指摘した。得意武器でなかったから負けた、などという言い訳は許さないということだ。

「私は汎用性に優れておりナイフも得意武器ではありますが、模擬戦ということであればこの棍こそが最適と判断しました。刃がないので手加減も楽ですしね」

つまり、状況に応じて便利に使い分けられる分私の方が上だ、ということである。

「……では、始めましょうか？　駄犬」

「はい」

同意がとれたところで犬耳褐色ロリメイドによるマウンティング合戦が始まった。

先に仕掛けたのはニクだった。一足で懐に踏み込み、両手にそれぞれ構えた木製のナイフを交差させるように横に振るう。が、それをトイは棍を地面について棒高跳びのように高く跳ぶことで回避。トイはそのままニクの頭を踏みつけるように蹴りを放つが、これをニクは後転しながら蹴り上げて足で受ける。お互いに相手を踏みつけ、トイは棍をちゃっかり持って距離を取った。

「くすくす、せっかくゴシュジンサマから頂いた服の、背中が汚れますね？　いいので？」

「これくらい【浄化】で落ちるので問題ありません」

「あらそう」

ふふん、と鼻で笑うトイ。その周囲に魔法陣が浮かぶ。

「■■、■■■■■■■■、■――【ファイアボール】」

「っ」

向かってくる火の玉を横に転がってかわすニク。さすがに服が燃えたら困る。

「あらあらぁ、服が燃えちゃうくらいならいっそ脱いでおいた方が良いのではなくて？」

「ざれごとですね。当たらなければ問題ありません」

「そうでちゅかー、あさはかでかちこいでちゅねー？　くすくす」

ぱちん、と指を鳴らすトイ。今度は詠唱がなく、それだけで火の玉が飛んできた。

「なっ、くっ」

「あら。ただの二重詠唱（ダブル）に遅延詠唱（ディレイ）の併せ技なのだけど。ああ、そういえば前は魔法を使う前にソト様にやられてしまっていましたっけ。ソト様に」

あくまでソトに負けた、を強調するトイと、火の玉を木剣で弾(はじ)くニク。

「あらあらやりますね。では、こんなのはどうでしょう。[redacted]、[redacted]、[redacted]――【ファイアボール】」

「……ッ」

そこには5つの火の玉が浮かんで――順繰りに、ニクに向かって飛んでくる。転がり、弾き、ニクはなんとかスカートの裾にも焦げ目をつかせることなく対処できた。が、汚れた服を見てクスクスとトイが笑う。

「五重詠唱(クインティプル)ですよ。いいものを見られましたねぇ？――失敗作の駄犬にこれができるかしら？　これで私の方が優秀だと分かったのでは？」

「……[redacted]、[redacted]――【ファイアボール】」

だがここでニクも5つの火の玉をトイに飛ばす。まったく同時に飛ぶ火の玉に、トイは「へぇ、やるじゃないですか」と上から目線で笑った。

「[redacted]、[redacted]、[redacted]――【アイスボルト】」

トイが放つ5つの氷が火の玉を迎撃。相殺した。

「失敗作のくせに、やるじゃないですか。あはは っ、それでは完成品のトイである私が、より詳しい品質試験を行って差し上げますよ！」

「わたしの方が上だと、ハッキリわからせてあげます」

ニクは、改めて木製ナイフを構えてトイを睨(にら)みつけた。

「失敗作でも魔法についてはまぁ多少はできるようですね。体術はどうでしょうか？」

「負けませんよ」

「あら、勝つ気はないのですね？　駄犬は所詮失敗作ということですか」

「わざわざ油断してやる必要はない、というだけです」

煽るトイに、再びニクが間合いを詰める。

「遅い――!?」

「甘い」

トイがニクに反応し棍を突く。が、ニクはくるりと棍を受け流し、さらにはその回転でそのまま斬りかかる。左右の二連撃が突きを放った無防備なトイに降り注ぐ。

「【跳躍】ッ」

トイは無理な姿勢からスキルで跳んだ。そういうスキルだ。本来は跳躍力を高める体術系のスキルなのだが、緊急回避に使うこともできる。

「おや、スキルを使うのですか？　軟弱者、ですね」

「ふぅ……便利ですから、使わない手はないでしょう？　ある物を使わないのはバカのすることですよ。ああ、駄犬でしたね」

ふん、と鼻で笑うトイ。冷ややかな眼差しで見つめるニク。

しかしお互いにその視線は相手の隙を探るために向けられていた。

「■■■■■■■■、■■■■■、■■■■■、■■——【カースドランス】」

「■■、■■■■■■■■■■■■——【ファイアボール】」

トイの繰り出した闇色の禍々しい槍に、ニクが5発のファイアボールを叩き込み落とす。

魔法は互いに衝突し、爆散した。

「あはっ、もしかしてそれしか使えないのですか？　失敗作は手が少ないのですね？」

「手の内を隠しているだけです。なぜあなたに見せる必要が？」

「確かに。しかし私はむしろ、ケーマ様に手札を見せて有用性を把握していただく必要がありますから、遠慮せず使わせていただきますね？　■、■、■■■■■、■■■■——【カースピラー】」

地面が割れ、成人男性ほどの大きさの黒い柱が生えてくる。紫の靄が見るからに近寄りがたい雰囲気を醸し出していた。

「大丈夫、これは殺傷能力はありません——ただ呪いで操らせてもらうだけです。うふふ、そうですね、無様な格好で媚売りダンスを踊らせるのも一興でしょうか？」

「■■■■。■■■■■■■■、■■■■——【サモンスケルトン】」

だがその塔にはニクが骨の兵士をぶつけた。呪いを受けたスケルトンがへこへこと腰を突き出すように踊り始めるが、まぁそれは無視しておこう。

「おっと、サモン系。基本は押さえているようですね？」

「そろそろ本気を出します」

「あら。じゃあ私もすこし、ほんのすこーし、本気の半分だけ出してあげます」

「ならわたしは本気の半分の半分で十分ですね」

「ん？　それじゃあ私は本気の半分の半分の半分です」

「本気の半分の半分の半分の半分の半分でお相手します」

子供のような舌戦——いや、実際子供だが——を交わし睨み合う二人。

「では私は……本気の32分の1で相手してあげましょう」

「ならわたしは、えーと、……16分の1です。どうですか、わたしは2ケタの割り算もできるんですよ。ご主人様に教えていただいたので」

ふんす、と自慢げに鼻息を吹くニクに、トイが口に手を当てて「ぷっ」と小さく笑う。

「くすくすっ……私の倍の本気を出すのですね！」

「？　32の倍は64では？　舐めるのも大概にしてください」

「あはは！　分数！　分数ですよ駄犬ちゃぁあん？　あっは、ショーガクセー級の算数もできないおこちゃまですもの、仕方ありませんね！」

分母が大きくなる——つまり割る数が大きくなる方が解は小さくなるわけなのだが、あいにくニクは分数と小数点はまだ勉強していなかった。とはいえこの世界においては整数の計算ができれば十分以上だ。掛け算割り算がまともにできない大人も多くいる。

「……よくわかりませんが、バカにされていることはわかりました。殴ります」

「バカにしているのではなく、駄犬が事実バカなのでしょう？　あっははは！」

　そうして再び攻防が始まる。

　ニクは迷わず顔面狙いで木製ナイフを突き出す。狙いはフザケた笑い顔だったが、当然トイもこれを避けるし、ついでに棍を支えに蹴り飛ばそうとする。次の瞬間には棍を蹴り払うニク。そして、トイはそれを予期して棍を捨てニクの軸足を摑む。

　蹴り飛ばされる棍を見捨て、トイは脚をホールドしようと長靴下越しに膝裏をぐっと押し崩そうとする——が、ニクは崩れない。ゴーレムアシスト。トイの知らない秘密が現実を「本来であれば」と違う形にする。

　驚いたのはわずかにひと瞬きの間。しかし、まさにその一瞬でニクは蹴り上げた足をトイの上に振り下ろし直した。

「いぐぁッ！」

「失礼、寸止めし損ねて当ててしまいました。わざとですが」

「……くっ、失敗作のくせにやるじゃないですか、駄犬」

「鍛えてるので。ところで、今更ですがあなたのことを何と呼びましょう。負け犬、で良いですよね？」

「良いわけがないでしょう。失敗作が勝ち犬になるなど認められるものですか、どのようなイカサマを使ったのです？」

「自分の身体（からだ）の制御を完璧にし、相手に自分を使わせない、というやつです」

「チッ、魔王流か……！」

トイは知っている。魔王流の目指すところが『完全自己完結』であると。何人（なんぴと）にも左右されない『究極の自分勝手』であると。極めれば自身の身体、心、魂すらも思いのまま。

半ばニクのハッタリではあったが、実際に魔王流にはそういう技術があった。トイも、まさかニクがそこまで使えると思わなかったようだ。

「ならば私も今度こそ本気でお相手しましょう。混沌（こんとん）流は全てを呑（の）み干す。使える物は敵でも使え。千変万化、万物流転――【万華鏡】ッ」

次の瞬間、トイが4人に分身した。

「どうです？　駄犬」

「まぁこれは単に幻影を3体分作るだけの技なのですが――」

「――気配は完璧に4体分でしょう？　そういう技なのです」

「元はなんという流派の技でしたか……忘れましたが。奥義だそうですよ」

そして丁寧にも一人ずつ順番にニクに話しかける。

……どう見ても、4人にしか見えない。

「「「「さぁ、いきますよ？」」」」

そして4人のトイが一斉に襲い掛かってくる――

――が、ニクは迷うことなく右から2番目、本体のトイを、肘鉄で打ち抜いた。

消える3体の分身。

「が、ふっ！　な、一発で見破り、ますかっ！」

「分身に集中しているおかげで殴りやすさは増してますね。大変良い技かと」

「……参考までに、どうして分かったのでしょう？」

「おや。別に外したところで何か問題がありましたか？　所詮は幻影なのだし、ハズレを引いても消えるだけでしょう」

なら後ろに突き抜けるように攻撃すれば攻撃も避けられて一石二鳥。あとはアタリを引くまで殴れば同じこと。一回で当たったのは本当にたまたま運がよかった。

「……それもそうですね。やれやれ、とんだ欠陥奥義でした」

トイはうらめしそうに笑い、ぺたりと座り込んだ。

「仕方ありません、今日の所は技術に溺れた私の負けです。先輩に花を持たせてあげるのも、できた後輩の役目というもの」

「妥当な判断です。ではトイ、伏せなさい」

「……こうかしら？」

大人しく伏せるトイ。そして、その上に、ニクがむぎゅっと足を乗せた。頭の上と、背中に。靴のまま堂々と乗っかる。メイド犬onメイド犬。

「……うむ。負け犬の上は中々の乗り心地です」

「……ん」

意外にもトイは大人しく受け入れるが、負けた側なので当然である。2人にとっては、そういうものだった。ニクは2、3回ぐっぐっと念を押すようにトイの頭を踏み、上下関係をしっかり教えてから降りた。

「では戻りますよ、トイ」

「はぁい、先輩」

ニクの言う通りに、大人しく従うトイ。ぱっぱっと服と頭についた土を払って、ニクの後ろをトテトテとついていった。

こうして格付けの儀式が終わり、トイはニクの下だということになった。

モニターで犬耳幼女によるキャットファイトを観戦していたが、ニクの勝利で決着がついた。……しかし、ニクはいつの間に俺の五倍【ファイアボール】の詠唱を覚えたんだろうか。まさかあんな風に魔法をバンバン使えるようになっているとは思わなんだ。

「あ、そういえば前にネルネから畜音ゴーレム借りてたわね」

「ネルネにご褒美として渡したヤツか。アレ借りたのか」

なんとも勉強熱心な。他にも録音した詠唱はあったけど、それも覚えてたりするのだろうか？ どこまで覚えてるんだろ。


「で、ケーマ」

ロクコが俺ににっこりと笑いかける。妙にご機嫌だ。

「ケーマ、賭けは私の負けね。というわけでデートしましょう」

「あれ、俺が命令できる側じゃなかったっけ？」

正確には勝った方のお願いをひとつ聞くって話だったはずだけど。

「ケーマのお願いを聞くにしても、デート中とかデートの最後とかが良いと思うのよ。ええうん、私ってば空気の読めるダンジョンコアだから、そういうことで」

「……え？　デート中とかデートの最後に恥じらいながら脱ぎたて靴下くれるって？」

「ケーマ？」

「冗談だ冗談。お願い事がキス固定みたいな言い回しだったから少しからかいたくなっただけだ」

　ロクコの冷ややかな視線に、冗談半分で言ったお願いを取り下げる。俺は空気の読めるダンジョンマスターだから。

「むぅ、その言い方だとケーマは私とちゅーしたくないみたいじゃないの！」

「したくないというより、したらハクさんが怖いというか……今とか特にまた監視がドルチェさんだろ。特にあの人だといつ見てくるか分からないのがな？　デート中とか絶対監視の目があるだろうし。２００％あるね、間違いない」

「むむむ」

　ドルチェさんゴーストタイプだから、手下にもゴーストがいてしかも霊感のない俺には見えないとかありそうで怖い。見えない自動追尾式監視カメラとかヤバい。

「じゃあダンジョンデートね。『欲望の洞窟』内ならドルチェでも簡単には壁抜けできないし侵入者はハッキリ分かるわ。だからいいのよちゅーしても！」

「ダンジョン内はダンジョン内でレイやエレカ達ダンジョン管理用モンスターの目が」

「んなもん私の権限で見せないようにすればいいでしょ！」

「……あと別にデートするような面白味のある場所でもなくない？　ダンジョンだぞ？」

「……わ、私の身体に魅力がないみたいなこと言わないでくれるかしら!?」

ああ、ロクコにとっては自分自身だもんなダンジョン。そうなるのか。

「うー……なら面白味のある設備を作ればいいんでしょ!?　いいわよ作ってあげるわよ、見てなさい、レオナの作ったデートスポットより素敵な場所を作ってぎゃふんと言わせてあげるんだから！」

「まてロクコ。方向性。方向性を見失ってる。元々『欲望の洞窟』はデートスポットじゃないんだからデートする面白味がなくて当然だ。やめなされ？　貴重なお願い権をロクコの暴走を止めるのに使いたくないんだけど？」

「むむぅぅー」

頬を膨らませて不機嫌を表明するロクコ。だが俺の言ってることも分かってくれたようでデートスポット作成は諦めてくれたようだ。


……さて、ここからが問題だ。この保留したお願い権をどう使えば角が立たないか。

ノリでロクコの賭けに乗ってしまったが、よくよく考えたら特に使い道がないんだよなぁ……だって、ロクコってなんだかんだ俺のお願い普通に聞いてくれるもの。絶対命令権は当然使ってないのにもかかわらずだよ。大したお願いはしてないってのもあるんだろうけど。

かといってキスとかそこら辺を要求すると今度はハクさんに話が飛ぶので、そっち方面の要求は難しい。絶妙に使い勝手が悪いぞお願い権。適当にそこのアレとってくれくらいの内容じゃロクコが納得しないだろうし。そこそこのお願い……んんー。

「……あー。ロクコ。じゃあお願いなんだけど」

「ん、こ、ここで？　いいけど？」

モジモジするロクコ。ちがうぞ、キスじゃないぞ？

「今度ダンジョンコアを湯たんぽ代わりに使わせてくれ。実はずっと気になってたんだ」

「……ちょ、ちょっとケーマ。そ、そうくるかぁ……う、うん、いい、わよ？」

顔を赤らめて頷（うなず）くロクコ。よし、どうやらほど良く丁度いいお願いができたようだ。

ふぅ。乗り切ったぜ。

「それはそうと、旅支度しましょっか。『憑依（ひょうい）』するモンスターを見繕いましょ」

「その前に、実際『憑依』がどれくらいの性能か確認しておきたい」

「あ、そうね」

というわけで、早速『憑依』を試してみることにした。とはいえ、自分のダンジョンのモンスターに『憑依』できること自体は分かっている。問題はその条件や有効範囲。まず、ダンジョン領域内にいるダンジョン産グレイラット、一応うちのモンスター扱いの賢いネズミ達から1匹を選んで『憑依』してみる。……成功。うん、ここまでは想定通り。しかし、ダンジョン領域外に連れ出してから『憑依』しようとしたところ、失敗した。

「む、領域内じゃないと『憑依』できないのか」

ならスキルの【憑依】を取得するしかないかな……とDP(ダンジョンポイント)カタログを開きスクロールを探そうとすると、ロクコから待ったがかかる。

「まってケーマ。ダンジョン機能がスキルごときに後れを取るはずがないわ。……名無し(ノーネーム)だからじゃないかしら？」

「じゃあネームドにして試してみるか」

　俺はネズミに『ヘケタロー』と名付けて再度挑戦したところ、無事ダンジョン領域外で『憑依』することに成功した。……どうやら、ダンジョン領域外で『憑依』するにはロクコの言った通りあらかじめネームドモンスターにする必要があるようだ。

「ふふん、ダンジョンだもの、当然よね！」

「まぁ、うん。そうだね」

　でも効果範囲がどれくらいなのかは分からないし、聖王国まで届かなければ、場合によっては俺が直接行く必要もでてくるだろう。が、最悪ソトの【収納】ダンジョンによるショートカットもあるので、モンスターを送り込んでおいて損はない。

……オフトン教教会のサキュバス達がいつでもレオナの傀儡(かいらい)になる可能性があるという

ことに気が付いてしまった。あいつら一応全員ネームドじゃん……シスター長のスイラと見習いシスターのミチル。それ以外もシスターとして働く上で名無しのシスターなんていないわけで。

「……ハク姉様の警戒対象に、サキュバス達も入ってたと思うから大丈夫よ、多分」

「ああ……まぁ、うん。だよね。ハクさんが気付いてないわけないよね」

それにもうレオナはハクさんに捕まってるし、現状維持のままでいいかな。


一応あとで確認しておこうと心に決めて、俺とロクコは【人化】のできるモンスターを用意することにした。聖王国は人族至上主義なので【人化】が解けても人に見えるタイプのモンスターが望ましい。それに、なるべく人に近い身体の方が【人化】のコストが下がる（やる予定はないが、明らかに人から遠い不死鳥のフェニで50万P、限りなく人に近い魔女見習いのネルネなら1万Pといった具合だった）……で、それを踏まえた上で今回の予算は――

「1人30万DPぐらい、ポーンと使っちゃう？」

「……【人化】のコストもあるから、それ踏まえてな？」

ハクさんからもらったダイード攻略の褒賞も含め、かなりの貯蓄があるので贅沢にそのくらい使っても良いかもしれない。なにせ俺とロクコの使う身体だと考えたら、良いものにするというのはアリだ。俺とロクコはカタログを開き、『憑依』するモンスターの候補を見繕う。

「うさ耳のケーマも捨てがたいところだと思うんだけど。ワーラビットとか。……ケットシーとかも良いと思うんだけど。猫耳ケーマ可愛いたぶん。ぜったい可愛い」

「うん、だから人ね？　人に近いやつにしような？」

聖王国の人間至上主義は、ロクコ達が「ニンゲン」で一括りにするような獣人も軽視される対象となる。

「どうせ【人化】するなら同じでしょ。ドッペルゲンガーとかもいいんじゃないかしら」

「単体で50万Pじゃないか。予算オーバーだよ」

別に超えたところで問題ないんだけど、一度決めた予算はオーバーしたくない。

「ならシェイプシフター！　ケーマの【超変身】ぽくて便利そうじゃない？」

「……それも予算オーバーだな。むしろドッペルゲンガーより高い」

人間に限らずあらゆるものに化けられるタイプのモンスターで、ドッペルゲンガーよりスライムに近い。スライムの上位種となると、【人化】の値段はどれくらいになるんだろうね。

「いっそリビングアーマーなんてどう？　ケーマが『憑依』した鎧を、私が『憑依』した子に着せるのとか良くないかしら」

「お、それは悪くないアイディアだな」

　俺とロクコが別々に行動するってこともないだろうから最初から合体しておくというのもアリといえばアリだ。【人化】なしのリビングアーマーでも中の人がいれば魔装と言い張れるし、単に【人化】を覚えさせてハクさん配下のリビングアーマー、サリーさんのようにしてもいい。

　ついでに言うと、だいぶ前に出ているハクさんからの『男はダメ』という要望も満たせるだろう。一応リビングアーマーだと性別ないし。……あ、男物の鎧なら【人化】で男になるのかな？


「じゃ、俺はそうするとして……ロクコはどうする？」

「そうね、ケーマが鎧になるなら私は完全に人っぽい方がいいわよね？……ネルネみたく、魔女見習いとか？　レイみたく吸血鬼もいいわね」

「吸血鬼はやめた方がいいな。弱点全部カバーすると高いし……攻撃力0はレイだけで十分だろ」

「む、それもそうね」

　とカタログをめくる。一応魔女見習いは候補にしておく。あとシルキーは家依存症なところがあるので旅には向かない、候補から外しておこう。

「……いっそゴブリンとかどうだ？　ゴブ助復活させたりとかホブゴブリン……いや、ゴブリーナとか？」

「いやゴブリンは人にならないでしょ。あとゴブ助に憑依とかしたくないわね」

ゴブリンフェチのロクコ的にはないようだ。俺がゴブリンの方だったらよかった可能性が……いや、ゴブリンの【人化】費用も結構掛かりそうだし無駄が多そうだ。ゴブリンとは安くて多い、それが魅力なのだから、1匹のゴブリンに大金をつぎ込むのは間違っている、解釈違いだと。ロクコはきっとそう言いたいのだろう。そうにちがいない。

ふっ、俺が浅慮だったぜ。次だ次。

「ねぇ、ぬらりひょんってどういうモンスターなの？」

「なんか後頭部が長いお爺さんっぽいやつかな？　特性は潜入向きだが」

「お爺さんじゃ私がなるにはちょっと憑依したくないわね。……こっちの座敷童とか雪女とか仙女とか？　あ、この管狐っての可愛くない？」

「管狐は関係ないだろ今回のに」

「鎧もトイに着せてケーマの鎧の中に私が潜むという感じで……？　うん、まぁ関係ないわね。やっぱなし。他のにしましょ」

ロクコはさらにカタログを読み進める。途中ページをめくる指が止まって、気になるモンスターでもいたのかと覗き込むとサキュバスとインキュバスのページだった。……俺は何も言わず、そっと次のページに進ませた。

そうして、ロクコはしばらくカタログを見て——何やら面白そうなものを見つけたようだ。

「ねぇ、そういえば聖王国って光神教なのよね。天使はアリなのかしら？」

「天使？　あるのか？」

「あるみたい。ほら」

と、ロクコが開いたページを見ると、ベースは10万ＤＰくらいで、基礎性能やカスタマイズで大きくお値段が前後する感じのようだ。……まぁ、悪魔がカタログにあるなら天使だっていてもおかしくないんだろうけども。

「って、そういえば前に天使は嫌な存在とかって言ってなかったか？」

「ええ。光神教の、光神の使いとされているの。ケーマも知っての通り、ダンジョンぶっころ主義のね。……つまり父様の敵対的存在よね？　だから私もダンジョンのモンスターに天使があって驚いてるところよ」

……これ、前からあったっけ？　と首をかしげるロクコ。なかったんじゃないかな、だって通知が一切なく項目増えてることも珍しくないもん、このカタログ。

しかしこれはなかなか都合がいいかもしれない。もし【人化】が解けてバレても光神教の使いとされている存在なら、むしろ色々融通を利かせてくれる可能性すらある。次のページから先がダゴンとかショゴスとかのヤバそうで高いやつになっているのが少し意味深で不安を煽るが、まぁ別ページのことまで口を出すのは気にしすぎだろう。

「これにするか？」

「少し引っかかるところはあるけど、今回の用途を考えると都合がいいのは間違いないわね。これにするわ。【人化】いくらかかるか分からないし、そんな強くする必要は……って、普通にカスタマイズ項目にあったわ【人化】オプション」

「なるほど天使だもんな、そういうオプションがあってもおかしくないか」

尚、元が強いと【人化】オプションの値段も上がるようだ。うん、ほどほどの強さでいいだろうな。元が強すぎて人間からかけ離れすぎた存在になったら怖いもの。そういうことだよね？　こんな見え見えのトラップに引っかかったりしないぞ？

「その点、リビングアーマーの方は【人化】にどれくらいかかるか呼ばなきゃ分からない、か……とりあえず低レベルなのを用意して、『強化』できるかだな。まぁハクさんとこにサリーさんって実例がいるから【人化】もできるのは間違いないだろ」

「足りなかったら私の分のDP分けてあげるわ」

「そりゃありがたい。んじゃフルプレートメイル型を基礎にして……鉄製のにしておこう。ダンジョンの影響か他素材のより安いし」

「あ、男物の鎧でいいわよ」

「ロクコのモンスターが着るなら女物の方がよくないか？」

「男物なら、いざって時にケーマも着られるでしょ。それに大きい分には別に着られなくもないし、少し気になるスキルもあるし……むしろ男物でお願い」

「大は小を兼ねる、ってやつか」

実際重く動きにくいだろうとは思うけど、リビングアーマーだからそこはあまり関係なさそうだし、ごつい鎧を着込んだ可愛い女の子ってのもロマンである。

「……あ、まてよ？　これ元からある鎧使ったら節約できないかな」

「できるんじゃない？　しらないけど」

俺は対ハクさん用に作成したけど結局使わなかった鎧を持ってくる。すでにゴーレム化してある鎧ではあるが、これを基にしたリビングアーマーとかってできないだろうか……お、なんかいけそうだ。よし、これで行こう。しかもＤＰも５万Ｐでいい。かなりお得だ。きっとリビングアーマーの値段はこの５万Ｐ＋鎧代なのだろう。

「あらその鎧。この間作ってたやつじゃないの」

「おうよ。オリハルコンメッキ入れてあるから頑丈だぞ。ペンキ塗って隠してるけど」

なにせ全身オリハルコン色は無駄に輝いて趣味に合わなかったので。兜(かぶと)だけはＶＲゴーグルを埋め込んだような特殊形状なので、改めて普通の鉄兜を使うとしよう。ちなみにペンキの色は灰色。地味で目立ちにくいようにと思ってのチョイスだ。ナメられないよう見栄え重視で一部金メッキ。兜も色を合わせておこう。ぺたぺた、【乾燥】＆【クリエイトゴーレム】でできあがりっと。

隣で30万Pをどう割り振るか悩み中のロクコをさておいて、俺は目の前の鎧をリビングアーマー化する。元々俺が着るサイズなので、『憑依(ひょうい)』したときも背丈が同じくらいになり違和感も少ないだろう。リビングアーマー化した鎧はひとりでに組み上がり、がしゃんと音を立てて跪(ひざまず)いた。……もしかして分解した状態から普通に組み上がって装着したりとかできるのか？　便利だな。

で、作成したリビングアーマーにさっそく『ナリキン』と名前を付けて（名前がないと『強化』の対象にもできない）『強化』オプションを選択。こいつの【人化】に必要なDP(ダンジョンポイント)は……15万か。合計20万Pなら予算内で【収納】と【クリエイトゴーレム】、その他色々覚えさせられそうだ。よし、『強化』実行……。

……ん？　【人化】するときの見た目を弄(いじ)れるのか？　ほほう。折角だし俺の姿にしておくかな。ワタルに「実は、日本人じゃなかったんだ」とか言ってからかえそうだ。色合い的にネルネの兄な感じにしとこ。ネルネの兄、ナリキン。いいかもしれん。魔法使い設定も繋(つな)がるとくれば、これはもうやるしかないな。

というわけで、人化姿を弄った上で『強化』を実行。俺がメニューを選択した瞬間、跪いていたナリキンの下に魔法陣が出現。魔法陣はぐるぐるぎゅわーんと光りながら回転が速くなり、そのまま足元から頭の先へと昇って消えた。これで『強化』完了のようだ。

「ナリキン、【人化】してみろ」

「（ガシャン）……はい、【人化】を行いました。マスター」

特に見た目で変わった感じはしなかったが、ナリキンに兜を取らせると、帝国ではありふれている色合いの俺がそこにいた。茶髪で俺の2Pカラーって感じだ。……ネルネの兄って言われて、違和感ないなコレ。

「おーい、そっちはどうだ？」

「あら、ケーマもうできたの……お、ケーマそっくりね！って、『ナリキン』ってケーマのよく使ってる名前じゃないの。まさに色違いケーマ！」

「折角だしな。しかも見た目が似てるから影武者になる」

仮に今まで俺がナリキンとして目撃されてたとしても、俺じゃなくてコイツを見間違えたんだって言い張れる。うんうん、色々都合がいいじゃないか。

「ふふふ、男物の鎧を勧めた甲斐があったわね！」

え？　まさか、俺が自分の姿のモンスターを作るよう誘導したというのか……！　ロクコ、恐ろしい子ッ！

「……で、ロクコの天使はどんな調子だ？」

「ん、そうねぇ……性能は整って見た目を調整してたけど、その『ナリキン』の奥さんなら私も自分とそっくりの見た目で確定ね。異論は認めないわ。あ、私も髪の色は変えとこっと。あとは名前をどうするかだけど、ケーマ、良い案を頂戴」

「そこ俺に投げてくるのか」

「ケーマが私の名前つけたんだから、丁度いいでしょ」

まぁ確かに？……えーっと、奥さん設定はさておき、名前はロクコの番号、695からとることにしよう。ロキュコとか……なんかサキュバスが憑依してる感があるな、天使なのに。うーんと、そうなると……

「ロクファ・イブなんてどうだ？　ファイブってのが5って意味でな、イブは苗字なりミドルネームなりにすれば」

「695なわけね！　凄くいいじゃない。ロクファにするわ！　ケーマ愛してるっ」

ロクコの笑顔に、胸がトゥンクと高鳴った。

「不意打ちでそういうこと言うのやめてくれない？　ドキッとするから」

「……愛してる！」

堂々と言うのもだめぇ！

＊　＊　＊

……というわけで【人化】込みで30万Pきっかりの天使ロクファが生まれ、魔法使い系リビングアーマー商人ナリキンとのペアとなった。

ナリキンはフルプレートアーマーだ。【収納】や【クリエイトゴーレム】等の魔法もスクロールで覚えさせてあり、【人化】すると茶髪の俺となる。あとはナリキン仮面のコピー品も渡しておけば完璧だな。パーフェクトナリキンだ。

天使のロクファ。見た目は髪の青いロクコに、天使の輪とほんのり光る羽。重力を無視してちょっとだけ浮ける感じだ。羽も身体から直接生えているのではなくて、少し浮いている所に出現している。服や鎧の背中に穴を開けなくても大丈夫そうだ。で、【人化】すると羽と輪が消えて浮かなくなる。

「ところでロクコ……弄った？」
「……い、弄ってないわよ？」
「本当は弄ったよね？」
「……」

俺はロクファの身体のある一部分を見る。ほんのりおっぱいが大きい。ここだけハクさんに似せたのかな。

「……な、なによぅ。いいじゃない少しくらい」

「まぁいいけどね」

俺は胸派じゃなくて足派だし。……ロクコ、気にするほど小さいわけでもないのにな？

「あの、それでマスター。我々は何をすれば良いのでしょうか？」

ナリキンがおずおずと聞いてきた。隣ではロクファも困り顔で控えている。

「おっと、そうだなナリキン、ロクファ。お前達には俺達の身体になってもらう。まぁダンジョン外の偵察ってとこなんだが」

『憑依』の機能を使って俺とロクコが村にいながら村の外を調べるために呼んだ、と告げる。ついでに憑依していないときは自分の判断で動いてもらうことも。

「はっ、かしこまりました。我々の身体、ご自由にお使いください」

「了解いたしましたわ、マスター。全てはマスターとロクコ様の意のままに」

「あ、ちなみに2人は夫婦って設定よ。むしろ夫婦よ。いいわね？」

「おいロクコ」

ロクコの発言に、ナリキンとロクファは真面目に頷く。まぁ、2人がいいってんならいいけど。いいの？　本当に？　ならいいけど……

早速2人への『憑依』がどんなもんか試してみることにした。俺とロクコはそれぞれメニューからモンスターの操作を選択し、【人化】している2人に『憑依』する。

「おっ、できた。ロク――ロクファ、そっちはどうだ？」

「こっちも問題ないわケー――ナリキン」

と、ロクファ（中身ロクコ）が俺（ナリキン）を見てにこっと笑う。まさに色違いのロクコ。中身本人だものね。あ、ちなみに俺とロクコの身体はオフトンに寝かせてあるよ。

……うん、俺達の本体、普通に寝てるようだ。

「しかし凄いな、ちゃんと感覚がある。ウサギダンジョンでウサギ達がやってるのを見たりはしてたけど……本当に自分の身体って感じだ」

「元の身体と体格が近いからなおさらね。大きく違うと、また感覚も違うらしいわよ？」

と、ロクコは【人化】を解いて天使の羽を広げる。

「わ、わ、すごいこれ。新感覚。っていうか身体浮いちゃうんだけどなにこれ楽しい」

「ほぉ。どれ俺も――」

ナリキンの【人化】を解く。……あんまり変わらないが、視界が切り替わった。これはどうやら『目で見てない』という感じだ。リビングアーマーに目はないからな。……口もないから詠唱もできないのだが、そもそも俺は別に詠唱いらないいんだった。魔法は使えるのかな？

【ファイアボール】――と念じると火の玉がポンッと飛んだ。魔法も問題なく使えてしまうようだ。【収納】――これは俺の【収納】とは別だな？　中身が入ってないし、ソトの【収納】ダンジョンでもない。普通の、本当に普通の【収納】だった。

このままだと喋れないので、【人化】し直す——前に、ちょっと喋ってみた。

「(カタカタカタカタ)」

「ケーマ、うるさいわ」

ああ、そうなるのね。じゃあ思念を飛ばしてみよう。指輪サキュバスや魔剣シエスタに話しかけるような感じで。多分、リビングアーマーなら【念話】スキルもあるだろう。

『……あー、あー。ロクファ、俺の声が聞こえるか?』

「ん? ああケーマ、じゃなかったナリキン。そうか【念話】ね?」

『念話ならちゃんと会話できるみたいだな』

そっかぁ、とぺたぺた俺(リビングアーマー)を触るロクファ。

「ねぇナリキン。いざという時のために着る練習をしていいかしら?」

『おう、いいぞ——ちゃんと着られるのか?』

「中に何か詰めておけば大丈夫じゃない?」

いっそ腕とかは胸の前に組んだ状態で着てもらって、全面的に俺が身体を動かすスタイル……というのもありだな。

「えい」

『おふぅ』

ぱきん、と俺(ナリキン)の身体をバラしていくロクファ。うわぁ、身体が痛みはないけどバラバラになっていく、しかし感覚がある。お、おお、おおおう。摑まれた身体がどこまでも引っ張られ持っていかれる。奇妙なむず痒さ。なるほど新感覚だ。

ロクファが俺の腕を両手にかかえて「どっこいしょー」と持ち上げる。こうしてみるとまんま肩まであるガントレットだな。

「あ、思ってたより軽いわね。ね、これ切り離してても動かせるの？」

『動かせ……るな、うん』

「へー、面白いわねー」

取り外された腕の手をわきわき動かす。ロクファはそれをコンコン叩いたり撫でまわしてくるが、付けるならはやく付けてくれ。むずむずする。

「合体！……ひんやりして気持ちいいわね」

『こっちはすごく生温かい』

とりあえず腕だけ付けてもらってみたところ、やはりぶかぶかだった。女性用サイズにすればよかったか……ん？　なんか身体が震えて……うお!?

俺の腕が、雑に洗濯した毛糸のセーターのようにキュッと縮こまる。そしてロクファの腕にフィットした。質量保存の法則が仕事してない。なんだこれ。

「お、なんかうまく行ったわね」

『ロクファ、何かしたのか？　鎧が妙に縮んだぞ？』

「たぶん私（天使）の特殊能力でとった、『全身鎧適性』よ。ナリキンが全身鎧なら相性良いかなと思って。これほどまでとは思わなかったけれど。おー、凄い凄い。普通の服と変わらず動けるみたい、ちょっとした手袋？　ミトンみたいな感じ」

どうやら多少サイズの違う鎧でも装備できるようになる特殊能力らしい。……適性と分類さえあっていれば体格の違うキャラでも装備を使いまわせるＲＰＧのようだ。ま、魔法も神様も存在する世界でそれを言うのも今更か。

ちなみにロクファから外れたら元のサイズに戻った。あーびっくりした。

「これで準備は万端ね」

「一応、普通の旅支度もしような？　足りないものがあればＤ　Ｐ（ダンジョンポイント）で出せるだろうし、ソトに届けてもらえるけどさ」

これで憑依（ひょうい）用モンスターの準備はできたし調査の旅には出られるな。……色々と実験もするとしよう。

「金貨千枚くらい【オサイフ】に入れときましょ。ワタルから巻き上げたやつ」

「人聞きの悪いことを言うな。正当な金だぞ」

確かにうちにある資金の大半はワタル経由で手に入れた金貨ばかりだが、ちゃんと帝都に卸すお米の代金とかも含まれている。時空魔法【オサイフ】がなければ金庫で一部屋作らなければいけないレベルだった。

「ところでワタルの借金ってまだ返し終わってなかったっけ？」

「……ネルネの指名料とか利子とかで膨れてるらしいぞ」

俺が当初ワタルに負わせた借金は利子なしという約束だったが、「こちらには利子付けないとは言ってないのでー」と請求書を重ねるネルネを見て、こいつ魔女見習いじゃなくて悪魔かと思ったものだ。……魔女なら間違ってないのか？

「ワタルもよく払うわねぇ」

「ま、ネルネを口説き落とせた暁には結納金を弾んでやるとしよう」

ん？　結納金を夫側に払うのは婿入りのケースだったかな？　まぁいいか。

＊＊＊

一応、仕事として請け負っている以上ハクさん側にも連絡を入れておくべきだろう。というわけで、持ち回りでうちの村に滞在しているドルチェさんに話をつけておく。

俺はドルチェさんが滞在しているオフトン教教会地下牢にやってきていた。

「と、いうわけでトイのアイディアですが、『憑依』を使って聖王国の調査を行うことにしました」

「なるほど……スキルの【憑依】だと長距離は技術と魔力が必要で難しいけど、ダンジョン機能の『憑依』なら聖王国を通り越してワコークまで離れていても余裕で使える。いい考えだと思うよ、ケーマさん」

ふよふよと浮きながら、ドルチェさんはひょいと空中の何かをつまんで食べた。ここは怨念が溜まってるらしいから多分それだろう。というか、実験しようと思っていたことが一つ解消してしまった。

「スキルの方の【憑依】は長距離だと難しいんですか」

「遠くの的に矢を当てるようなもんかな」

なるほど、それは難しい。トイめ、そんな方法を提案してたのか。


「憑依に詳しいんですね？」

「それはまぁ、我々も使う手だもの……特に私は帝国のスパイ元締め、しかもゴーストなので憑依のエキスパートと言っていい。年期が違う、このくらいは当然」

「……じゃあ、例えば『憑依』中に憑依先モンスターの元の意識がなくなることの対策とかもご存じだったり？」

「ふっ、初心者にありがち。解決策には鳥を使うと良い。……『憑依』する直前に対象をスキルで【憑依】させておけば、鳥の身体で意識を繋いでおける。空からの偵察にも適している……飛ぶのは少しコツがいるけど、お勧め。【念話】も覚えさせておくといい」

「なんと」

問題としていた部分があっさりと解決した。入る前に退けばいいだけだったのか。恐るべし先人の知恵。

「鳥に憑依させるのに使うのはスキルの方の【憑依】なんですか？」

「ダンジョン機能の『憑依』は、ダンジョン領域外では不安定になる。憑依者がダンジョン領域にいればあまり問題ないけどね。……だからスキルで【憑依】も覚えさせておくことでより安定した憑依環境になるよ。仲間なら抵抗されないし」

逆に敵に【憑依】すると抵抗されるので、もし敵に【憑依】するのであればあらかじめ拷問や薬物等で自我を壊しておくのが定石らしい。怖っ。

「それと、外に出したモンスターにモニターを繋げるのは最低限にしておいた方がいい。結構DP消費する」

「え、DP使うんですか？」

「うん。ダンジョンとの距離が離れているとかなり使うようになるから要注意。情報のやり取りは基本『憑依』先で行うべき」

うっかり支給されたDPを枯渇させてしまい泣いたことがあるらしい。そんな仕様があるとは知らなかった。

「……勉強になりますドルチェさん」

「良い。ハク様からの仕事なら、協力するのも当然だし」

あ、そうか。ハクさんからの仕事を請け負ってる現状だと、ドルチェさんは同僚みたいな形になるのか。さすがに四天王の5番目とかは名乗れないけど。

「憑依による調査とかって、あっちも警戒してませんかね」

「敵から送り込まれた工作員の自我を消して【憑依】し送り返すのは警戒しているだろうけど、それ以外は憑依を警戒しても無駄。だからわりと甘い」

「あ、はい」

どちらにせよその身体の持ち主が他国のスパイなら、憑依に関係なく『他国のスパイ』であることには変わらない。単に高速な連絡手段になるだけか、そっか。

「それとナリキン男爵という身分を用意しておくね。聖王国は、貴族と平民でだいぶ扱いに差が大きいから。こっちで手配して作っておく……ケーマさんの弟で、爵位を一部譲与されたことにしよう。ナリキン・ゴレーヌでいいよね？」

「あ、ども」

「ロクコ様も行くんでしょ？　これは当然の配慮……」

ナリキンの設定に『ハクさんの知り合い』の『建築魔術師』でさらに『男爵』が追加されてしまった。ナリキン男爵……うん、すごく、すごくなんかアレだな……。偶然というか必然というか、なんともそれっぽい名称になってしまったぜ。成金男爵。

「他にも手伝えることがあったら言うといい」

「え、いいんですか？」

「無論。調査資金も金貨千枚まで経費として認める」

……うーん、手筈がいい。至れり尽くせりと言ってもいいんじゃなかろうか。いや、仕事を頼んできたのはハクさんなんだし、これくらいのサポートがあっても何ら不思議でもないんだけど、今までかなり投げっぱなしな仕事を押し付けられてきた身としては逆に身構えてしまう。何か裏が……

「まぁ、今回はそれほど難しい仕事ってことだよ。私達も調べてるから、何か分かったら情報共有しようね……手柄を独り占めしたらダメだよ？」

「……なるほど。いや、それはこちらも望むところです」

なんだ、単に難しいってことか。納得した。


「あ、それとこれもついでに」

と、ドルチェさんは【収納】から首輪を取り出した。ニクやイチカもつけている奴隷の首輪である。

「聖王国にあの犬連れてくんでしょ？　獣人は奴隷にしておいた方が目立たないから、つけておいて。というか、元々あの犬用にハク様から渡されてたけど渡すのすっかり忘れてたのはここだけの秘密」

　そういうのは忘れられてたら困るやつなのでは？　と思ったが、とりあえず受け取っておいた。俺もこういう首輪の存在をすっかり忘れてトイを野放しにしてたな……早速つけてこなきゃ……

＊　＊　＊

ナリキンにロクファ、トイの旅支度も終わり、鳥籠に小鳥二匹（トラン＆シーバ）を携えてゴレーヌ村を発（た）つことになった。このシマエナガのような基本は白く翼は黒い小鳥は、ダンジョン産なので従順で鳥籠も要らないくらいだが、鳥籠は周囲に向けてちゃんとペットの面倒は見てますよというポーズでもある。

ちなみにトイの首には俺がつけた首輪がある。が、一切拘束力には期待できない。というのも、『ああ、つけますけどこれ私には効きませんよ？』と言い切られ、ついでに『試しに嘘（うそ）をつくなと命令してください。——結構。では失礼しまして。ケーマ様はとても可愛（かわい）らしいお嬢様ですね』とか抜かしやがったのに首輪は反応しない、というのを見せつけられた。……奴隷の首輪は、本人の意思やらに反応するらしく、魔王流の『無心』とかであっさり回避できてしまうらしい。そういえば確かニクもその『無心』っての使えるようになってなかったっけ？　その気になればニクも俺に反旗を翻せちゃうな……

まぁそれはさておき。俺はアリバイ作りというか、実はやっぱりナリキンと俺は別人だったんだよという証明のために一行をツィーア山貫通トンネルまで見送った。

「それじゃ、頼んだぞナリキン。この仕事はお前にかかっている」

俺はナリキンにゴーレム懐中時計を渡す。餞別という類ではなく、定時報告するために必要だからだ。……しかし、同じ姿形なのにナリキンは鎧の上からローブ着てるから少し大柄に見えるな。並ぶと俺の方が弟みたいだ。

「かしこまりました。それでは行ってまいります」

「マスター、ロクコ様。今夜8時にお待ちしておりますね」

「ではケーマ様。行ってまいります。吉報をお待ちください」


かくして、ナリキン一行の聖王国破壊工作の旅が始まった。


……が！　俺はナリキン達が聖王国に着くまでなんにもすることがない！

そりゃ当然俺達がこの村にいながらにして聖王国を調査するためにナリキン達を呼び出したんだから当然といえば当然なんだけど、つまり俺はこれから暇——げふんげふん。睡眠期間に入るのだ！　トイも村の外に行ったし懸念はだいぶ減ったね！　こりゃーぐっすり寝られちゃうぞぉ！

と、そんなウキウキ気分の俺に向かって1人の男が歩いてきた。このゴレーヌ村の副村長、ウォズマである。何だってこんなところに？

「村長、今の方は誰ですか？　特に村長によく似た方がおられましたが」

「ん？　ああ。俺の身内、ナリキンだ。ちょっと仕事を頼んだんだよ」

「村長のご家族の方でしたか、どおりでよく似ておられて……弟さんで？」

「まぁそんなとこ」

そんな世間話をしつつ村長邸へと戻る。……あれ、なんでウォズマもついてくるの？

村長邸の中に入る。そういえば副村長はこれからお仕事なんだね、頑張って。と、俺は自部屋へ向かおうとしたところでがしっと肩を掴まれた。

「村長？　そちらは執務室ではありませんが？」

「……俺はこれから昼寝の予定なんだが」

「ハハハ、随分長いこと留守にしていたんですから仕事が溜まってますよ？」

笑顔だが目が笑っていないウォズマ。

「おいおい、一体何の仕事が溜まるってんだよ。任せたって言っといただろ」

「もちろん我々でできるところは最大限やってきましたが、色々ですよ。例えばドラーグ村との交渉事、ツィーア領主様関連の話等、村長の決裁が必要で止まってましたからね」

「マジかよ……」

「マジですとも。仕事は山積みですよ、オフトン教教会も話があるそうですし」

なんてこった……俺は仕方なくウォズマについて、村長邸執務室へと向かった。

＊＊＊

なんとか仕事（今日の分）を片付けて部屋に戻ると、ロクコが部屋で待っていた。

「あらケーマ、遅かったわね」

「ん、どうしたロクコ。なんか約束してたっけ？」

「してないけど、ちょっとやりたいことがあって待ってたのよ」

ふふん、と鼻を鳴らすロクコ。俺、仕事してきたし寝たいんだけど……？

「レイから聞いたんだけど、最近ダンジョンの情報が結構出回ってきてて。魔剣ゴーレムの出荷量も増えてるのよ。だから、少し改築しようと思って相談に来たの」

「ああ、なんかそんな書類もあったな」

魔剣の産出ペースが増えてきており、より冒険者からの収入や移住者が見込めるのではないか。故に開拓許可を——みたいなやつだ。とりあえず居住スペースが増える分にはさほど問題がないので許可しておいたけど。

「めんどいし、もうしばらくこのままでもいいんじゃないか？」

「ちょっとケーマ？　今めんどいって言った？　私の身体のことなのに……ケーマは私の身体が他の人に攻略されてもいいっていうの？」

「あ、うん、そうだね、少し改築して流出を絞ろうか」

「それでこそケーマよ！」

にぱっと笑顔になるロクコ。どうやらロクコの懸念としては魔剣の流通量ではなく、ダンジョンの攻略具合のようだ。確かにロクコの身体が攻略されつつあるとか言われたら俺もあんまりいい気分ではないけどもさ。

「というわけで、デートスポットを作ろうと思うの！」

うん？　と俺は首を傾げた。

「デートスポットを作ろうと思うのよ」

「2回言わなくても聞こえてたよ。なんでそうなった……いや、言わなくていい。なんとなく分かってる。ダイードを見てうちにもあんなデートスポットがあればいつでもデートし放題だとか、これでもう魅力がないとは言わせないとか、そんなところか？」

「凄いわケーマ。その通りよ」

「うん、前にも言ってたしな」

てっきり諦めたものだと思っていたのだが、そうでもなかったらしい。

「それにほら、そういう場所がダンジョンにあれば結婚して定住する人も増えるでしょ、そしたらＤＰも増える。子供が生まれればさらによ。ね、ダンジョンにとってもプラスになるのよ」

「随分迂遠な策だが、まぁいいか。乗ってやろう」

とりあえず仕事で疲れたので横になりつつ、ロクコの話を聞くことにする。

「というわけで、なんかこう……綺麗な場所を作りたいと思うのよ！」

「綺麗な場所ねぇ。あの夜景の見える高台みたいな？」

「そうそう。あのキスした高台みたいな」

言われてロクコとのキスを思い出し、顔が熱くなる。見ればロクコも顔が赤かった。

「……ケーマ、顔赤いわよ？」

「お前も人のこと言えないぞ」

お互い様ということでこの件は一旦置いておくとして。

「とはいえ、さすがにダンジョンで夜景ってのは難しいな。屋内だし」

「あくまで例だから、別に他のでもいいわよ。要は、雰囲気が良いってことが大事なんだから」

「ふむ……」

と言われても、いまいちピンとこない。

「むしろ、ロクコはどういう状況でキスしたくなるんだ？」

「それを言ったらケーマがいつしてくれるか、よ。私はいつでもいいんだけど？」

「……それを聞かされて俺はどうしろと？」

「キスすればいいんじゃないかしら。んっ」

こちらに向かって両腕を広げて迎え入れる体勢のロクコ。……できるかよ!? こんななんの変哲もないところと流れでっ!?

「……ほら、今ケーマが思ってることよ。その背中を押すのに必要な物が欲しいのよ。だからドルチェの監視が届きにくいダンジョン内ってのも確定ね。……いっそ向かい合って立つと背中を押す部屋でも作ろうかしら」

「物理的に押してどうする。潰す気か？」

しかし、なんとなくロクコの言いたいことは分かった。つまり、二人っきりでいたらキスしたくなるくらい雰囲気がいい場所か……うーん、プラネタリウムとか？　いや、わざわざダンジョンに潜らなくてもゴレーヌ村は田舎だし星が綺麗だったわ。

「ついでに、なんかこう殺傷能力抜群のトラップになってたりすると雰囲気出ると思わない？　吊り橋効果、っていうのよね？」

「恐ろしくてキスどころじゃなくなるだろ……まぁ、宝石ちりばめたりしてたら持ってかれちまうだろうし、景観を守るために罠ってのはアリか……」

「そうそう、その調子でお願いね！」

ニコニコ笑顔でぽすぽすと俺の背中を叩くロクコ。分かったよ、考えとくよ。

……一応、元の目的（魔剣流出量を絞る）もやっとくかね。

＊＊＊

「ケーマー。そろそろ8時よー？」

「おっと。もうそんな時間だったか」

色々検討していたらすっかり定時報告の時間になってしまった。まぁいいか。改築は時間をかけてのんびりやろう。元々そんなに急ぐ話でもないしな。

今日は、実際にダンジョン外にいるナリキン達へ憑依する手順等を確認するテストも兼ねている。俺とロクコは安全なマスタールームへ移動し、ナリキン達に連絡することにした。

俺達のマップにはナリキン達は表示されていない。こうなると通常なら圏外だろうが、命名済みのモンスターであるナリキン達はネームドリストから通信先や憑依先として選択可能だ。

まずはナリキンの視界をモニターに映す。……どうやら宿の部屋にいるようだ。ロクファとトイもいる。そして、丁度俺の渡した懐中時計を見ているあたり、連絡を今か今かと待っているのだろう。俺は早速ナリキンに『通信』を行う。

「あー、あー、これより30秒後、『憑依』を行う。了解であれば頷いたのち、準備されたし」

こくりと頷くナリキンの視界。その後ナリキンは素早く宿のベッドに横たわり、目を閉じた。……連絡してから30秒。俺とロクコは同じくマスタールームのオフトンから『憑依』を行った。

次に目を開けると、そこは魚臭いランプに照らされた見慣れぬ部屋だった。ナリキンの身体は堅いベッドに寝ていたので、おそらくパヴェーラの宿屋だろう。ベッドの横にある椅子にはロクファが座っていた。眼をぱちくりと瞬きしている。

「おっ。うまくいったかな」

「やったわねケー……んんっ、ナリキン」

ロクコも無事にロクファに『憑依』できたようだ。青髪のロクコという見た目にしただけのことはあり、中身もロクコになるともうほぼ完全にロクコだこれ。

「お待ちしておりました、旦那様、奥様。どうやら無事に憑依できたようですね」

部屋の入口に控えている胡散臭い笑みを浮かべたメイド服のトイ。

「トイ。その服は？」

トイは、この世界で一般的であるメイド服——装飾やフリフリの少ないシンプルな奴——を着ていた。出発時はこんな格好ではなく普通の旅装だったと思うのだが。

「パヴェーラの町で調達致しました。護衛兼従者として付き従う方が都合が良さそうでしたので。ご不満であれば変更しますが？」

「いや、まぁいいんじゃないか？……目立つなら別だけど。あと、旦那様、奥様ってのはなんだよ」

「うっかり名前を呼び間違えないよう、お二方のことをそう呼ぶことにしました。聞けば夫婦という話ではないですか。であれば、メイドの私にはこの呼び方が自然でしょう」

「なるほど、それもそうだな」

旦那様、奥様呼びならナリキン様とか名前で呼ばれたときに反応せず怪しまれる、ということも減るだろう。

「奥様……ふふふ、奥様ね。ええ、それでいいわトイ。ケーマも良いわよね？って、私が名前で呼んじゃダメよね、んー……『アナタ』とか『旦那様』って呼ぶけど、奥様だから何の問題もないわよね？」

小さく首をかしげて尋ねるロクファ。

「……まぁ、そうだな？」

「そうよねアナタ。で、となると、つまりはその、私はアナタのことそう呼ぶけど、アナタは私のことをなんて呼んでくれるのかしら？」

ニヤリと笑うロクファ。髪の色こそ違えどそれ以外はすっかりばっちりロクコだと実感できる笑みだ。

「……そうきたか」

俺に妻と呼ばせたいんだな、おう。いいじゃないか呼んでやろう——と思ったところでトントンとトイに肩を叩かれる。

「ちなみに旦那様――ナリキン様は、ロクファ様のことを『我が愛しの妻』と呼んでいましたよ」

「さすがにそれは嘘だろう!?」

『いえ、そう呼んでいますが。何か問題がありましたか?』

頭に声が響いた。【念話】だ。見るとテーブルの上の鳥籠の中で、小鳥――トランがこちらを見ていた。

「ああ、ナリキン。そうか、無事【憑依】も成功してるな」

『はい。我が愛しの妻も一緒です』

本当にそう言ったトランに羽で肩を抱くようにされ、ピィと鳴くシーバ。何だお前ら、シマエナガなのにオシドリか?

「その、その呼び方はロクコの仕込みか……?」

『はい。ロクコ様にご教授いただきました』

俺はロクファを見る。得意げに笑っていた。

「ふふっ……さあ、ア・ナ・タ? 私のことをなんて呼べばいいか……分かるわね?」

「おのれ謀ったな!?」

無垢なダンジョンモンスターになんという教育してんだお前は!!

と、ここで「はぁ〜〜」と大きなため息が聞こえた。

「旦那様、奥様。イチャついて遊ぶのもよろしいですが、ほどほどにお願いします」

「あ、うん。……まぁとりあえず今後もこういう形で『憑依』することにするからよろしく頼む」

「かしこまりました」

トイと小鳥達(ナリキン)がこくりと頷いた。

「呼び方については『我が愛しの妻』よ、ア・ナ・タ？」

「……愛しの、は抜いてもいいんじゃないか？　その、恥ずかしすぎる」

「仕方ないわね、貸しひとつよ」

なんでかロクコに貸しにされている……なぜだ……


その後、細々とした確認を行ってから俺達は『憑依』を解いた。

「自分じゃない身体でお出かけっていうのも、なかなか面白い体験よね」

マスタールームのオフトンでぐっと伸びをするロクコ。ダンジョン管理用に呼び出した妖精、エレカの分隊がコップに水を入れて持ってきたので、受け取って一口飲む。ぷはー。

「しっかし、マスタールームのオフトン用スペース……衝立(ついたて)だけでも立てとくか。今のままだとちょっと広さが落ち着かないし」

「あら、どうせ『憑依』で寝るくらいしか使わないんだし、いいじゃない？　それとも私とケーマだけしか入っちゃいけない小部屋でも作っとく？……あっ」

と、ここまで言ってロクコが軽く目を見開いた。自分の言葉で何か大事なことに気付いたようだ。

「ケーマ！　そうよ、ここならハク姉様の目は絶対に届かないわよ！　だって私の中なんだもの、ケーマが心配するドルチェ達にだって覗けないわ!?」

「えっ、あー、まぁ、そう、だな？」

「さらにドルチェ達には、『憑依』するから安全なところにいるとかって言っておけば、マスタールームに籠るときのアリバイも作れるわよ？　というか、今まさに、こうしてケーマとマスタールームで二人きりの時間がハク姉様からは完全に隠れる時間なわけだけど！」

そこのところ、どう思うケーマ!?　とロクコはずいっと顔を近づけてきた。

「……まぁ、そうだな？」

「そうなのよ！　何、エレカとかの目が気になるなら衝立じゃなくて小さい小屋を作ってしまえばいいわ。２人きり、そう、２人きりで過ごすのには別に魔国やダイードに行かなくてもよかったのよ！」

ばーん！　と得意満面にそう言い切るロクコ。

「うーん、まぁそれなんだがなロクコ」

「何よ？」

「ここに入ってこられなくても、そんな喜んでたら反応でドルチェさんとかにバレるぞ」

俺がそう言うと、ロクコはむぐっと口を詰まらせた。

ドルチェさんとかは無能じゃない、むしろ飛び切り有能なのだ。俺達がそういう風に隠れてイチャイチャしたとしたら、その日の浮かれ具合ですぐにバレてしまうだろう。

「……が、頑張って抑えるから」

「いや俺が抑えきれないと思うから我慢しとこう。その日1日くらいは尋問されてボロが出るに違いないくらいには浮かれちまいそうだ。……だから、少なくともハクさんからの護衛が必要なくなって、監視の目がなくなってからだな」

「……えっ、け、ケーマの方が抑えきれないの？　じゃあ仕方ないわね……ふへへ」

ロクコはにへっとだらしない笑みを浮かべた。

その後、宿に戻った俺達だったがどこからかドルチェさんが現れて「ロクコ様と何かありましたかぁー？」と笑顔かつ笑っていない目で聞いてきた。（目が赤く光っていたのでたぶん嘘検知付きで）

なんでも「ロクコ様がとても嬉しそうにしていたので気になった」とか。……うん。そういうとこだぞ、ロクコ。

＊＊＊

さて、ナリキン達が聖王国に向かっている間にダンジョンも改築してしまおう。

魔剣の流出量だけなら単に魔剣じゃなくて普通の剣を置いておくようにすればいい話だが、ロクコの懸念としてはそこではなく攻略が進んでいるという点。ダンジョン的には、未踏エリアが奥の奥に残されていても自分の攻略が進んでいたら妨害したくなる本能とかもあるのだろう。……俺が来る前は1通路1部屋で簡単完全攻略ダンジョンだったのに、随分と贅沢になってしまったな？　なんてな。むしろ成長して恥じらいを覚えたといった感じなんだろう。

というわけでこの改築には締め切りや納期はない。ロクコの機嫌が悪くならない程度にのんびりととりかかろう。あんまり急に変えて転換期とか言われても困るし、じっくりと変えていく方向で。

そんな風にマスタールームのオフトンでゴロゴロしながら素敵なデートスポットの案を考えていると、【収納】が勝手にぱっと開いて中からソトが顔を出してきた。

「パパー！　トイちゃん達、もう出発しちゃったんですか⁉」

……マスタールームだというのにソトの【収納】ダンジョンはお構いなしに繋がる。俺自身が【収納】ダンジョンの起点だから当然といえば当然なんだけど、娘にもプライバシーは考慮していただきたい。

「なんで旅立たせちゃったんですか!?」

「そりゃまぁ、支度もできたしな」

「ひどいです！　まだニクお姉ちゃんとトイちゃんの双子コーデ靴下貰ってません！」

「……おそろいのメイド服着てたときの靴下回収してんの知ってんだぞ」

「あれはメイドコーデです！　もー！　パパったらそんなことも分からないんですか！」

　謎の怒りを放つソト。

「いいですかパパ、双子コーデは、制服とはちがくて、私服！　つまり素に近い油断した姿と言ってもいい。その上で双子でお揃いなんですよ!?　仲良しじゃないですか！　その靴下となったら美味しさも2倍、どころか2乗、いや4乗ですよ!?」

　どうやらソトは、俺よりも衣装に対するこだわりが強いらしい。ロクコの影響かな。

「こうなったらパパのモンスターの【収納】で押しかけて、旅で歩き通した熟成靴下を回収しにいくしかありません！　穴あき靴下食べたいです！」

「いやいや、【収納】が繋げられるのはトイに秘密だからな?」

「ぐぬぬっ」

　俺はソトの頭を撫でて落ち着かせる。さらさらの黒髪で撫で心地いいなぁ。

「ところでソト。ロクコからダンジョンに素敵なデートスポットを作ってほしいって要望があるんだが、何かアイディアはないか？」

未だ怒り冷めやらないソトの気をそらせるために質問してみる。

「素敵なデートスポットですか？……靴下屋さんですかね？　使用済みの靴下を食べ放題とかとっても素敵だと思います」

「うん、それは素晴らしいな、だが一般向けじゃないことを頭に入れておこうね」

普通の人間は靴下を食べられないんだぞ。

「なら普通に靴下がいっぱい飾ってある美術館とかですかね？」

「それも普通じゃないな。俺は嫌いじゃないけど」

うん、どうやらうちの娘には『普通』がどのようなものかを教える必要がありそうだ。

「ママならパパと一緒ならどこでもいいに決まってますよ」

「ロクコならそう言いそうだけども……」

俺がへたれだから背中を押すようなロマンチックなところを、というロクコのオーダーはさすがに娘に言えないな。

「なら、他のみんなにも聞いたらいいと思います！　ちょっと聞いてきますね！」

「えっ、あ、うん？」

言うや否や、ソトは【収納】に戻っていった。うちの子、行動力無駄に高い。

これがまさか、あんなことになろうとは思いもよらなかったのだ……

＊＊＊

「えー、ではこれより——ダンジョンコンペを行います！」

夜中、宿の営業が終わってからのマスタールームでレイが皆の前でそう宣言した。レイの隣にはホワイトボードが用意されており、『ダンジョンコンペ』と書かれていた。

ここには、レイをはじめとしてキヌエさんにネルネ、イチカにニク、ソトにエレカにシルキーズまで揃っていた。ロクコ以外の全員が勢揃いと言ってもいい。

「……どうしてこうなった？」

「マスターがロクコ様のためにダンジョンを改装するにあたり意見を募るということで、我々一同、ここぞとばかりに張り切らせていただいている所存です」

ロクコがいないのは、改装結果を先に知ったら面白くないだろうというネタバレへの配慮らしい。完成してから俺が案内することになるようだ。

「各々が自信をもってこれぞというアイディアを持ち寄りました！　きっとマスターのお気に召す案もあるでしょう。……えー、では時間も押していますので、まずはイチカ教官とキヌエ、お願いします」

　トップバッターはイチカとキヌエさんだ。前に出てきて、ホワイトボードの前に立つ。

「ほなウチらからいかせてもらうで。んっ、おほん。えー、まずウチはこのダンジョンに足りないものを考えてみた。それは――食や!!」

　ホワイトボードにでかでかと『食』と書き込むイチカ。

「何言ってんだイチカ。食なら、キヌエさんの飯があるだろ」

　イチカはやれやれと首を振る。

「宿は、な。確かにキヌエの飯はウマい。しかしもっとこう、がっつりと食べ放題なところがあってもええと思うんよウチは!」

　それはただのイチカの要望では？　と首をかしげる。

「もちろんただの食事処ではダンジョンのギミックになり得んことは分かっとる。だから、美味いモンがぎょーさん山ほど出る罠で、全部食べなきゃ通しまへん！　という仕掛けにするんや、どうや！」

「もちろん、料理は私が担当させていただきます、マスター」

　胸に手を当てて言うキヌエさん。……さては、食べたいイチカと家事したいキヌエさんの意見が見事に合致したということか。

「食材はどうする？　冒険者の食費を俺達が払うことになるだろそれ」

「チッチッチ、そこももちろん考えとる。アレや、ウサギスポーン。ミカンのとこにあったやろ？　アレとかでウサギ出したりして食材にすればええやん。それに草スポーンもあったし、野菜スポーンもいけるやろ。なぁキヌエ？」

「ええ。他にも香草スポーンというものもあるようです。味付けも困らないでしょう」

イチカとキヌエさんの言う通り、ダンジョンのスポーン機能を使えば初期投資だけで食材が手に入れ放題となる。普通に宿の食材補給にも使える話だ。

「だがキヌエさんの負担が大きすぎる。宿の仕事をしつつ、ダンジョンでも料理するつもりか？　さすがに認められないぞ」

「む……【料理人】スキルを使えば料理は一瞬で作れます、問題はありません」

「ダメだ。それに、キヌエさんが倒れたら破綻する」

【料理人】スキルで料理するときに一瞬で作れるというのは相対的な話だ。キヌエさん自身の時間は動いたままなので、ひたすらにキヌエさんを酷使することになってしまう。

「しゃーないなぁ、ならゴーレムにキヌエの料理を教えてやればええやん」

「なっ、い、イチカ教官、裏切りましたか!?」

「ご主人様が認めへんちゅーなら、仕方ないやろー？」

確かにダンジョンのギミックなら、料理人もゴーレムにやらせればいい。それこそミカンのダンジョンで楽器演奏をやらせたように自動料理をさせるだけだ。

「まぁ、キヌエさんには宿の仕事があるからな。ゴーレムに料理を教えるって手間はかかるが……それなら許容範囲内か」

「……く、しかたありません。マスターが言うなら、それでいいです」

悔し気に認めるキヌエさん。

「『欲望の洞窟』らしい良いアイディアだ。候補に入れておこう。……ついでに、席に座ってから煮込み料理を作り始めて、完成して食べ終わるまで動いてはいけない仕掛けにしたら結構な時間足止めできるトラップになりそうだ」

「なるほど。……丁寧に煮込むなら半日はいけますね」

「えげつないなご主人様。半日イスから動いたらダメとか普通にキツいで」

というか、ミカンのダンジョンで可愛いウサギ達を見てのウサギ肉案を出してくるあたり、イチカってば食に容赦なさすぎる。……そうだ、ミノタウロスを倒してその肉を持ってこないと料理を作ってもらえなくて進めないという仕掛けにしてもいいかもな。

「試食は呼んでな！　絶対やで！」

「ゴーレムが料理を覚えられなかったら私が担当しますので、よろしくお願いします」

そう言ってイチカとキヌエさんは座った。うーん、初っ端から中々いい案が出たな。ただし、デートスポットではないけれど。

「食材の血は私のおやつにすれば無駄がなくていいですね。というわけで、次の案に行きましょうか。ソト様とニク先輩、どうぞ」

今度はソトとニクが前に出る。

「はーい！　私達のアイディアはですねー……お宝見せびらかし部屋です！」

　ホワイトボードに書かれた文字を消し、ニクが改めて『宝』と書き込んだ。

「ずばり、迷宮の中で、絶対に入れない部屋に、誰もが欲しくなるようなお宝を置いておくんです！　部屋には窓を付けておいて、中が見えるようにしておくんですよ！」

「ほう。それで？」

「それだけです、素敵なお宝が気になって仕方なくなるはずです！」

「気が逸れたらもはや術中、冒険者には命取り。……という寸法です、ご主人様」

　確かにニクの補足の通り、冒険に油断は禁物である。

「悪くない案だが、2つ問題点があるな。まずひとつ目は『誰もが欲しくなるようなお宝』って何を用意すればいいんだ？」

「それはもちろん、靴下ですよ！　ここにいるみんなの脱ぎたて靴下を飾ってですね」

「ソト。俺は『誰もが欲しくなるような』って言ったぞ」

　それが欲しいのは一部の人間だけだ。

「マスター、ひとつ思い当たるのですが、前にオリハルコン合金の聖印を見てドワーフ達が目の色を変えてませんでしたか？」

　レイが小さく挙手して言う。そういえばそんなこともあったな、あれは確かオフトン教教会を作ったときの話だったか。うちの村の冒険者代表ゴゾーと、鍛冶師カンタラのドワーフ2人が元の宗教を抜けてまでオフトン教に入ろうとしていたっけ。

「よく覚えてたな、レイ」

「ふふふ、もっと褒めてください」

しかしオリハルコン合金は色々ヤバすぎるって話だったな。……ドワーフや鍛冶師が詰めかけることになったりしないだろうか。ちょっと過剰すぎる不安がある。

「……もう少し適度なお宝はないか？」

「無難なとこやったら、金貨でも積み上げて山にしとけばええんとちゃう？」

「ああ、それはいいな。通貨は万人に共通する価値だし」

なんなら見せられればいいだけなんだから金メッキで偽物の金貨でもいいだろう。それなら壁を壊されて取られたとしてもさほど痛くない。手前のいくつかは本物にするとかでもいいな。オリハルコン合金の聖印はさておき、色ガラスの宝石を転がしておくのもアリかな。

「で、ひとつ目はまぁいいとして、ふたつ目の問題点は壁や窓を壊されて侵入されるって可能性があること。あと目視できる場所なら【転移】で侵入される可能性がないわけでもないな」

「いっそモニターで見せておく形ではだめでしょうか？」

ニクの案。それもなくはないが――

「あれは立体感に欠ける。絵画ならまぁアリだけど……ああ、いやまて。除き穴を2つにしてVRゴーグルのように見せてやればいけないこともないか？」

これはアリだな。とはいえ、少し工夫やテストをする必要はあるけども。

「はーいー、いっそのことー、部屋全体を落とし穴にしちゃうのはどーでしょうかー？」

と、ここでネルネが根本的なところからひっくり返す妙案を出してきた。

「【転移】して部屋に入ったらー、罠にひっかかるという寸法ですー」

「いいなそれ。逆に【転移】持ちをターゲットにするのか」

個人レベルで【転移】ができるのはハクさんとその直属の部下達（ただしミーシャ除く）しか知らないほどに希少だが、だからこそ罠にハメることができれば強そうだ。そのレベルの強者(つわもの)を罠にかけられるならむしろ安い投資かもしれない。

「ダンジョンの壁で強化ガラスとかが使えないかな……アクリルという手もあるか。素材なら多分カタログにあるだろうし」

あ、落とし穴じゃなくて、いっそのこと一酸化炭素を充満させた密閉空間にしておくのもいいな。真空もアリだけど、空気を抜くのが面倒くさそうだ。

「うんうん、これも中々いいアイディアだ。候補に入れておこう」

俺はソトとニクの頭を撫(な)でる。

「まー、金貨より靴下の方がいいと思いますけど」

「ソト様。靴下も置けばいいだけではないでしょうか？」

「それですニクお姉ちゃん！」

「……あらかじめ言っておくけど、部屋全体をトラップにするから、暇なときにお宝を愛(め)でに行っても中には入れないぞ」

俺がそう言うと、ソトは「しまった、そうなりますか」と残念そうな顔になった。靴下部屋は自分のダンジョンで存分にやってくれ。

にしても、とても『欲望の洞窟』らしい罠になりそうだ。見るだけなら安全なお宝だが、近づけばデストラップ。本当にいいアイディア出してきたなぁ。……ただ、金貨の山とか色気の欠片（かけら）もないのでデートスポットには向かないだろうけど。

「では次に、ネルネ。どうぞ」

「はーいー」

今度はネルネの番らしい。

「私のアイディアはー、ずばりー、これですー」

ネルネは、ホワイトボードに『エロス』と書き込んだ。うん？

「ここに用意したるはー、サキュバスシスター達から採取した体液でしてー。これをお香にして部屋の中に炊いておきますとー」

「待て待て待て、嫌な予感しかしないんだが」

俺はネルネの発表を止めた。なにその小瓶、サキュバスの体液って。

「おやー？　どうかされましたかー？」

「まずテーマが『エロス』ってなんだよ」

「おややー？　ダンジョン改装にあたりましてロクコ様に確認を取ったのですがー、今回の目的はそもそもマスターのへたれをサポートするデートスポットの作成ー、と伺いましたがー、違いましたかー？」

違ってないけど!?

「ほう、これはネルネに一本取られましたね。まさかロクコ様に確認するとは」

「へぇー、そういう事情やったんか」

「パパらしいですね！」

くっ、改めて周知されてしまった。恥ずかしい！

「なのでー、教会のサキュバス達に体液を頂きましてー、あー、サキュバスの体液はいわゆる媚薬（びやく）というやつでしてー」

「ダイレクトに発情させて背中押されても困るんだが!?」

「ロクコ様は問題ないとおっしゃってましたがー？」

大ありに決まってるだろ!?　何言ってんだロクコは!?

「まー、お香にしなくてもー、えっちぃーな石像に染み込ませておけば十分足止め効果もあるかなー、と思う次第でしてー。これは唾液なので効果もほどほどですしー？」

「没！　これは没の方向で！」

俺はぶんぶんと手を払うように振って案を却下する。そんないかがわしい代物をダンジョンに作ったらハクさんに殺されるわ！

「いや、ご主人様へたれなんは事実やしこのくらいした方がええんちゃう？」

うるさいぞイチカ！

「とりあえずー、お世話になっているので唾液くらいはいつでも安定供給できるとのことですのでー、これはどうぞお持ちくださいー」

と、ネルネから小瓶を渡される。がしっと手を摑まれ上向きにされて、そこにギュッと押し付けられるような丁寧な渡し方で。捨てたらダメかね？

「気を取り直してシルキーズ、発表してください」

「「はーい！」」

キヌエさんの部下の少女シルキーが声を揃えて立ち上がる。白い髪飾りのハンナがまずホワイトボードに『小迷路』と書いた。

「私達の案では、迷路を作ります。今ある大迷宮ではなく、もっと細かいやつです」

赤い髪飾りのナコルが発言し、黄色髪飾りのピオが続ける。

「壁に溝で迷路を掘って、この迷路を解かなきゃ先へ進ませない、という代物です」

相変わらず3人1組で仲のいいシルキーズだ。

「なるほど、一種の謎解きってことだな」

「はい、で、この、壁に溝を掘って、というところが肝心なんです」

「溝になっていたら埃が溜まりますからね」

「お掃除、お掃除したいです」

お前ら。露骨に自分達の欲望を入れてきやがったな、もっと隠せよ。

「だがダンジョンにあるギミックなんだから、そもそも掃除はさせられないぞ？」

「なん……ですと……？　どうしようナコル」

「落ち着いてハンナ。これは想定内。ね、ピオ？」

「うん、この迷路部屋だけでもゴミ処理権限を貰って、夢のダンジョンお掃除をする……

そういう野望だからね」

聞こえてるぞ。と、ここでキヌエさんがにこりと微笑む。

「ダンジョンのお掃除は私の領分です、譲れません」

「一部屋くらいいいじゃないですかメイド長！」

「自分ばっかりずるいぞー！　ぶーぶー！」

「くっ、これだからメイド長は。もっと部下に仕事をまわせー」

そんなに掃除がしたいのかお前らは。恐るべきはシルキーの性よ。

「まぁ、一部屋くらいはいいんじゃないか？」

「むむ、まぁマスターがそうおっしゃるなら……」

不満げなキヌエさん。……その分部屋増やすから勘弁してよ。

「……けど迷路を解くのがカギになってる、ってのはアリだな。ただ、それだけだと難易

度が低い。もう一工夫加えようか」

「溝になってるならなんでもいいです」

「お掃除できるなら文句はありません」

「前2人に同じ」

それだともはや目的が掃除しかないんだが？

「……まぁ、なんだ。器用さを測るギミックも加えよう。そうだな、例えば——スタートから棒を持って動かしてゴールまで運んだらクリアだけど、途中で迷路の壁に当たったらダメ、とか」

昔、バラエティ番組でそんな感じの電流が流れてる迷路を突破するって企画があったっけなぁ、と思い返す。クリアできたらお宝ゲット、ってやつだ。【クリエイトゴーレム】を駆使すれば再現できないこともないんじゃなかろうか。さすがにあれほどド派手に火花をちらすのはできないだろうけど、代わりに失敗したらモンスターが襲い掛かってくる、とかになるかな。

「わぁ、面白そうです！」

「溝に加えて棒だなんて！　お掃除できる箇所をもっとください！」

「ついでに照明はシャンデリアでお願いします」

なぜシャンデリア……掃除箇所が多そうだからか。そうか。

「まぁ、ゲーム要素が面白そうだから保留としておこうか」

「よろしくお願いします、マスター！」

「採用した暁には、そのギミックまわりのお掃除権を！」

「メイド長の横暴を許すなー」

　こうしてシルキーズ達の発表は終わった。

「こほん。では最後に私とエレカのアイディアを発表させていただきます」

と、レイで最後らしい。直属の部下エレカがアシスタントを務めるようだ。エレカは妖精らしくパタパタと飛びながらホワイトボードに『門』と書いた。

「私の案では、門を作ります。以上です」

………どやぁ、とキメ顔を作るレイだが、え、何？　門？　それだけ？

「レイ様、レイ様、おそらく伝わっていません。もう少し丁寧に説明してください」

「む、む、そうですか？」

　エレカがレイに耳打ちする。うん、伝わってないからね。しっかり説明してくれ。

「えー、では改めて。門を作ります。ただし、この門は開かない門です」

「開かない門？」

「はい！　とっても荘厳で、とっても神々しく、いかにもこの先にお宝や冒険が待っているかのような素晴らしい門を作ります。……しかし！　その門は決して開くことのない門なのです!!」

　ちらり、とエレカを見るレイ。エレカは「伝わってます、伝わってますよレイ様！」と応援していた。

まぁ要するに、レイの案は『ダミーの門を作る』ということだ。

「なるほど、どうにかしてその門を開けようとする、けれども決して開かない。そうやって時間を稼ぐギミックってことか」

「その通りです！　きっと冒険者どもはこの素晴らしい門を開けようと無駄に探索するに違いありません。ですが残念！　この門は、決して、開かない門なのです！」

なるほど、それは中々に面白そうだ。

「……欠点があるとすれば、無視されたら終わりだし、開かないと知られても終わりってことだ」

「うぐっ」

初見殺し、いや殺すギミックもないので殺しもしないだろうが、一度しっかり調べられたら終わりという1回こっきりの偽の門。

「だが採用！」

「えっ!?　本当ですか、やった！」

ぴょこんと小さく跳び上がって喜ぶレイ。

「ご主人様ー、なんでレイの案採用なん？」

「……一番デートスポットっぽいからだな。あと作るのも比較的簡単だし」

「あー」

納得して頷く（うなず）イチカ。他の面々もなるほどと納得したようだ。

「とはいえ、他のも良かったから順次作っていくことにしようか。……ネルネの案だけは除くけどな」

「ええー？　そんなぁー」

俺の言葉に皆が喜ぶ中、ネルネはキョトンとした顔で首をかしげた。当然だろ。

＊　＊　＊

今日の定時連絡では、ナリキンに『憑依（ひょうい）』せず、小鳥（トラン）の方に『憑依』してみた。周囲の状況を探るとナリキン達は木でできた部屋——船室にいるようだった。船を使って聖王国へ向かっているらしい。俺はナリキンに【念話】で話しかける。

『おーい、調子はどうだ？　船に乗ってるってことは順調なんだろうけど』

「マスター。今日はそちらですか」

『ああ。大した確認もないしな、こっちの方が楽だろ？』

すっと鳥籠を開けて外に出してくれるナリキン。見た目は俺だが気遣いのできる男だ。

軽く羽ばたいてぴょいっとナリキンの肩に飛び乗る。

『よく考えたら憑依用の魔剣を用意するっていう選択肢もあったかな？』

「ケーマ様。無生物へ【憑依】するのは逆に難しいですよ、ダンジョン機能とやらの方はしりませんし、元がリビングアーマーなら問題なさそうですが」

そう答えたのはトイだった。なるほど、そういう事情もあるか。

「それだと自分はともかく、ロクファは難しそうですね」

『そうだな……ん？　今ロクファのこと名前で呼んだ？』

「ロクファの名前を言う分には問題ありませんからな」

言われてみればそうだけど。……もしかして最初の『愛しの我が妻』って呼んでたのは
ロクコに何か頼まれてたりしたのか？

「人前ではちゃんと我が妻と呼びかけますとも。なぁ、愛しの我が妻」

「ええ、アナタ……ん？　あれ、これどういう状況？」

「む、どうしたロクファ？……ああ、奥様か……」

突然ロクファの雰囲気が変わった。なるほど、憑依するときってこんな感じなんだなー、
とロクコが憑依したロクファを見る。

『おいロクコ。ちゃんと一声かけてから憑依してやれよ』

「あれ、ケーマこっち？……可愛いわね！」

『おおう!?　やめい！』

むんずっと鷲摑みしてくるロクファに、俺はじたばたと暴れて抗議する。なんとか右羽
を拘束から抜け出させて、ぺしぺしと手をはたく。

「ぴぃぴぃ鳴いてるけどなんて言ってるか分からないわ？　うふふ、かーわいーい」

『うそつけ！　念話してるんだから聞こえてるだろ!?』

「聞こえなーい」

『返事しといてそれはないだろ!?』

なーでなーで、と頭を撫(な)でられる。おほぅ。くすぐったくて変な声出そう。

「あの、マスターは離すようにとおっしゃっていますが」

「あらそう？　胸の谷間に挟んであげようかと思ったのに。こう、おさまりが良いわよねここ」

「やめて差し上げてください」

ナリキンに取りなされて、ロクファ(ロクコ)は俺を解放する。……胸に挟むとか何ということをしようとしてくれるのか。俺は再びナリキンの頭の上に飛び乗った。

『はぁー……最近のロクコはなんかその、積極的というか……手に余るというか……』

俺が乱れた羽を撫でつけて直していると、トイが小さく手を挙げた。

「ああ、それなんですがケーマ様。発言よろしいですか？」

『なんだ？』

「ロクコ様の言動なんですが、そういえばパヴェーラの酒場で『ゴレーヌ村のシスター達が妙にエロい』という噂(うわさ)を聞きました。そのせいでは？」

『サキュバス達から悪い影響を受けてるのかな……』

「ええ、なにせダンジョンは概念に影響を受けますからね」

ん？　と俺はトイの発言に小さな首をかしげる。

『影響を受けてる、って、そっち？　神様的な？』

「ええ。なにせダンジョンは亜神ですから、そのダンジョンの評判なんかにも左右されるに決まってるじゃないですか。……ご存じ、ないのですか？」

『……は？』

　この世界の神様は、なにかとこう司る(つかさど)モノがある。で、ダンジョンコアは亜神で、各々自分のダンジョンを司っているとすれば……うん、納得だ。思い起こせば、お酒やらお風呂やら食べ物へのこだわりやら、そもそも知能だってダンジョンの影響を受けている気がする。

『そうか、ウチの場合、村もダンジョンの一部だから』

「本人の気質の方が大きいとは思いますが、受けているでしょうね。影響」

　ということはアレか。最近のロクコがあれなのはその……ダンジョン、というか村がピンク方面の評判が増えたから、ということか？　色々と手を焼く状態になっているのはそのせいだと……俺はロクファ(ロクコ)をちらっと見る。

「なんかフラフラするわね……お酒飲んだときみたい」

「船ですからな。足場が揺れるのです」

「船旅かぁ……あ、そういえば海？　浜辺で遊んだことはあるけど、沖に出たのは初めてだわ。それだと部屋の外も観(み)たいわね」

「では明日の昼に来られてはいかがでしょう？　今は夜です、夜の海は暗くて何も見えず危険ですから、甲板には出してもらえませんしな」

俺とトイの横でそんな話をしているロクファとナリキン。どことなく艶っぽく感じるのは気のせいだと思うけど……とりあえず、シスター達にはサキュバスパワーで服がエロくなる前にちゃんと交換してもらわないとだな。こまめに支給しよう。

『憑依』を切り上げてダンジョンのマスタールームに戻ると、ロクコが無防備に隣に寝ていた。俺が寝始めたときにはいなかったはずだが。

……と、ぱちくりとロクコの目が開き、くりっとした碧眼が俺を見てにこりと笑う。

「おはようケーマ。勝手に一人で行かないで、ちゃんと私にも声かけてよね」

「あー、今日は船で移動だって話だっただろ？　だからすぐ終わるしいいかなって」

「もう！　何のためにロクファを用意したと思ってるの？　まったく……」

サラサラの金髪を指でくるくると巻くようにして拗ねるロクコ。

……村の噂でこれなんだから、ダンジョンに対する噂ならもっと影響が強いだろう。今後はロクコへの影響も考えながらダンジョンを作っていかないと。

つまりネルネの改築案は完全にお蔵入りということで。うん。

＊＊＊

ロクファ(ロクコ)と一緒に大海原を見たり、ダンジョンの改築を進めて数日。ナリキン達が聖王国にある港町パシリーへ到着した。無事に聖王国へ入国できたし、『憑依』も問題なくできる。いよいよ調査開始、といったところか。俺とロクコはナリキンとロクファに『憑依』して、聖王国の地に立った。

「我が妻よ、ついに聖王国だぞ」

「んむ、来たわね、アナタ！」

　聖王国の街並みだが、とりあえず港町パシリーは漆喰(しっくい)らしき白い壁の四角い建物——パヴェーラとほとんど変わらない感じだったが、一点だけ。神殿っぽい、縦筋の装飾が入った柱が多く見える。

　そして、建物以外では人の服装や顔ぶれが大きく違っていた。

「……ギリシャか？　ここは」

「何言ってるの。聖王国でしょ」

　古代ギリシャを彷彿(ほうふつ)とさせる、ひだひだの、カーテンを巻き付けたかのような服装が聖王国では一般的なようで。大通りを歩く人の大半がそういう格好だった。ナリキン達も船を降りる前に着替えたため、しっかりこのカーテンを身体(からだ)に巻き付けたような服装になっている。トイの手配だ。おかげで、俺達はしっかりとこの風景に紛れていた。

「いつもの服だと間違いなく目立ってたな……あー、スースーするなぁ股間が」

「普段はズボンだものね……いや、ナリキンだと鎧かしら？」

まるでスカートをはいている気分だ。あ、下着ははいてるぞ？　さすがに。

「聖王国という国は偉い人ほど布がひらひらしてるんですよ、旦那様、奥様」

そう話すトイについてはパヴェーラで手に入れたシンプルなメイド服。使用人の服はそのままでいいらしい。

「あら。なら私達はだいぶ偉そうな感じじゃないかしら？」

「ご明察です奥様。ペットの小鳥と合わせまして、かなりのふんぞり返りっぷりです」

「ふんぞり返ってるのかよ……」

とはいえ、そんな布の多い服装も『人間』に限ったものである。

俺達と似たような格好をしている人間の後ろにちらほら見える『獣人』ともなれば、膝上までのズボンのみ。男は上半身裸で、女は胸を隠す布を巻いている感じで、まさに奴隷という様相。みんな目が死んでるのもそれに拍車をかけている。『エルフ』はまぁ男女共にそこそこ粗末な服装。『ドワーフ』は……いないな。それと、魔国人のような人っぽい魔物もいないな。

そして、そんな『人間以外』は一様に奴隷の首輪を装着していた。

「なるほど、これが人間至上主義ってやつか」

「はい。この国では、エルフとかはまだ召使いになれていい方ですが、獣人は奴隷しかいませんからね。……『奴隷でない獣人は大通りを歩くと罪。犯罪奴隷落ち』という法律もありますよ旦那様」

「マジかよ、俺達も知らないうちに犯罪者にされたりしないか？」

「『人間』にはそこそこ優しい国ですから大丈夫かと。問題ありそうだったらお教えしますとも」

とりあえず、この国では獣人にまともな服着せてると嫌そうな目で見られたりするらしい。さらにはヒラヒラしたフリルなんてもっての外。「ケダモノに人よりいい服着せてるんじゃねぇ！」と面と向かって言われるレベルとのこと。獣人は良くて愛玩動物、悪くて肉壁や魔物の餌。犬獣人もトカゲ獣人も関係なし。鳥人（手が羽になっているタイプの獣人）は光神の使者『天使』を侮辱している存在ということで特に扱いが酷い、と。……相当極端に排斥されてるんだなぁ獣人って。そら死んだ目にもなるわ。

……ん？　でもそう考えるとトイの格好は随分と浮いているのではなかろうか。なにせ獣人なわけだし……そう思ったのだが、よく見ればトイの耳と尻尾が消えていた。

「あれ。耳と尻尾はどうした？」

「ケモカクシンという魔法薬で消してます。もちろん混沌製薬ですよ旦那様。……ああ、ご安心を。バレなければ問題ありませんし、バレても違法ではありません。なにせ、この通りちゃぁんと首輪もしているのですから」

と、効かない首輪を指さして笑うトイ。ほんっと形だけの奴隷だよなぁコイツ。

そんなトイは俺達以上に自然体で俺達を先導していく。慣れているのか、物怖(ものお)じしないだけなのかは分からないが、見知らぬ土地では頼もしい。

「そうそう、旦那様方は貴族の旅行者、二級市民相当の身分になっています。帝国の男爵位のおかげで正規ルートで簡単に用意できましたよ。準二級でなくよかったですね？」

「……二級と準二級でどう違ってくるんだ？」

「二級市民なら一級市民を訴えることができるので、色々融通利かせやすいんです」

準二級は何かされても訴えることすらできないのか。平民と貴族、みたいな格差があるようなもんなんだな、なるほど。

「とはいえ、『人間』なら滅多に横暴されませんから大丈夫です。それと、仮に何かされたら『あー、もういい、ダンジョン壊してぇ』と本心っぽく呟(つぶや)いてください。それで大体和解できます」

そんなトイの冗談とも本気ともつかない発言に、俺とロクファ(ロクコ)は顔を見合わせつつ、ガイドされるがままについていった。

さて、トイの案内で今日泊まる宿までやってきた。部屋に案内されると、内装はパヴェーラの宿とさして変わらない堅いベッドの部屋がそこにあった。

「で、これからどうするんだ？」

「……いや旦那様。それは旦那様が決めることでしょう？　そもそもどうして聖王国に来たんですか」

……どうしてだっけ？　あ、いやいや。勿論覚えてるとも。

「確か観光よね？」

「違う、ハクさんからの依頼だ。何勝手に新婚旅行にしてるんだよ」

こつん、とロクファを小突く。

「とりあえず怪しいところがあればいいんだが。情報収集しないとな」

「であれば、丁度いい情報がありますよ」

「人工ダンジョン……この国では『正しく管理されたダンジョン』と呼ぶのでしたか。私も何か探ってみましょう。つきましては、旦那様方にはやっていただきたいことがございます。よろしいでしょうか？」

「なんだ？　この国で冒険者の依頼を受けたりとか？」

「いいえ。観光でございます」

トイはにこりと胡散臭い笑みを浮かべて言った。

情報は人の多いところで集めるのが効率がいい。つまり、人の多い所に行く必要があって——つまりは観光。ということらしい。

一応、ナリキンとロクファは冒険者にもしてあるから、この国にもある冒険者ギルド的な場所（提携はしているので冒険者のランクが同程度に適用される）で仕事を受けたりもできるのだが……ハクさんの依頼から逸れた横道でケガをするわけにもいかないので、やるにしても軽いものをこなす感じになるだろうな。やっぱり観光だな？

まぁ、折角来たんだ。のんびりと聖王国を楽しむのもいいだろう。

＊＊＊

聖王国は港町パシリーから戻って、ゴレーヌ村。

たまには村を散歩でもするか、と俺は枕を持って村長邸を出た。マップで人の滅多に来ない日向ぼっこに最適な場所がある。素晴らしく昼寝に最適な裏庭的場所で、実は前々から目をつけていた場所なのだ。

木陰で寝るのに最適そうなところの落ち葉を払い、昼寝場所を整える。

「いやぁ、今日もゴレーヌ村は平和だなぁ。さーて、寝るかぁ」

「……と、思うじゃないですか？」

「うぉあおぅ!?」

驚いて飛びのくと、幽霊――もとい、ドルチェさんがいた。

「いきなりなんですか」

「いや、ケーマさんこそ……こんな外で昼寝とか。……いまだに暗殺者とか来てるってこと忘れてますよね？」

「……そ、そんなことないぞ？　こう、あえて囮になろうとしてただけで」

「うん、それなら私に通達して欲しかったですね。ハク様から護衛の仕事を任されているのになぁ……はぁー……」

やれやれと溜息をつくドルチェさん。その、すみません？

「いや、でも、最近暗殺者も来てないだろ？」

「今日丁度お宅のわんこが1匹狩ってましたけど？　いい番犬ですね」

まじか。そしてニクが対処してたのか。あとで労っておかなきゃ。

「ああ、それでケーマさん。聖王国の調査は進んでますか？」

「一応、配下が聖王国まで到着しましたよ。『憑依』も問題なしです」

「ならいいです。あ、ちなみに暗殺依頼者の情報、少し吐かせましたよ」

と、俺はドルチェさんから情報を受け取った。今日の定時報告のときにでもナリキン達とも共有しておこう。

「とりあえず依頼者はこちらで処理しときます。それではご勝手に、安全な昼寝を？　しっかり見守ってあげますとも。金縛りはサービスです」

「……それはそれで眠れないんだけど？」

ちなみに本当に金縛りされた。これはこれで貴重な体験だな……

で。早速その日の定時報告でナリキン達に情報を渡す。

『サンシター地方ってところに、俺達の暗殺をしようとしてきたお偉いさんが1人いるらしい。対処の必要はないが、折角だから様子を見てきてもらおうかなと』

「サンシター地方。マスター、偶然ですが、丁度我々も情報を得てサンシターに向かっているところです」

ナリキンがふむ、と頷く。ベッドのサイズが大きいことからして今日は先日とは違う宿に泊まっているようだったが、既に情報をつかんで移動しているところだったのか。やる気に満ち溢れているな。

「トイの得た情報によると、サンシターは『光神の日の光の下に平等』と言いつつ、ただし人間に限る町、だそうですぞ。なぁトイよ」

「ええ。そして、平等を語る者ほど、胡散臭いことこの上ないでしょう？」

『偏見は入ってそうだが、確かに』

更に、サンシターでは「二級市民も三級市民も平等に働ける」みたいな謳い文句で人を集めているらしい。さらに少し踏み込んだことを尋ねたところ、どうやら秘匿されたダンジョンがあるようなニオイがした、とのことだ。

「聖都オーカ・ザリに行くのも良いかと思ったのですが、まずはこちらにと思いまして」

『分かった。引き続きサンシターへ向かってくれ』

「かしこまりました、マスター」

　3人が小鳥（俺）に向かって頭を下げた。

『……ところで、これはどういう状況だ？』

「どういう、とは？」

『ロクファのその薄着というか、距離というか』

　そう。俺はあえてナリキンとトイの方だけを見ていたのだが……ロクファはかなりの軽装で、大きめの、おそらく夫婦が2人で寝られるサイズのベッドに座っていた。そして、そのすぐ隣にナリキンである。あえてナリキンの方だけ見て話してたんだが、なんというか、その。ランプの魔石節約も兼ねて定時報告が終わったらすぐ寝る予定なんだろうが、今は中身はロクコではないのだが目のやり場に困るし、俺とロクコに瓜二つ（うりふた）な2人が凄く（すご）親密そうで、なんというか、むず痒い（がゆ）。

　そんな俺の心情を察したのかトイがニヤリと笑みを浮かべた。

「……おやおや？　お二方は夫婦でしょう？　宿の部屋で夫の隣に部屋着の妻がいて、何の不思議がありますか。距離が近くて、何が悪いでしょうか……ああ！　これは気が利かず申し訳ありませんでした。奥様、ケーマ様がご所望ですよ。脱ぎましょう」

「そういうことでしたか。では」

トイに唆され更に脱ごうとするロクファ。俺は慌てて止める。

『違うわ！　むしろ逆だ、逆！　あんまり肌を露出されると困るって言ってんの！　トイ、あまりふざけてるとくちばしでつつくぞお前！』

「おお怖い怖い。あははっ」

まったく、まるでレオナだ。レオナならもっと酷いんだろうけど。

『……ナリキン、お前からもはしたない真似はするなと止めてくれ』

「む、そうですか？　ロクファ、とりあえずこれを羽織れ」

ナリキンがカーディガンを【収納】から取り出しロクファの肩にかける。うーんイケメン。俺と同じ顔なのにさまになってやがる。

「はしたない、ですか？　私の肌を見て良い男性はロクコ様が夫と定めたナリキンと、マスターのみです。これはかなり貞淑な妻であると自認していたのですが」

ダンジョンモンスターはやはりどこかズレているな……いや、まさかロクファの考え方が一般的なのだろうか？　と、トイをちらっと見る。

「んー。聖王国、そして光神教ではわりと一般的な考え方ですかねぇ。なにせこの国は多夫多妻制ですからねぇ、たった1人か2人相手にしか肌をさらさないのはとても大人しい妻なんですよ」

『多夫多妻制て。……そういや光神教の聖女アルカもそんなこと言ってたっけか？』

「甲斐性さえあれば、そして夫婦で同意と釣り合いが取れれば何ら問題ないという法律になっていますよ。二級市民以下でも、ダンジョンを攻略するパーティーがそのままひとつの家族になる、というのが一般的です」

聖王国では、ひとつの家庭に複数の「夫」や「妻」がいることが普通で、家族というよりも共同体を作っていると表現した方がしっくりくるだろう。……そして優秀な人物であればハーレム・逆ハーレムも推奨ときたもんだ。

『跡継ぎ問題とかありそうなもんだが』

「生まれた子供は皆の子供として育てます。この国では、親子関係とは血よりも才能や教育を重視する文化が根付いているので、問題はないのでしょう」

まったく関係ないとは言わないが、跡継ぎは、跡継ぎにふさわしい才能と教育を備えた者がなるらしい。下手な長子相続よりも安定しそうである。

そして、ダンジョンを攻略するパーティーにおいても――家族になることで意思疎通がより密になり連携が良くなる。色恋沙汰でパーティーが空中分解するのを防止できる。育児も複数人で行うため負担が少ない。そして子供は親達から各種教育を受けられ、自分に向いた職へ就ける……と、良いことずくめらしい。

お偉いさんが合法ハーレムを作るためだけの制度かと思ったら、実に合理的だった。

『なんというか……ダンジョンを破壊しようという気概が見え隠れする制度だな』

「人間至上主義なのも、子供の種族を『人間』に統一して変な諍い(いさか)が減るようにするための代物だったりするのかもしれませんね」

　確かに。獣人だと獣特徴で子供が分かり易いもんな。しかも獣人は職の適性が戦士系に偏っている。ダンジョンを攻略するパーティーにするなら、まんべんなくバランスが良い方が捗るというものだろう。

　うん、聖王国とんでもねぇな。文化からしてダンジョンを殺す気満々だ。

「それとケーマ様。帝国でも貴族の家督を持つものであれば複数の妻や夫を持てる法はありますよ、平民は一夫一妻制ですが」

『俺としてはそっちの方が馴染み深いな。……ロクファも、あまり聖王国に染まらないように。あくまで潜入先なんだから』

「あっ、な、なるほど。そういうことですか、分かりました。仰せのままに」

　ロクファは上着をしっかり羽織って、ぺこりと頭を下げた。……寄せて上がった谷間が見えてんぞ。ほんと気を付けて。


『憑依』を解いてゴレーヌ村の宿に戻る。今日はマスタールームからではなく宿の部屋からの『憑依』を試していた。と、オフトンの中に何かいる。といっても慣れた感触で、見ればニクがオフトンに潜り込んでいるようだった。護衛兼抱き枕業務に来てくれたのだろう。仕事熱心だなぁ。

さて、聖王国でも寝る時間だったが、こちらでももう寝る時間だ。俺もこのままニクを抱き枕にして寝るとしよう。

「はふ……ご主人様……？」

「おっと、起こしちまったか？　悪いな」

「いえ、起きてました……」

とはいうものの、俺に顔をうずめるようにして擦り付けるニク。ボーッとしてるようだし、どう見ても寝起きである。

「そういやニク、ドルチェさんから聞いたけど暗殺者捕まえたって？　よくやったな」

「……はい」

ニクの頭を撫でると、ぱたぱたと尻尾が揺れ、自慢げに「むふー」と鼻息が漏れる。相変わらず表情筋以外は感情が豊かだ。笑顔を浮かべつつ感情が読めないトイと違って安心感がある。

「なにかご褒美をやろう。何が良いかな」

「……抱き枕業務が良いです？」

「いやそれいつもしてるから。もっとこう何か……そうだ、オリハルコンを使って小物か何か作ってやろう。何が良い？」

オリハルコンについては、以前に『父』から貰ったボススポーンによって親指オリハルコンゴーレムを複製することに成功しているため、小物を作るくらいなら問題ない。簡単なアクセサリーなら作れるだろう。

「では、できればナイフがいいですが……オリハルコンは軽い、ですよね？」

「一部だけ、刃と峰をオリハルコンで作るってのはどうだ？　これなら重みもそんな変わらないだろうし、切れ味と硬さ以外はそう変わらないはずだ」

「では、それで」

「オーケー。ニクは二刀流だから2本だな」

「……4本いただけませんか？　2本は、ソト様の複製用に」

「複製ナイフならコボルトに持たせるにもいいしな。分かった」

珍しいニクのおねだりに、俺は快く頷いた。

というわけでちょいちょい、と【クリエイトゴーレム】でオリハルコンを加工。鉄製ナイフの刃と峰をオリハルコンに置き換える。いわゆる付け焼刃だな、焼いてないけど。

……ちなみに、付け焼刃という言葉が悪い意味で使われるのは、その刃が脆くてすぐナマクラになってしまうから。つまり、脆さが一切ないオリハルコンならその意味は反転し、最強の刃となる。

「最後に刃を作って……」

オリハルコンは硬すぎて研げないので、刃の部分も生成しなきゃならないが……まぁ柔らかくしてから上下から挟み込み潰せば薄くなる。あとはその薄さを維持したまま形を整えて完成っと。……これゴーレムブレードにする必要あるかな？　一応しとくけど。

「ほいできた。タイムは？」

「はい。4本で30分です、お見事です」

「じゃ、これを下賜する」

「ありがとうございます、ご主人様」

鞘にしまってほいっと渡すと、ニクは尻尾をパタパタさせて喜んだ。……武器貰って喜ぶ幼女……うーん。教育を間違えてる気もしなくもないなぁ。

＊　＊　＊

「ここが、サンシターの町か」

「中々に壮観な麦畑ね」

ナリキン達に『憑依』して訪れたサンシターは、ツィーアの北側同様に穀倉地といった趣の町だった。ただ、ツィーア北の広大な平原とは違い凸凹した小さな丘が多く、段々畑がそこかしこにある形だ。ロクファが「おおー」と眉に手を添えてひさしを作り、麦畑を眺めている。楽しそうで何より。

さて、ここまで来たのは良いものの、実際に何をどう調べたらいいのだろう。

「そういえばドルチェが食べ物の生産量と輸出量を考えて、作付面積のバランスがおかしいとか言ってたわよ。そのあたり調べたらいいんじゃないかしら」

「そういうのは先に情報共有してくれよ」

……畑面積の計算が面倒そうなのはまさか諜報対策だったりするのだろうか？

「であれば旦那様。商業ギルドへ行ってはいかがでしょう？　旦那様であれば、聖王国小麦の仕入れを検討しているとでも言えば話は聞いてもらえるのではないでしょうか」

トイがそっと進言してくる。……アリだな。実際に小麦とかを買って調べてみるか。


町の中に入り、ロクファと腕を組みつつ人の流れに乗って商業ギルドへ向かう。ギルドの場所はなぜかトイがちゃっかり把握していた。

商業ギルドはやはりギリシャっぽい白い四角い建物。他の建物の2倍か3倍はでかかった。中に入れば、そこにはちょっと趣味が悪いんじゃないかと思う金色の壺やらマッチョな石膏像、大理石の交渉テーブル等々があった。……目がいたくなりそうだ、観葉植物の緑を眺めて目を休めよう。

「……相当儲けてるのねぇ」

「まぁ、商業ギルドなんだから儲けててくれないと困るだろ」

利用する商人的にも所属組織である商業ギルドにはしっかり儲けが出ている方が良い。いざというとき助けてくれる余裕のない所を拠り所にはしたくないもん。

で、受付カウンターに向かう俺——なんてことはしない。トイを使いに走らせる。こういうところでわざわざ交渉主である俺が受付に向かっては舐(な)められるんだそうな。

その後、ギルドから役職付きの職員が俺に挨拶してきた。

「ようこそサンシター商業ギルドへ。係長のセンタクと申します。なんでも、我が町の小麦を仕入れたいとのことですが？」

「うむ」

できるだけ尊大な態度で応じる俺。席を勧められ大理石テーブルを挟んで向かい合いソファーに座る。トイは後ろに立って控え、ロクファ(ロクコ)は隣だ。ついでにトラン(ナリキン)とシーバ(ロクファ)はトイの持つ鳥籠の中で情報共有もバッチリ。

「回りくどい話は好かん。最大でどのくらい出せる？」

「最大ですか。ふむ……初回取引ですし、１００袋ですかね。お値段は、１金貨で」

「ハッ。１金貨なら２００袋が相場だろう。最初に吹っ掛けるのがこの国の作法か？」

「これはこれは、失礼いたしました旦那様」

と、ここまでが商人的には挨拶だ。聖王国貴族の場合はこの言い値を値切ることはせず購入するらしい。金を無駄遣いし、経済や文化に還元することこそが美徳なのだとか。ちなみに相場はやはりトイから教えてもらった。

「旦那様はラヴェリオ帝国のお貴族様とお聞きしておりますが、聖王国へは商売で？」

「いや、妻との新婚旅行のついでだ。安い小麦があると聞いて少し気になった」

と、ここでロクファ(ロクコ)の肩を抱き寄せる。初々しく「きゃっ」と声を上げ顔を赤くするロクファ(ロクコ)は、まさに新妻。どこからどう見ても新婚旅行である。

「無論、質も良いようであれば定期購入も検討している」

「それはそれは。……時に、新婚旅行、とは？」

「うむ。子を産み、育てるとなると気ままな旅は難しくなる。その前にせいぜい遊んでおこうというだけの話だよ。聖王国では婚姻事情が違うと聞くが」

まぁ、俺達(たち)には立派な子供(ソト)もいるんだけどな。

「ええ、我が国では子供が生まれても旅ができます。各地に自由に子を預けることのできる保育所もございますれば。いっそお子様のことを考えるなら聖王国に移住しては？」

「ははは、今のところはその気はない。土地の縛りもあるからな。……余程魅力的なものがあれば、こちらに別荘を建てるのもいいかもしれんが」

と、お互いにどうでもいいと思っている情報の交換を雑談で行い、相手を探る。……おいロクファ(ロクコ)、何赤くなって固まってんの。俺は相手に見えないように親指でとんとん肩を叩(たた)きあらかじめ頼んでおいたセリフを促す。

「はっ。あ、えっと、ねぇアナタ。私こんなところ詰まらないわ？　身体(からだ)を動かせるような場所に行きたいのだけど」

「んん、すまんな。もう少し辛抱してくれ。……おいセンタクとやら。とりあえずサンプルに2袋くれ。1銀貨でいいか?」

俺は【オサイフ】から銀貨を取り出し、大理石のテーブルにぱちっと置いた。

「ええ、承知いたしました。【収納】はお持ちで?」

「当たり前だ」

「ねぇアナタ。小麦ばっかりだと面白くないわ? もっと色々買いましょうよ。ね? ダンジョン攻略にも潤いは必要なのよ?」

「んん、そうだな。……なにかこの地でとれる食べ物をいくつか追加だ。いくつか珍しい物も入れてくれ」サンシターは色々なものがあると聞いた。銀貨5枚分適当に見繕え」

ロクコにおねだりされる形で更に銀貨を追加。合計7枚の銀貨を見てにこりと笑うセンタク。1枚はそっと自分の懐にしまう。

「承りました。奥様、ナリキン様。しばらくお待ちください」

「急いでね。時は有限、一歩でも深く進みたいでしょう?」

「ああ、早く頼む」

センタクは席を立ち他の職員を呼んで別室へ向かった。

……ちなみにちょいちょいロクコが挟む語録は光神教聖典からの引用らしい。トイの仕込みだ。曰く、設定としては光神教の女と誑し込まれた帝国貴族の男だとか。まぁ、このくらいの演技で交渉がスムーズに進むならやって損はない。

しばらくして、小麦2袋、大豆1袋、トウモロコシ粉1袋、それといくつかの果物を袋に入れて持ってきた。オレンジ、バナナ、リンゴにメロン、イチゴ、ブドウ……うーん、明らかに気候や季節が違くないか、という果物が並ぶ。奴隷に【収納】を覚えさせて時間停止倉庫にしているとかいうことも考えられなくもないけど。

「すごぉーい！　こんなにたくさんの果物！」

「ふむ、サンシターには果樹園もあるのか」

「ええ、町のはずれにありますよ」

俺はメロンとイチゴを見比べる。どちらも美味しそうだが――

「……それに、季節じゃない果物もあるな。素晴らしい、どうやって育てた？」

「光神様の恩恵でございます。あまり日持ちしないのもあるので、交易には向きませんが。こちらは穫れたてですよ。どうです奥様」

「すごいわ！　やっぱりダンジョンはクソね、だって光神様こんなにすごいんだもの」

「おお、奥様は良く分かってらっしゃる！　この地でしか食べられない果物も多々ございます。ぜひ別荘の検討を」

相当雑なヨイショなのにそれでいいのか。

しっかし、穫れたて、ときたか。季節外れの果物となるとビニールハウス……じゃなくて、果物の穫れる人工ダンジョンでもあるのだろう。……毒とか入ってないよな？

「なるほど、確か聖王国には人の手で管理された正しいダンジョン……人工ダンジョン、というものがあるのだったか？」

「……どこでそれを？」

俺が探りを入れると、目つきが変わるセンタク。

「パヴェーラの、ロードドル伯爵だ。聞けば、聖女アルカ様から人工ダンジョンを授けてもらったらしいじゃないか。最近は会ってないが、あいつが立ち上げた村は随分栄えてると聞いている」

「おお、そうでしたか」

ロードドル伯爵の名前を出した時点で若干警戒が解けて、聖女アルカの名前を出した時点で納得してくれたらしい。一応、ロードドル伯爵が人工ダンジョンを手に入れたくだりは事実だしな。ただ、もうその人工ダンジョンは崩壊してるし、村が栄えてるのは村長を引き継いだシドの功績だしロードドル伯爵もどうなったか知らんのだけど。

聖王国にとっても、人工ダンジョンを国外に持ち出している時点で、しかも口の軽そうなロードドル伯爵に提供した時点で半ば公開情報みたいなもんだ。このくらいの探りは問題ないだろう。

「この果物も、果樹園にある人工ダンジョンで穫れたのだろう？　まったく羨ましい。我が地にもダンジョンはあるが、人工ではなく天然のもの。いつ手に負えなくなるか分かったものではない」

「でしょうとも、ええ、ええ。苦労なさっているようで」

「そこで、どうにかして人工ダンジョンを手に入れる方法を知りたいのだが……」

俺がそう言うと、センタクは鼻に手を当てて考える。

「……さて、私はあいにくと存じませんな。……あー、しかし、そういえば、どこかで聞いたような……あー、あー、もう少し、何か切っ掛けでもあれば思い出せそうなのですがねぇ……？」

言いながら、鼻をつまみ損ねたようにして親指と人差し指で輪を作ってみたりするセンタク。それはコインのハンドサイン。つまり、露骨な金の要求である。

「ふーむ。それは例えば、こういう切っ掛けかね？」

俺はぱちりと銀貨を1枚テーブルに置く。

「ああ、いい音ですなぁ……うーん、もう少しで思い出せそうです、何か大事なことが」

「なるほど、なるほど。ならこれで思い出すだろう」

もう1枚銀貨をぱちり。センタクはにこやかに笑みを浮かべ、2枚の銀貨をつまみ上げ懐にしまった。

「ええ、思い出しました。思い出しましたとも。確か、紹介状を持ってクロマクにある光神教教会へ行けばより詳しい話が聞けますよ。……紹介状は信用のおける方にしかお出しできないのですが、ここだけの話、このサンシタ―商業ギルドでは紹介状を書くことも可能だったかと、ああ、いやどうだったかなぁ……」

そして、さらに鼻を掻きつつコインのハンドサイン。やれやれ、どうやら聖王国では信用を金で買えるらしい。……いや、この場合は人工ダンジョンの購入者としての財布の大きさを試されているのだろうか。

「では、これで紹介状を書いてもらうのは可能かね？」

どうせ経費だ、とさりげない風を装って金貨1枚をぱちっとテーブルに置けば、その金色の輝きにセンタクは満面の笑みで頷いた。

「ええ、ええ。可能ですとも！　承りました。ふふふ、いやぁ運がいい。実は私の個人的な伝手がありましてね。明日の昼にまたお越しください、用意しておきます」

「うむ、頼んだ」

かくして交渉が終了した。……ちなみにトイ曰く、もっと少ないチップだと数日後とかの予定になっていたらしい。のんびり観光もしたいし、それでもよかったかな。

＊　＊　＊

というわけで、翌日。紹介状の受け取りはナリキン達に任せ、俺達はハクさんに途中経過の報告をしていた。メールで良いかと思ったけれどロクコの顔見たいから連れてきて直に報告しろということだったので、『白の砂浜』にパラソルを差してテーブルを置き、青い海を見ながらの報告会兼お茶会となった。クロウェさんとキヌエさんが給仕を務める優雅なお茶会だ。

優雅に紅茶を嗜むハクさんとロクコ。え、ソトはどうしたかって？　今日は留守番だ。なにせ何するか分からないんだもん、ハクさんに指名されてなかったら呼ばないに決まってるじゃないか。初対面でタイツ食べた前科があるからな。まぁ、ソトはソトで村でお友達とお茶会をすると言っていたが。

「サンシターの地図です、ご確認ください。おそらくこの果樹園には人工ダンジョンがあるかと思われます」

俺はマップ画面をモニターで録画した地図をハクさんに見せた。ドルチェさんに教えてもらった方法で、下手に地図を書き写すより正確だ。

「……果樹園。ふむ、ケーマさんの暗殺依頼を出していた一人がここの出資者ですね」

え、そうなの？

「もうそろそろ処理が終わるので、過去形になりますが」

「あら、これで安心して眠れるわねケーマ！」

「……あくまで依頼者の一人、だからまだまだなんじゃないか」

「ええ、まだまだ、うちの部下は派遣させてもらっておきますね、ケーマさん」

ニコリ、と笑うハクさん。お断りしたいけど、安全面でも監視的な意味でもできないだろうなぁ……

「それで、人工ダンジョンのことはどのようにして確認したのです？　私の方でもこの果樹園は怪しいとは思っていましたが、まだ情報が集まっていませんでしたのに」

「正面から堂々と人工ダンジョンを買い付けようとして聞き出しました。金を握らせたら一発でしたよ」

「大胆な手を使いましたね。……よくやりました」

ハクさんは満足げに頷く。どうやら十分な中間成果と認められたらしい。

「紹介状を貰ったので、今後はクロマクに行ってより詳しい話とやらを聞いてきます」

「可能なら人工ダンジョンを入手してみてください。色々と調べてみたいです」

「かしこまりました」

色々危険な感じはするが、ハクさんならそのあたりで無茶な調査はしないだろう。

「もちろん購入にかかった費用はこちらで持ちます。手持ちのお金で足りなければ言ってください。……ああ。それと購入時に作業員を派遣する場所はどこですか、なんて聞かれたら困りますね。この砂浜付近をナリキン男爵の領地にしておきます」

ナリキンが領地持ち貴族となった。ある意味ツィーアの土地を間借りしてる俺達より上と言えなくもない。

「あら、ナリキンったら大出世ね」

「領民0の無人領地だけどな」

この間男爵になったばかりの男がもう領主とか、これだけ聞けばとんでもない成り上がりだよ。ロクコの言う通り大出世だ。

と、そこにクロウェさんが金貨袋を持ってくる。人工ダンジョン購入のための軍資金だろうか。テーブルの上に置きその口を開くと中から金貨の輝きが溢れてきた。ワタルが金貨を持ってくるときの袋と同じくらいなので、おそらく100枚ほど。

「受け取ってくださいケーマさん。こちらは中間報告の情報に対する報酬です」

「え、あ、どうも」

まだただの中間報告、それも人工ダンジョンの生産施設には掠ってすらいないというのに、金貨100枚もくれるらしい。ワタルがホイホイ持ってくるから忘れがちだが、日本円にして1億円相当の報酬だ。

「こんなに貰っていいんですか？」

「別に構いませんよ、中々有用な情報でしたから。……覚えておきなさいケーマさん。こういった情報や成果に対価を惜しむと、大抵碌なことになりません」

「……勉強になります」

ハクさんは口元を隠しつつ笑った。情報は大事、ケチるな。よし覚えた。

……さしあたって、俺もナリキン達に報酬を出しておこうかな。

◆閑話　ナリキン達の休暇の過ごし方

「……は、暫く休暇、ですか？　好きに観光していい、と」

『ああ。1週間、自由時間ということで好きに過ごしてくれて構わない』

主、ケーマが『憑依』した小鳥に、ナリキンはそんなことを言われていた。ケーマのさらに上司、帝国のトップであるハクに現状を報告したところ報酬を貰えたそうなので、おすそ分けにナリキン達にもということらしい。

『随分と急いでサンシターまで来ちまったしな。元々そんな急ぐ話じゃないんだ、ここらで少し休憩しとこう。クロマクに行くのはそれからで。いいな？』

「かしこまりました、マスター」

『うん、ロクファも分かったな？　あと特別報酬ってことで金貨5枚くらいまでなら好きに使っていいぞ』

「……!?　あ、ありがとうございます」

『では定時連絡を終了する』

そう言ってケーマは『憑依』を解き、小鳥は鳥籠に自ら戻っていった。

ロクファがふぅと息を吐く。金貨5枚といえば庶民なら1家族が節約すれば2、3年は暮らせる額。1週間で使うには過分すぎる大金だ。

「……1週間で金貨5枚とは。マスターはハク様に暗殺の依頼者の対処を取られて、余程腹に据えかねていると見えますね、ナリキン」

「ああ。特別報酬とは言っていたが、我々は特に何をしたわけでもない。これは金貨5枚に見合った成果を1週間で立ててみせよということだろうな」

会話を聞きつつ部屋の壁際にそっと控えていたメイド姿のトイが首を振る。ケーマは本気で純粋に休暇と金貨5枚を与えようとしていたようにトイは思う。貴族になった勇者にはよくあるのだ、金銭感覚が緩くなることが。その分稼いでいるということでもあるのだが……トイの推測では、金貨100枚くらい貰ったのでほんの少しおすそ分け、という感覚で金貨5枚。1週間の休暇はたった5枚という後ろめたさに付随するものだろうと、ズバリ真実を見抜いていた。

「奥様、旦那様。案外とケーマ様の意図は単純で、気楽に、休暇を楽しめと……言葉通りに受け取っても良いのではないでしょうか？」

だがトイの意見に2人は揃って首を振る。

「そのようなことはないだろう。そもそもハク様へ報告したという人工ダンジョンの情報もマスター自身が聞き出したもの。我々は鳥になって控えていただけだぞ？」

「ええ。トイも鳥籠を持って控えていただけ。それで金貨5枚というのは明らかに多すぎるとは、理解できるでしょう?」

「おや? 今の言い方だと報酬を受け取る中に私も入っているのですか?」

意外そうに尋ねるトイに、逆にロクファとナリキンが意外そうな顔をした。

「当然です。外部からの出向とはいえ、同僚でしょうに。ねぇナリキン?」

「無論だ。さぁ、おぬしもこの資金の使い道を共に考えてくれ。頼りにしているぞ」

てっきり自分は警戒され、監視された上で利用されているものだと思っていたトイは、その認識に『まったく誰かに似て甘ちゃんですね』と呆れた。ケーマは多少トイを警戒しているようではあるが、それでも甘い。なにせこうして自由に外を歩かせて、監視も最低限なのだ。主従共にもっと鍛えねば仕え甲斐がないな、とトイは頭を掻いた。尚、レオナから直接ケーマに従うように言われているため見限る気はない模様。


「では金貨5枚を元手に、どれだけ増やせるか試してみるというのはいかがでしょう?」

「ふむ、商売をするということか? だが、商売をするには許可も必要だろう」

「情報を探るには有効でしょうが、そもそも私達に商売は向いていないと思います」

「いえいえ。この世界には賭け事というものがあるのです、このサンシターにも」

とはいえ、大規模な馬レースのようなものはこの地では数か月に一度の興行だ。日常で賭場と言えば当然のようにダイスを振れる酒場のことを指す。

「……賭け事か。あまり好かんのだが」

「増やすどころか減る可能性の方が高いですしね」

「しかし、そういう場所にはえてして情報が集まるものです。どうです？　ここは調査と割り切って賭場にて散財するのも一興かと」

マスターに似たのか堅実を好む2人。トイはこの2人を休ませるのも仕事のうちかと言いくるめる。賭場で遊んでくれるなら一応休みということになるだろう。きっと。

「調査……はっ、なるほど。つまりそういうことですか」

「何か気付いたのか、ロクファ？」

「ええ。賭場とは、いかにも『休暇』らしくはないですか？」

「……！　そういうことか！　違いない、マスターはこのことを言っておられたのだ！」

少し思った方向とは違う気がするが、おおむねトイの狙い通りである。もっとも、どうせ賭場のように普通に情報が集まるような場所はハクが調査していないはずもない。目新しい情報はないだろうな、とトイは思った。

「ええっと、1週間と言っていたから、1日銀貨50枚くらい使えばいいのかしら？」

「そこは80枚くらい、ではないか？」

「一応言っておきますと、金貨5枚、つまり銀貨500枚を1週間の7日で割ると、1日あたりおよそ71枚ですからね」

さらりと計算してみせるトイ。ロクファとナリキンは感心した。

「……では、1日に70枚を軍資金としましょうか。3人で分けると」

「ふむ、30枚ずつだな？　では手分けして調査を」

「23枚ずつ分けて1枚余ります。が、手分けするより3人まとまって行動する方が旅行者としては自然かと思いますよ。夫婦と従者という組み合わせですし」

むしろ休暇中に計算を勉強させるべきかなと考えるトイ。……というか、本気で私も混ぜる気で？　とトイは2人を見るが、その決定は揺るがないらしい。しかも金を持たせて単独行動させる気だったとか本当にもうこの2人は甘すぎる。


「安心したまえ、一応トランとシーバはトイに連れて行ってもらう心算であった」

「私が鳥かごを置いて逃げたらどうする気ですかまったく」

「あら。マスターから監視は頼まれていますが、トイは別に逃げないでしょう？」

確かに逃げる気はないけれども、これほど危機感皆無の2人にそう言われると何かしでかしてやりたくなってくる気も湧いてくる。しないけれど。

「資金が残ったり増えたりした場合は保管してマスターに返金するとしよう」

「そうですね。ではトイ、賭場の情報を教えてください」

「……かしこまりました、奥様」

こうしてトイは2人を連れて賭場へと情報収集という名の休暇に向かった。

＊＊＊

そして数日後。

「……ほう、これは中々興味深い話だな」

「へへ、だろ？　じゃあダンナ、約束通り――」

「勿論だ。チップを分けてやろう」

「さすが旦那は話が分かるっ！　ヒャッハー、これでまたギャンブルができるぜ！」

聖王国は表通りにある賭場にて。酒を嗜みつつチップを積み上げていたナリキンは、情報屋の男に3枚のチップ（1枚あたり銀貨1枚相当）を雑に分けていた。

「あの、旦那様？　先程の情報は……それほど有用なようには思えませんでしたが？」

「む？　そうか？」

「ええ、『迷子のペット捜索依頼であった話』なんて何の役に立つんですか。酒が回りすぎでは？」

トイの指摘通り、ナリキンの顔は確かに赤かった。ナリキンはリビングアーマーであるとはいえ、潜入の都合で人化している。当然酒が回ってしまう身体だった。だからどうでもいい情報ばかり集めてしまうのだろう。

「だが、ペットのワニが迷い込んだ先で危うく食べられそうになっていたとか、面白いだろう？」

「面白い、ですか??」

「ワニだぞ、ワニ。しかもだ、冒険者はこのワニを買い取って助けたのだ。泣ける話ではないか！　依頼料より少し高かったそうだ！　ハハハハハ、買い取った理由は依頼未達成のペナルティ回避のためとか。まったく大変だなぁ冒険者は。一応俺もだが」

「そうですね、見つけるまでが仕事だったのだから、買い取り料は依頼者に払わせればよかったものを。いっそ依頼者がグルで冒険者から金をだまし取る詐欺だった、というオチまであれば完璧です」

「ほぉそれは面白いな。よし、トイにもチップをやろう」

「……ありがとうございます」

上機嫌で話すナリキンに相槌を入れるトイ。ついでに2枚のチップを受け取った。まぁ、ナリキン達に休暇をさせるという目的ならこれはこれで成功なのだろうが。

「しかし、このルーレットという賭け事は気に入りました。程々にチップが尽きません」

ロクファはナリキンの隣に座り、ルーレット――勇者由来で、地球におけるそれとほぼ同等のギャンブル――を遊んでいる。ディーラーがボールを投げたのを見てから残り所持チップの半分、5枚を14の数字のところにそっと置いた。

「奥様、普通はそのような乱暴で一点買いの賭け方を続けていたらすぐ尽きるのです。

もっと範囲を広くして買ってもいいのですよ？」

「いいではないですか。当たるのですし」

……出た目は14。チップは36倍の180枚になって帰ってきた。ディーラーが苦笑いをしている。

「ほら、ちゃんと増えましたよ？」

「……そうですね」

それはロクコゆずりの幸運、というわけではない。ロクファは目で球の軌道を観察し、球の落下場所を当てているのだ。天使という種族は、そういう観察眼がとても優秀なのである。本来なら戦闘で活用する才能だ。もちろんその予測は完璧ではないが、5回に1回は当たる精度。……地球のルーレットと異なり、ルーレットの内側、ウィールにひし形の突起がついていないというのも球の軌道を予測しやすくしていた。もはや未来予知と言ってもいい。

5回に1回当たるなら、半々ずつ賭けていけば、なくなるころに大当たりしてチップが元通りになるという寸法である。たまに初手で大勝することもあり、ますますチップは尽きない。

「球が落ちる穴の場所を当てるだけでいいなんて、簡単なルールですね」

「まだまだ遊べそうだな」

遊べる、と言いつつも、ナリキンが笑顔になっているのは情報収集に働けるからという理由だろう。トイには残り5枚でそろそろ帰れるかと思っていたところの大当たり。まだ長引きそうでため息をついた。

……そして、収集している情報は本当になんでもない情報ばっかりだ。黄色いハンカチの落とし物があっただの、ネズミがどこぞの壁に穴を開けていただの、道具屋の店主が浮気をしているだの、今回の仕事にまったく関係のない話ばかり。色街のお勧め情報なんて仕入れてどうする心算だろうか？

……仮にこんな情報をケーマに報告しても「お、おう」としか答えようがないだろう。

唯一役立ちそうなのは、果樹園の出資者であった貴族が変死した話だろうか。おそらくケーマ達（たち）の暗殺依頼を出した一人で、ハクに対処されたのだろう。おそらく死体はダミーで、本物は今頃拷問（とりしらべ）されているところか。とトイは推察した。

「さあさあ、我が妻がまた当てたぞ！　もはや幸運の女神としか言えんなぁ……さて、そんな幸運にあやかろうというものはいるか？　いるならなんでもいい、妻を楽しませる面白い話を持ってこい！」

「旦那、旦那！　俺の話を買ってくれ！」

「いいや、私の話を！」

「ハハハ、順番だ順番。さあさあ話せ」

仮にロクファがただルーレットで儲けるだけではあっさり賭場から出禁を食らっていただろう。しかし、ナリキンがチップをばら撒くような派手な使い方をしているため、店側も特に口出しすることがない絶妙なバランスが成り立っていた。

　更に言えば、ナリキンにより盛大に振舞われたチップは、それぞれの客があぶく銭として躊躇なく使い店に還元される。なんならその勢いで更に課金するため、むしろ店の売り上げを促進。トータルで見れば、店は得していた。ナリキン達自身も1日あたり銀貨25枚は落としている。

　……これだけ派手に使っているにもかかわらず、当初に決めた1日71枚のノルマを使い切れていないので、本人達は宿に帰ってから「またノルマを達成できなかった」と嘆くのだが。


「やれやれ、まったく無茶苦茶な夫婦だこと……って」

　そもそも情報収集は休暇させるための口実なのに、なぜ真面目に情報収集しようとしてたのか。まったくこの2人と一緒にいると調子が狂う。

「……私も休暇ということで気楽に行きましょうか。あ、すみません。果物を」

　トイはフロアにいたボーイに先程貰ったチップを払い、ブドウを受け取る。ぱくりとそれを口に運び、甘味と汁気で喉の渇きを潤した。

◆閑話　ソトのお茶会

ケーマの娘、ソトは何の違和感もなくゴレーヌ村に溶け込んでいる。で、今日はお友達を増やすべくお茶会をしていた。場所は『踊る人形亭』の食堂。食事時を避けての席が空いてる時間でオヤツを食べるのに丁度いい頃合い。テーブルの上には人数分のお茶とプリン、それと名産品のゴーレム焼きが並んでいる。

お茶会の参加者はソトの他、ニクと、マイオドール、シスター見習いのミチルのゴレーヌ村子供組に、ドラーグ村の子供村長シドだ。


「私がパパの娘、ソト・ゴレーヌ！　ソトちゃんと呼んでくださいね！」

ばーん、と堂々と自己紹介するソト。無駄な自信に満ち溢れている。

「わたくしはマイオドール・ツィーアですわ。クロ様の婚約者です」

この中では一番常識人であるツィーア領主の娘がぺこりと頭を下げた。

「私はミチル！　オフトン教のシスター見習いっ！　気が合いそうだねっ！」

にこっと笑うミチル。太陽のような元気いっぱいさで好感が持てる。

「なあ、俺も参加してよかったのか？　シド・パヴェーラ。ドラーグ村の村長だ」

一人だけ男で、少し気まずそうなシド。

「……わたしも挨拶しなおしましょうか。ニク・クロイヌです」

ニクは全員と面識があるが、一人だけ自己紹介しないのも寂しかったようだ。

「こちら、お近づきの印の靴下です！　大丈夫、ダンジョン産の新品ですよ？」

「あら、これはご丁寧に、どうも？」

マイオドールを筆頭にソトから新品の靴下を受け取る面々。

特にラッピングもされておらずむき出しであるのだが、確かに質はとても良い。

「ぜひ今！　履いてみてもらえないかなと！　あ、古い靴下はこちらで回収するので！」

「ソト様。今日のお茶会ではそういうのは止めるようご主人様から言われています」

「うぐっ、お姉ちゃん……パパめ、覚えてろよ……」

ソトがその変態性を発揮しかけたところですかさずニクに止められた。

……不思議とソトの奇行——靴下収集癖については、何故か今までは容認されていたのだが、それはケーマの部下、奴隷のニクとイチカ、ダンジョンモンスターの娘達、つまり身内に限られていたからだともいえる。

さすがに外部の相手には止める方が無難だろう。ニクのおかげで無事にお茶会を始められそうである。

「ソト様は、クロ様の妹なのですね？」

「はい！　その通りですマイちゃん。私はお姉ちゃんの妹ですよ、ふふん……あ、マイちゃんはお姉ちゃんの婚約者。ということはマイ義姉ちゃんって呼ぶべきですかね」

「お、義姉ちゃん……！　た、確かに！　なんと可愛らしく可憐で聡明なんでしょう。間違いなくクロ様の妹でケーマ様の娘ですね」

マイオドールはあっさりと籠絡された。

「しかし、ケーマ殿にもう一人娘がいたとはな。どれ、ここは俺のことも義理の姉と呼んでみたくはないか？」

「え、シド君、男なのにお姉ちゃんなんですか？　何それ面白そう」

ソトが興味を持つが、マイオドールが牽制する。

「シド様？　クロ様への求婚はお断りされたでしょう、往生際が悪いですよ」

「ははは、軽い冗談だ」

「そうですよー。シド君は私の獲物ですっ！」

「み、ミチル嬢!?」

「え？　あら、あらあら。そういう関係なんですか？」

興味深いものを見つけた、と口に手を当てうふふとシドに尋ねるマイオドール。

次に、ちゃっかり靴下を履き替えたミチルがソトに話しかける。

「ソトちゃんソトちゃん！」

「なぁに？　ミチルちゃん」

「あなたはオフトン教ですか？」

「はい！　オフトン教です！」

「いえーい！」

「いえーい！」

ハイタッチを交わすソトとミチル。あっさりと意気投合した。……そして、ニクに見えない位置でそっとミチルは靴下を脱ぎ、ソトに渡した。

「……今度の教会行事の件につきまして、こちらで私ミチルにどうぞよろしく……」

「くくく、おぬしも悪よのう。パパには私から口添えしておきましょう……」

そしてまるで悪徳商人と悪代官のようなやり取り。山吹色のお菓子ではなく靴下なのが子供らしいといえなくもない。尚、2人ともノリでやっているだけなので実は悪だくみもないはずである。多分。

「何してるんですか2人して……いつの間に打ち合わせしたんですか？　息ぴったりですよ……初対面ですよね？」

呆れるマイオドール。

「ですよ！　ソトちゃん、いえーい！」

「ミチルちゃん、いえーい！」

再びハイタッチを交わすソトとミチル。生まれつきの親友と言われても信じられる気の

合いようだった。

「……それにしても、この宿のプリンは本当に完成度が高いですね。レシピを頂いてから我が家でもつくらせてみてはいるのですが」

「なんだと!? マイ嬢、いつのまにレシピを!?」

シドが羨ましさにガタッと立ち上がる。

「ふふふ、なにせクロ様の婚約者ですので」

「？　別にここに来ればいつでも食べられますよね？」

「それはそうなのだが……地味にトンネルを行き来するのも面倒でな。かといって、ここに来なければ出来立てを食べられない。痛し痒しだ」

「【収納】を使えばいいんじゃないですか？」

中に入れておけば時間が止まる。買い込んでおいて好きなときに取り出せばいいだろう。

「それもひとつの手ではあるが……いずれ帝都の学校に通う際、連れて行く料理人がプリンを作れるか否かでだいぶ違うだろう？」

「確かに、帝都は遠いですわね」

「食事を届ける専属【収納】持ち冒険者を雇うのも手ではあるが、やはり費用がな」

「ではワタルに頼みますか？」

ニクの提案に、シドはぱちくりと目を瞬かせた。

「……勇者ワタルがそんな仕事をするわけないだろう？」

「普通にしていましたが？　言えば届けてくれるでしょう」

「あー、ワタル君ならやってくれますね、お姉ちゃん！」

ここでお米を仕入れて帝都へ運ぶのもワタルの仕事に含まれている。ダンジョン機能を使えばいくらでも帝都へ運べるし運んでいるが、それを誤魔化すためにワタルも使っているというのが実情だが。（『白の砂浜』経由で融通している分も含め、お米の輸出は『欲望の洞窟』の大事な収入源のひとつである）

「ふーむ。帝国の各地を旅する勇者ワタルの靴下……アリですね」

「ソト様」

「わ、わかってますっ、今日はなしですよね、今日はっ」

ニクに釘を刺されるソト。

「ニクちゃん、別に私は気にしないよ？　ソトちゃんの愛も受け入れます、それがオフトン教シスターなので！　ばっちこい！」

「ミチルちゃん可愛い！　好き!!」

がばっと抱き合うニクとミチル。本当に初対面かこの2人。

「こらミチル、またクロ様をその名前でっ」

「……わたしはむしろそちらの名前で呼ばれたいのですが？」

「駄目ですクロ様！　はしたないっ……わ、私と結婚したら、その、寝室でお呼びして差し上げますので……それまではご容赦を……っ」

マイオドールが顔を赤くする。……ケーマ達の間では普通に呼ばれているので忘れがちだが、『ニク』は女性に使うとかなり卑猥な意味なのである。

「ね、ね、ソトちゃん。マイ様良い匂いしてるよ」

「うんうん、可愛いですねぇ！　こういうのも好物ですよっ」

「やはり俺も第二婦人になれないものか……」

「ちょっと！　何話してるんですかお三方！」

「……とりあえずプリンのおかわり、いかがですか？」

こうして、ソトは普通に……普通に？　村長の娘として受け入れられた。

第2章

休暇とボーナスを与えておいたナリキン達は、ボーナスを軍資金に休暇返上で情報収集をしていた。俺はその報告を連絡用小鳥(トラン)に憑依(ひょうい)して聞いていた。

『……仕事熱心だなー』

「お褒めに与り(あずか)恐悦至極」

しっかし、レイもそうだが、なぜ俺の部下はこんなにも仕事熱心なんだろうか。主(あるじ)である俺はこんなにもぐーたらして寝ていたい人だというのに。

「というわけで賭場で情報収集に勤(いそ)しんだところ、様々な情報が手に入りましてな。ここらの噂話(うわさばなし)については大抵集まったかと。集めた情報についてはその書面の通りです」

『ふむふむ。よくもまぁこれだけ雑多な情報を集められたもんだ』

「ロクファとトイのおかげです。自分は金をばら撒(ま)いていただけですからな」

「いえいえ、ナリキンとトイのおかげです。私は賭けで遊んでいただけですから」

「……では私の手柄ということでどうでしょうか、ケーマ様。お二方をそそのかしたのは私ですので」

『ああうん、3人ともお疲れ』

何か掘り出し物の情報があるかもしれないし、あとでモニター機能で録画して一枚一枚ちゃんと確認しよう。今は軽く流してみるとして……

『ちゃんと休むときは休めよ？　折角休暇を与えたのに仕事してたらオフトン教の名が廃るってなもんだ』

「ええ、休暇なので賭場に遊びに行きました。中々に有意義でしたぞ」

「はい、そのついでに情報が勝手に集まっただけなのです、マスター」

ちらりとその言い訳を仕込んだであろうメイドを見る。

「……私が言わなかったら、本当に仕事しかしませんよこの2人」

『お、おう。なんていうか苦労を掛けてるな……？』

「まったくです。しかしこれもレオナ様打倒のためですから、甘んじて受け入れましょうとも」

開き直り、むしろ自分はよくやったと言い切るあたりさすがである。

軽くメモの内容を見せてもらうが、本当に雑多な情報だらけだ。ハンカチの落とし物とか、浮気話とか、果物を安く手に入れる方法とか。え、果樹園のオーナーが変死？　大変だなー、まぁどうでもいいか。

『ナリキン、何か面白い、これはという情報でも教えてくれ』

「はっ、それでしたら、えーっと。あった。こちらですな」

そう言って1枚のメモを指さす。

『なになに？……とある女冒険者が、より力を得るために魔法薬で男に性転換した。が、男の恋人ができたので女に戻って子供を産み、その後また男に戻った、だって？　すごいなこれ』

なんとも性別を反復横跳びした話である。

「自分もこれを聞いたとき、なんとも豪快な男、いや、女？　どちらと言えばいいのか分からなくて思わず笑ってしまいました。聞けばダンジョンを踏破したこともある有名人の話だとか」

これって、もしかしなくても混沌製薬の魔法薬だよな。レオナがこの国に来てたってことか。……元々旅をしていたから、どこにいてもおかしくないんだけど。

『にしても、そんなに堂々と性転換薬を使ってるんだな。ダンジョン踏破するレベルなら許可も出るだろうけど』

「マスター。聖王国ではこの手の薬を一切規制していないという話ですよ」

『何、そうなのか？』

帝国では、性別を入れ替えたり、姿を大きく変えたりする薬は規制されている。理由としては、主に犯罪目的に使われることが多いためだ。跡継ぎ問題等の解決に使えるため、国に申請して許可を取れば使うこともできるが。

「ありました。これです」

ナリキンがメモを抜き出してくれる。

『何々……ワンナイト性転祭り。1か月に一度の狂騒と享楽をあなたへ。参加費銀貨20枚。（※魔法薬は一晩効果のものをご用意しています）――とな。ほー、色街のイベント情報まで収集するとは恐れ入ったよ。やるじゃないか』

「はっ！　ありがとう存じます。……こちらのイベントですが、初回は翌朝に阿鼻叫喚の嵐だったそうですぞ。はっはっは」

効果時間は一晩だもんな。で、今は対策されているんだとかなんとか。

『チラシのイベントはどこで行われるんだ？……ほう、丁度クロマクか』

「興味がおありなのですか？　であれば喜んで身体をお貸ししますぞ」

「マスター。女性になりたいなら薬に頼らずとも、私に憑依してください」

俺がチラシを見ていたら2人がぜひ自分の身体をと主張してきた。

『……薬の出所が気になっただけだから』

「む、そうですか」

「少し残念です」

そもそも俺には【超変身】がある。女になるだけならそれで十分だ。

しかし、月1でこんなイベントがお気軽開催されてしまうくらいには規制されていないし、魔法薬は結構お気軽に手に入るようだ。もっとも、効果が永続な物とかは聖王国でも金貨数千枚クラスのお値段が付くらしいけれど。

『トイ、性転換薬って簡単に作れるもんなのか？』

「いえ。錬金術を極めてようやく手が届くかどうか、という代物ですね。仮に作れても一晩効果で銀貨20枚では元が取れないでしょう。……性転換薬が産出されるダンジョンがあると言われた方が納得ですよ」

『実はレオナのダンジョンが聖王国にあったりしないか？』

「可能性はありますが、なんのために？」

『レオナが動くのに理由が必要だと思うか？』

あれは動きたかったからという理由で動くヤツだぞ。何しでかすか分からん。気まぐれにそういうサブダンジョンを残していったと考えてもおかしくない。

「失礼、おっしゃる通りでした。ケーマ様はレオナ様のことをよく理解しておられる」

『……ま、今はそういう人工ダンジョンがあってもおかしくないと考えておくか』

俺はそう言って話を切り上げた。

『ではナリキン、ロクファ。今後はクロマクへ向かえ。あと休暇はちゃんと休むように』

「かしこまりました、マスター」

「はい、しっかり休ませていただきます」

2人の返事に、「あ、これまた何かしら働く気だな」と思ったけど、そこまで行くならもはや止めまい。……でも身体には気を付けてよね。

＊　＊　＊

ダンジョンの改築をちまちま進め、レイ考案のいかにもな偽扉が完成した丁度その日にナリキン達はクロマクの町に到着。宿で1泊した翌日、俺とロクコは『憑依』でクロマクへと向かった。

ナリキンに『憑依』して町を見ると……クロマクの町は、黒色の四角い建物に黒い布をかけたような装飾の建物が並んでいた。風が吹いても揺れないので彫刻か何かだろうが、随分とフリフリである。一方で道行く人の服は聖王国の普通、カーテンを身にまとったようなやつで白が多い。なんかこう、モノクロの世界に迷い込んでしまったかのような錯覚を覚えるな。

『クロマクというのは、黒い幕という意味らしいです。なんでも布の染料が特産品とのことで、この町はこういう黒布を被せた家が多いんだとか』

念話でそう教えてくれたのは、鳥籠の中のトランだ。賭場での情報収集を経て、すっかり頼もしい情報通である。昨晩もそのときの経験を生かして、クロマクについて少し情報を集めてくれたそうな。

「なるほど。特産品のアピールってことか」

『ちなみにこの布の装飾ですが、特産品のひとつ、ある魔法に反応して硬化する染料で固めた本物の布だそうです。鎧にもなるほど頑丈だと聞きました』

「何、そうなのか」

丁度出てきた宿もこの黒布を被せた建築物。試しに少し触ってみると、コンコンと硬く軽い音がした。接着剤を染み込ませて固めたような感触だった。

「軽くてそこそこ丈夫な鎧になりそうだな」

『特殊な薬品を用いると柔らかい状態に戻せるため、修復も簡単だとか。まぁ、その染料は原料の色が黒いので黒色だけらしいですが』

「そりゃ少し残念だな。黒だけでもすごいけど」

頑丈な布かぁ。布の服ゴーレムにも取り入れられるかもしれない。……それとこの染料で黒ニーソや黒タイツを作れば、足の型が取れるのでは？　いや、脱ぐのが大変か。やめとこう。

「ねぇねぇアナタ、アレ何かしら！」

ロクファの指さした先には、占い小屋と言っても違和感のないほどに布がひらひらしたテントがあった。中は何かの店のようだ。

「……んー？　なんかの出店か？」

『ロクコ様。あちらはアクセサリーを売ってる雑貨屋のようですよ』

シーバが答える。言われてよく見ればテントの前にある看板にそれらしい絵が描かれていた。

「へぇ！　アクセサリー！　装飾品は文化、大事なところよね、ちょっと覗いていきましょうよ」

特に断る理由もないので、どんな品揃えなのか見せてもらうことにしよう。と、さりげなく腕を組むロクファ。色々と柔らかいのを感じつつ、俺達はアクセサリー屋のテントに入った。

「いらっしゃいませー」

テントの中は普通にアクセサリー売りの露店で、カウンターの簡易テーブルの上にいくつかの布張りの木箱があり、その中に指輪やネックレス、ピアス等のアクセサリーが並べて置かれていた。

銀色の金属のアクセサリーが並んでいる箱と、さらに宝石が付いている箱に分けられている。……ふむふむ、宝石なしは一律銀貨1枚、宝石ありは銀貨5枚か。分かりやすい。

「品を見せてもらうか。どれどれ……我が妻に合うものはあるかな？」

「なんかこう、夫婦らしいものがいいわねっ」

ロクファ(ロクコ)が商品を見始めると、男店主がこちらの様子を窺(うかが)ってくる。

「旦那様。奥様へのプレゼントですか」

「ああ。何かオススメはあるかね？」

「そうですね、どれもオススメですが……他の奥様は何人おられますか？」

おおっと。そういえば聖王国は多夫多妻制だったな。

「今のところ他の妻はいないな。1人分でいい」

「そうですか？　ですが、いずれ他の奥様ができたときに備えて、いくつか買っておいても良いと思いますよ」

「……そういうものか？」

「ええ、そういうものです。女性は気にしないと言っても差を気にしてますから、あらかじめ買っておくと苦労がありません」

多夫多妻制が採用されている国らしい意見に、そういうもんなのかと納得する。

店主がお勧めとして見せてきたのは、緑色の宝石が付いた銀のイヤーカフだった。

「こちらはいかがです、風魔石も良い色でしょう？」

魔石。どうやら宝石は魔石だったらしい。ということは魔道具なのだろうか？

「これは何か効果があるのか？」

「……あー、失礼しました！　旦那様は旅行者でしたか。どおりで。いや、服がお似合いでてっきり聖王国の方かと！」

今の会話で旅行者と確定されるような発言があったのか？

「……なぜ旅行者だと？」

「魔石付きで効果のないアクセサリーなどありませんから」

ニヤリと笑う店主。

「なるほど。……何か効果が、ではなく何の効果が、と聞くべきだったか？」

「それに二人夫婦というのも珍しいですからねぇ、旅行者以外では。この国では庶民でも4人以上の夫婦が一般的です。外国の方はたった2人でよく子供の面倒みられるものだなぁ、と感心したものですよ」

腕を組んでうんうんと頷く店主。

「……妻同士で喧嘩になったりするだろう？」

「何のために他の夫がいるんですか」

夫全体で甲斐性を増やし、妻達を満足させるためらしい。妻を喧嘩させてしまうようなら甲斐性が足りない、新しい夫を加えとけということだそうな。

「それとこれ、旅行者の方に言うと驚かれるんですが……ウチの村なんか大人は全員夫婦ですし。ああ、もちろん特に仲の良い組み合わせとかはいますけれど、子供の選択肢は多い方がいいですからね」

「そ、そうなのか。想像以上の規模だったな……」

そんな世間話をしつつ、ダンジョンへの土産も兼ねて一通りの魔道具アクセサリーを買っておく。こっからここまで全部くれ。金貨2枚で足りるかね？　と成金ムーブで予備も含めての超大人買いだ。【収納】があるのでディスプレイの箱ごと買ってしまおう。解析すればうちでも似たものを作れるな。

「まいどあり！　いやぁいいお客さんに出会えた。これで妻達にいい服を買ってやれますよ！　今日は俺が一番夫だ！」

ちなみに一番夫というのは多夫の中で一番ちやほやされる夫のことらしい。いやーやっぱ外国って常識が違う。すごいなー聖王国。

そうして、アクセサリーを買い込んで店を後にする。

「さーて、次はどうするか」

「このままデートよ、デート。食べ歩きでもしましょうよ」

「旦那様、奥様。光神教教会に向かわれなくてよろしいので？」

おっと、そうだった。俺は何のためにこの町まで来たのか思い出し、ロクファ（ロクコ）に腕を組まれたままトイに案内されて教会へと向かう。マップで見ると、クロマクの中央、ゴレーヌ村が丸ごと入ってしまいそうなほどの敷地が光神教教会の区画になっているようだ。

「ほぇー、うちの教会よりでかそうね」

「圧倒的だよ。むしろゴレーヌ村と比べた方がいいな」

区画はもちろん1つの建物だけというわけでなく複数の建物があり、大学キャンパスのように上級居住棟やら商店、図書館棟や娯楽施設まで内包した形となっている。全部合わせて光神教教会区画となっていた。

そして、少し歩いたところで実物が眼（め）に入ってくる。白い。パルテノン神殿のような円柱に縦スジが入った白い柱と壁だ。そして、道はその壁の門に通じている。門の向こうは白く、黒布のかかった建物がないように見えた。クロマクの町でも教会区画に黒布がかかっていないのは光神の威光を発信する場所だかららしい。ナリキン調べ。

「旦那様、全身人化してますよね？」

「ん？　しているぞ」

今はカーテンのような布を巻きつけた服で、全身きっちり『人化』している。布に隠れて見えないところを鎧にしたりといった手抜きはしていない。

「結構です。光神教教会区画への門を通るときには別途検査されます。間違っても解除しないようお気を付けて」

「……ロクファも忘れずにな」

「私はしてなかったら羽とか出てるわよ。あと名前（ロクファ）じゃなくて妻と呼んでよね」

トイに軽く脅されたものの、門では女性兵士による簡単なチェックだけで中に入ることができた。嘘を判別する魔道具を使った簡単な質問と、腕と首で脈を取られて口の中を覗かれたりした程度だ。

質問も、「ここへ来た目的は？」「紹介状を貰ったら、ここに行けと言われたのだ」とサンシターで貰った紹介状と合わせて正直に答えたくらい。不審物も一切持ってないし犯罪歴もない俺達に隙はなかった。


「兵士、白い鎧だったわね。布鎧って黒色だけって話じゃなかったかしら」

「あれは白い布を被せてただけだな。シロクマみたいに」

シロクマも白い毛を刈ると肌は黒いんだとか。

そんな話をしていると、トイも無事門を抜けてきた。俺達に比べて少し時間がかかっていたが、トイは服を全て脱がされた上に採血（指を針で刺し血の色を見る）までされたそうだ。なるほど、二級市民相当とかいう身分がここでも効果を発揮していたか。

「すみません旦那様、賄賂を払わないと従者のチェックが遅くなることを伝え忘れていました。まぁ一度くらいはしっかりやっておいた方がいいのですが」

「……そういうシステムだったのか」

お互い無事に門を抜けられてなによりだ。まぁ、奴隷の首輪も効かないトイがこんなとこで引っかかるとは思ってないけど。

教会区画の白い街並みをしばらく歩き、ついに光神教教会へとたどり着く。ここでも大きな門があり、駐屯所には警備兵が在中していた。まるで宮殿の如く大きくて立派な建物は、ゴレーヌ村オフトン教教会とは雲泥の差だ。

「さすがにこれとウチの村の教会は比べられないな」

「……そうねー」

門は一応開いているが、勝手に入っていいのかどうか。そう考えていると、トイが入口の駐屯所に聞きに行くから紹介状を貸せとのこと。お任せすると、トイはとてとてとて子供らしい足取りで駐屯所へと向かった。

「すみません、警備のお兄さん。この紹介状はここで合っていますか？」

「ん？　なんだい……ああ、合っているよ。ようこそ光神教教会へ」

「どちらにいけばいいんでしょう」

「あっちだよお嬢さん。神の光あれ」

「ありがと、お兄さん！　光あれ！」

手をパーの形にして掲げ合う二人。庶民の光神教挨拶らしい。

戻ってくるトイ。

「何今の純真な子供風のやりとり」

「正式な書類があるのに、いちいち賄賂を払うのも馬鹿らしいですからね」

え、ここもそういう袖の下システムがなにかあるの？
ともあれ、かくしてついに俺達は光神教教会の内部へと踏み入った。

光神教教会の内装は、いかにも神聖ですと主張する白い石の床と壁、柱に、ほんのりと控えめに金で装飾されていた。室内なのに花壇と水路もあり、ガラス張りの天井から日光が降り注いでいた。

「室内で水路と花壇ってのも珍しいな、ガラス天井もだけど」

「商業ギルドと違っていいセンスじゃないの」

「案外、奥様のような反応を狙っての作戦かもしれませんね」

入ってすぐのところに受付のカウンターがあった。そこにいる白い服をまとった女性に紹介状を見せる。それを開き中身を確認すると、受付の女性はにこりと笑顔を浮かべた。

「ナリキン様、ようこそいらっしゃいました。どうぞこちらへ」

水路を遡るようにして奥へと案内され、白い部屋につく。トラの頭像から水路へと水が流れていた。薄い茶色のソファーがあり「どうぞお座りください」と促される。すぐ担当の者を呼んでくると言って、女性は小走りで部屋を出て行った。

すぐに担当の者とやらが歩いてくる。今の俺達同様にカーテンを巻いたようなひらひらの服の男。手には金色の印章指輪をつけていた。上級神官の証らしい。

「お待たせいたしました。上級神官のサンタクと申します」

「どうも、ナリキン・ゴレーヌです……失礼、商業ギルドの彼はご親戚ですかな？」

「ええ、センタクは私の甥っ子ですな」

うん、よく似た顔と名前をしていた。

「それで、神の力を分けてほしい、と手紙にはありましたが……詳しくお伺いしても？」

「ええ、喜んで」

こうして、俺達は上級神官に人工ダンジョンのことを尋ねることに成功した。


「素晴らしい。野蛮なダンジョンを潰し、我らが神の覚えめでたき人工ダンジョンにしようというのですね」

「そうです。我が妻の勧めもありまして」

「管理できないダンジョンはクソですわおほほ」

「はっはっは、奥様よく分かっておられる」

にこやかに談笑する俺達。というかやっぱりダンジョンの悪口が雑なんだけど、上級神官的には良いらしい。

「しかし、ご夫婦は未だ光神教ではないとのことです。さすがに貴重な人工ダンジョンですから、信徒になっていただかねばなりません」

「ふむ。それも道理ですな。どうすれば良いのでしょう？」

俺がそう尋ねると、上級神官は鼻をポリポリ掻きながら教えてくれる。

「そうですなぁ、今からですと、来月の集団洗礼式に向けて準備が必要です。それと様々な決まり事、宣誓の言葉を覚えていただく必要があります……そこで見習いとなり、一年の期間を経てようやく神の徒となれるでしょう」

面倒くさいし長ったらしいな、見習いになるのにも来月までかかるのか——と俺が思っていると、ロクファが小突いてきた。……おっと、よく見れば上級神官様は鼻を掻きながら輪っかを作っているじゃぁないか。そう、そういうことね。この国のシステムにも慣れてきたぞ。

「生憎と我々は旅の道すがら。ここはひとつ、喜捨で信仰心を試していただくというのはいかがでしょうか」

俺はぱちりと金貨を1枚テーブルに置いた。

「ふぅむ、喜捨とは良い心がけです。では、私が洗礼を行って今すぐ見習いとなれるよう取り計らいましょう」

「おっと、妻の分を忘れていましたな」

さらに1枚、金貨を置く。……んんん、まだ不満か？　仕方ないオジサマだなぁ。俺は金貨10枚を積んで、ずいっと前に差し出した。

「それとこれは個人的に、上級神官様への感謝の気持ちですが……神官様。我々の信仰心は光神様に伝わるでしょうか」

「むっ、そうですね。感謝の気持ちならば受け取らねば逆に失礼というもの。ええ、問題なく伝わるかと。素晴らしいお心がけだ……あなたの信仰心、確かに受け取りました。ええ、そういえば、丁度私が任命できる下級神官の席が1つ空いていましたよ。実に運がいい、これも光神様の思し召しでしょう」

　下級神官とやらになるならば、見習い期間をすっ飛ばして光神教に入信していたことになるらしい。お金の力ってスゲー、時間も歪めちゃうぜ。本来神官は10年信仰してようやくなれるらしいから金貨1枚で1年だな。

……オフトン教ではこういう腐敗がないようにしたいなぁ。


　かくして、俺は光神教の下級神官となった。正確には多少手続きがあるので明日にまた来てくれれば正式な下級神官の証が貰えるらしい。やったね。俺は仮の神官認定証である指輪を右手の中指につけた。少し緩い。紐通して首に下げておいた方がいいかな？

「私は信者見習いかぁ。ちょっと残念ね」

「神官の妻ってことで実質上級信徒だとよ」

ひとまず、寝床については旅神官（信仰を広めるため定住していない神官）が使う場所があるとかで、宿をとる必要もなさそうだ。

「ねぇ、デートしましょうよ。時間あるし」

「……色々と目的見失ってるような気がするんだが」

「じゃあ調査ってことで。ほら、ここなんて気になる場所じゃない？」

ロクコがマップを開いて指さしたところを見ると、『ダンジョン跡地』という場所があるらしい。そこそこの広場になっている。

「ダンジョン跡地？」

『おお、それなら聞いたことありますぞ。名前の通りダンジョンを破壊した跡地です』

ナリキンがすかさず解説してくれる。

『記念公園となっており、聖王国には各地に点在する観光スポット。そしてダンジョンコアを模した白くて丸い壺をカップルで一緒に壊したりできるとの話でしたぞ。港町パシリーやサンシターにもありました』

なんだそりゃ。と思ったが、そういえば光神教の結婚式でケーキ入刀の如くそんな儀式をやるって前に聞いたことがあったな。

「聖王国の鉄板デートスポットですね。教会区画の外になりますが、神官認定証があれば出入りは自由、問題ないでしょう。奥様、幸いにして時間もありますし旦那様と一緒に行ってみてはいかがでしょうか？」

神官認定証、そんな効力もあるのか。

「いいわね！　行きましょう、アナタ！」

「……まぁ正式な証は明日貰えるって予定だし、いいけどさぁ」

「奥様、それなら私は個人的に情報収集してきてもよろしいでしょうか？　私は区画の出入りが面倒ですし」

「いいわよ、私が許可するわ。また夜にね」

「おいこら、勝手に許可するんじゃない」

「ありがとうございます奥様。張り切って情報取集してまいりましょう」

トイ、俺の言うことなら聞くって話じゃないのか。まぁ、確かにトイの集めた情報はとても有用だったから、いいけど。トラン（ナリキン）は連れてけよ。流石（さすが）に一人で自由に、とまではさせられないからな。

トイを見送ると、ロクファ（ロクコ）が腕を組んできた。

「もういい？　それじゃ、白い壺を割りに行きましょうか！」

「……それダンジョンコア模してんだけどお前それでいいのかよ？」

ともあれ、ロクコの強い希望により、ダンジョン跡地に向かうことになった。

＊＊＊

さて、ダンジョン跡地公園。ここには以前、ダンジョンがあったらしい。

ではそれはどんなダンジョンだったのかと言うと、小さな丘が入口になっていて全12階層、ダンジョンに出てくる敵はアンデッド系が主であったとか。

「と、公園入口の看板に親切に書かれているわけだが」

「たぶん私が生まれる前よね。何番コアだったのかしら」

「さすがに番号は書いてないよ」

こういう看板、とても記念公園らしいというか立派な観光地というか。ダンジョン入口の洞窟手前には受付があり、入場料（大人：銅貨10枚、子供：銅貨3枚）を払えばダンジョン内も観光できるとのこと。つまり、元ダンジョンが今やダンジョン攻略の気分を楽しめる人気の観光スポットにビフォーアフター。

「って、そういやダンジョンコアにとっては死体なんじゃないか？　大丈夫か？」

「特にこれと言って思うところはないわね。コアの欠片の実物だったり倒してすぐってんならともかく、ここはもうダンジョンの加護がないただの穴だもの」

そういうもんらしい。

元ダンジョン周囲は芝の生え揃った広場になっている。早速元ダンジョンの受付に行っ

オーバーラップ文庫＆ノベルス NEWS

文庫注目作
俺を魔術で欺けると思ったか？
王立魔術学院の《魔王》教官Ⅰ
著：遠藤 遼　イラスト：茶ちえ

ノベルス注目作
最悪の出会いから最高のパートナーに!?
悲劇のヒロインぶる妹のせいで婚約破棄したのですが、何故か正義感の強い王太子に絡まれるようになりました１
著：冬月光輝　イラスト：双葉はづき

2111 B/

てみよう。

「いらっしゃいませ、お二人ですか？……そのような軽装で大丈夫ですか？　よろしければ、貸し装備などもありますが」

と、貸し衣装の料金表を出してくる。アトラクションかよ。

「不要だ。一応、これでも冒険者だしな。【収納】があって装備はそっちに入れている」

「おおそうでしたか、これは失礼しました。しかし中で軽食が取れる場所や宿泊施設もございますので是非ご利用ください」

「宿泊施設？」

「ええ、なにせ12階層ありますので」

なるほど、言われてみれば『配置』とかも使えないただの穴で、12階層。単純な階段の上り下りだけでなく、1フロアごとに広さもあるのだ。普通は一日がかりとか泊りがけで遊びに来る場所、という感じの場所なのだろう。

「ねぇ！　私壺を割るのがやりたいのだけど、どこでできるの？」

ロクファ（ロクコ）が尋ねると、受付の人は営業スマイルで答える。

「『コア割り』でしたらここでもできますが、折角ですし最下層の元コアルームがよろしいでしょう。料金はこちらでは銀貨1枚、最下層では銀貨5枚となりますが」

「む、奥だと銀貨4枚分高いのか」

「輸送費がかかりますので」

それもそうか。単純に壊れ物を運ぶのも手間だろうし、それに場所も元コアルームというプレミアがあるわけで。なるほど妥当な値段設定とも言えよう。

「ここまで来たら当然そっちよね！」

「ん？　ああ、そうだな？」

いいのかなぁ、ダンジョンコアとしてその反応で。と思いつつも、俺はうなずいた。

「では順路はあちらとなります。ごゆっくりお楽しみください」

入場料に銅貨20枚を支払って元ダンジョンの中へと入っていく。そこは等間隔に並んだ光の魔道具が照らす洞窟系のダンジョン。ただし、所々木の柱やレンガ、黒布等で補強が加えられていた。

ダンジョンコアを破壊した影響で壁や床が崩れやすくなる。それを防ぐために補強してあるそうな。入口すぐの壁に掛かってる看板に書いてあった。

「本当に、ダンジョン跡地が観光地になってるのねー」

「順路の看板まであるぞ。……ふむ」

「ケーマ？　奥はこっちらしいわよ」

……おっと、順路はこっちか。スタッフオンリーな場所も多少は気になるが、今は普通に奥まで行ってみよう。調べるなら、後でこっそりだな。DP（ダンジョンポイント）で蜘蛛（くも）でも召喚して潜り込ませればいいか。

それにしても、結構歩いているのになかなか疲れない。

服が服なのでゴーレムアシストもしていないのだが、元々ナリキンの身体が疲労を感じにくいのだろう。なにせリビングアーマーだから。一方でロクファは中々に疲れている様子。

「はぁ、はぁ……ね、休憩しない？」

「……そうだな。丁度いい所に休憩所も作られてるし」

部屋の一つが喫茶店になっているようで、軽食も取れるようだ。ちょっと覗いてみれば安全地帯のような緑色の壁紙が貼られている。にくい演出だ、ご丁寧だね。

「冒険者くらいの体力があるロクファが丁度疲れる頃合いに喫茶店……こいつは狙い通りなんだろうな。しかも結構人が入っている」

「狙われてても、入るわよ。私疲れたもの」

「そうだな」

ロクファをつれて喫茶店に入った。……案外普通に喫茶店になっていて、本当にダンジョン跡地なのだろうかと首をかしげたのはここだけの話だ。

休憩を終えて観光を再開する。

「店員、このダンジョンで寝泊まりしてるんだって」

「毎日ここまで通うのも手間だろうからな、そりゃ」

喫茶店を出た俺達は、順路に従って最下層を目指すことにした。……元々ダンジョンで一本道ではないため、途中順路でも分かれ道が存在する。そういう場所では「近道はこちら」「遠回りはこちら」という具合に随時看板があるので迷うこともない。

遠回りするとなるとこの元ダンジョン内にある宿に泊まることになるだろう。トイを一晩放置することになってしまうし明日の予定もある。

「今日は近道一択だな」

「そうね、疲れるし」

というわけで最短経路でサクサクとダンジョン内を進んでいく。

途中で他の客——冒険者の格好をしている3～5人の集団——を見かけた。そいつらは大体遠回りルートを選択しているようだ。……踏破するのがトレンドとかいう感じなのか「次はこっちだ！」とか言って走り回ってるやつもいた。

それにしても敵も出ない安全なダンジョンだな——おっと、一応等身大パネルという感じに絵に描かれたアンデッド系モンスターが飾られていたりはする。もちろん、斬ったりしてはいけない。スタンプが置いてあるあたり、何かのチェックポイントなのだろう。スタンプラリーでもあったのかな？　全部集めて景品ゲットみたいな。

「……こういう展示とか、本当に博物館っぽいなぁ」

「見て見て！　どう、カッコいい!?」

見るとロクファ（ロクコ）が等身大パネルのスケルトンに向かってハリボテの剣を構えていた。剣もここに置いてあったもので、刃が軽く白い木材でできている見栄え重視の木剣だ。

「おー、カッコいいな」

折角なのでモニター機能で撮影しておく。……カメラとかあれば写真とるシーンだな。一般人の場合はこういうのどうするんだろう。まさかキャンバスを持ち込んで絵姿を描くとかじゃあるまいに。

「はい、次はアナタの番よ」

「俺もやるのか」

「そりゃそうでしょ」

というわけで俺も木剣を持って構えてみる。……ロクファ（ロクコ）が楽しそうで何よりです。


そんなわけで少しだけ寄り道もしつつ、階段を合計11回下ったところで、最下層の12階にまでたどり着いた。これなら今日中には戻れそうだ。

ちなみに5階とか6階あたりがホテル地区になっていた。ウチで言う倉庫エリアみたいな小部屋が並んでいた場所で、そのまま宿泊施設に再利用されているとか。中にはここに寝泊まりして暮らす剛の者もいるらしい——カフェの店員とか。

「それにしても環境部屋とか、ダンジョンがなくなるとただの箱になるのねぇ。勉強になったわ」

「考えてみれば当然だけどな」

ダンジョンが作り出してる環境なんだからそりゃそうだ。……でもあれ、一度設置したら別に維持費とかもかからないんだよな、不思議なことに。個人的には物を買うときは月額いくらとかでなく買い切りの方が分かり易(やす)くて好きなんだけど。

「それにしても疲れたわ……これ、また帰りも同じ道通るのかしら」

『ロクコ様、私が代わりましょうか？』

「あー、私だけ先に戻るというのもアリねー」

おっと、シーバ(ロクファ)のことすっかり忘れてた。そうだな、ロクコの本体は今こうしている間も『欲望の洞窟』マスタールームで横になってるんだもの。ナリキンはトイを監視する都合上戻せないけど。だが俺もいざとなれば【転移】が……あ、ナリキンは覚えてないから使えなかったか。魔力(マナ)も足りないだろうし。

「さて、あったわよコアルーム！」

「元、だけどな」

そしてコアルームの前には受付があった。そこに立つ男がにこりと笑顔を浮かべた。

「お疲れ様です冒険者様。こちらは最奥、コアルームでございます」

「うむ。この程度軽い軽い……妻には少し厳しかったようだがな」

「おや。それはよろしくない。冒険の基本は常に余裕をもって、でございます。『まだいけるはもう危ない』という初代聖女様のお言葉もございますからね」

聖女様、というと光神教のか。……その名言、日本でも聞いた覚えがあるんだけど。もしかして勇者も兼ねてた？　折角下級神官とかにもなるわけだし、調べてもいいかな。

「それで、ここに受付があるということは……この奥は別料金なのかな？」

「ええまぁ。それと、『コア割り』の受付でもございますので」

「ロクファ。ここが壺割りの受付だけど、元気は残ってるか？」

「もちろん、大丈夫よ。割った後に倒壊するダンジョンを走って逃げる必要はないんでしょ？　割ってから休んでもいいんだから」

というわけで、銀貨5枚を払う。あらかじめ地上で聞いていた料金だ。

「ではご用意いたしますのでしばらくお待ちください。準備ができましたらあとはお好きに割っていただいて構いません。片付けもこちらで行います。記念に破片を持ち帰る方もございます。――あ、台座は壊さないように気を付けて。それと、普段は10分制限とかありますけど、今日は空いていますから入ってからじっくり時間をかけてもらっても良いですよ」

……混み合う日もあるのか。さすが人気スポット。

それから受付の男はすぐそばの部屋から木箱を抱えて持ち出してきた。あの中身がダンジョンコアを模した白い壺なのだろう。少しだけ待つと、すぐに受付の男は戻ってきた。

「ではどうぞお楽しみください」

受付の男に見送られ、俺とロクファは、元コアルームに続く道へと足を踏み入れた。

元コアルームには、台座と、ダンジョンコアを模した白い壺がちょこんと置いてあるだけであった。……うん、まぁコアルームってそんなもんだよね。ウチもそうだし。一応台座が光の魔道具になっているようで、白い壺が照らされ光っているように見える演出は芸が細かくて良い。

「おおー、なんかそれっぽいわね！」

「再現度は中々のモンだな。……さて、それじゃさっさと壺を割ろうか？」

「そ、そうね！」

ロクファは照れつつ、『コア割り用』に置いてあった白いメイスを持った。うん、夫婦の共同作業だったねそういえば。

「願い事を言いつつ割ると叶うらしいわよ？」

「へぇ、仕事が早く片付きますように、とか？」

「そういうんじゃなくて。子宝に恵まれますようにとかそういうの」

……うん、夫婦の共同作業だったねそういえば。

「この間ソトが生まれたばかりだろ……」

「そーだけども。将来的にね？　ね？」

「ここで願い事言うより、お父様にお願いした方が確実に叶うんじゃないか」

「そーいうのとは別なの！」

そういうもんらしい。

「……あー、じゃあ、ハクさんに認められますように？」

「ハク姉さまはとっくに認めてると思うんだけど……まぁいいわ。せーのっ」

ぱりーん、と、2人で白い壺を割る。

というか、そもそものそもそも、やっぱりダンジョンコア（を模した壺）を割って願掛けとかダンジョンコア的に色々間違ってる気がするなぁという「もにょ」っとした気持ちを抱える俺。ロクファ（ロクコ）は満足げに俺の腕に抱きついていたけど。


俺達はコアルームを後にした。

「おや、早かったですね。お帰りはあちらです」

「ん？」

そして受付の男が示した先には階段があった。俺達が下りてきたのとは違う、直通階段。

まぁ順路も基本的に一方通行になっていたからこれは予測できたことだったのかもしれないけど。

「そういうのあるなら、先に教えて欲しかったな……」

「冒険者様、ダンジョン跡地は初めてでしたか？　ふふふ、ダンジョンごときが作れた12階層(フロア)分の階段を、我々、優秀な『人間』が作れないはずがないでしょう」

そっかー。

……聖王国らしい考え方だな、と感心していると、ついでにこの階段とは別に換気用の直通穴もいくつかあるんだと教えてくれた。確かにそういうのがないとダンジョンじゃない穴では窒息しちゃうもんな。うん。

＊　＊　＊

教会区画へ戻り、トイとも合流したところで俺は『憑依(ひょうい)』を解いた。

『欲望の洞窟』マスタールームに戻ってオフトンから起きると、横では12階分の階段を上るのが嫌でさっさと帰ってきたロクコが添い寝していた。

「あ、おかえりケーマ」

「……ただいま。何してるの」

しかも先程のロクファのように俺の腕を抱きしめてるロクコ。

「その、あ、当たってるから離れて」

「さっきはそんなこと言わなかったじゃないの」

「さっきのはナリキンとロクファだから……その、ロクコ本人にやられると色々困るというか、照れるというか」

ふぅん、と俺の顔をのぞき込むロクコ。ニコッと笑う。

「まぁいいわ。嫌だから離れてっていうわけじゃないみたいだから」

「嫌だからって理由だったら離れないつもりなのか？」

「そのときも離れるだろうけど、私が不機嫌になったでしょうね」

つまり今はどうしてか上機嫌らしい。本当にどうしてか分からないが。

「ねー、ア・ナ・タ？」

「……その呼び方はロクファのときだけにして欲しいかなぁ、一応」

「子供もいるんだから夫婦で何が悪いのよ。うりうり」

腕に身体を擦り付けてからかってくるロクコ。なんか猫っぽく感じたので、顎下をくすぐってやる。「ふにゃぁぁ」とまさに猫のような声を出してロクコの力が抜ける。

「ぁうふ……な、なによぅ、やるじゃないの」

「ふっ、俺もやられっぱなしではないのだよロクコ」

ロクコを引っぺがして布団から出る。ぐぐっと伸びをすると、結構身体が凝っていたのに気付いた。

「けど、疲れたけど疲れてないってのは中々に不思議な感覚だよなぁ」

しみじみとそう思う。先程までナリキンに『憑依』しててそれなりに疲れたというのに、この身体に戻ったら体力は万全だ。まぁ寝てたわけだから当然といえば当然だけども。精神的には疲労が溜まっているからすぐに寝るけど。

「これ、運動不足になりそうだな……」

「いっそ『憑依』してる間だけケーマの身体をエレカに任せて、代わりに運動させるというのもアリなんじゃないかしら？　ねぇ」

「はい？　私にですか？」

急に話を振られて、ダンジョン管理にいそしむ妖精エレカが首をかしげる。

「いつもマスタールームにいるんだから適任じゃないの」

「確かに？」

寝ている間に筋トレを代わりにやってもらう……それはできるのなら確かに便利だけど、ダンジョンマスターの俺の身体を渡すってのはいくら配下のモンスターでも怖い。……運動不足対策に電気をいい具合に流して筋肉ピクピクさせるアレでも開発してしまうか。ゴーレム発電機作って――いや、電気ナマズのようなモンスターとかを使う方が手っ取り早いかな？

＊＊＊

翌日、改めて光神教教会の応接室で上級神官サンタクと面会し、下級神官の証を受け取る。印章のある真鍮の指輪で、神官の印らしい。……鏡文字の漢字で『下級神官』と書いてあるように見えるのだが、これは翻訳機能さんの仕業か？　そして指輪はやっぱり少し緩かった。

「これで、我が領地にも人工ダンジョンを作れるのですね？」

「うむ。そうなります。……謝礼はいかほどをお持ちで？」

「金貨100枚は用意しています。足りますか？」

「……ふむ、まぁ、足りるでしょう。紹介状にありましたが、貴方の領地には天然のダンジョンがあるとのことですからね。それでは早速人工ダンジョンの元、ダンジョンシードの発注書を書きましょう」

発注書ときたか。ということは、サンタクはこの発注書を人工ダンジョンの製造元へと届けてくるということだろうか。……チャンスだな。俺はロクファに【念話】を飛ばす。

『小さな蜘蛛をサンタクにつけておきたい。俺がこいつと話をしてる隙に頼む』

『はーい、任せて。服と同じ色の蜘蛛がいいわね』

……蜘蛛なだけに、スパイだー、なんちって。まぁロクコには説明しないと通じないネタなので言わないでおく。

「それで、どのような恵みが欲しいですかな」

「ほぉ、ダンジョンの内容を選べるのですか？」

「勿論ですよ。光神様の恩恵と人間の英知、その結晶です。その程度のことは造作もないことです」

まぁそのくらいできなきゃ管理できているとは言い切れないか。

「逆に、どのような恵みが貰えるのでしょう？」

「そうですな、大まかに言えば……鉱物、動物、植物、ですかな？」

思い返せばドラーグ村の人工ダンジョンはゴーレムで鉱物、パヴェーラのスラムにあったやつはウニとかで動物……海藻も動物か？　むしろ海産物？　で、サンシターにあった果樹園には植物の人工ダンジョンということか。

「動物と植物を合わせて、ということはできますかな？」

「それは2つの人工ダンジョンを設置することになります。人工ダンジョン同士は安全管理の都合で多少離さないといけませんので……ナリキン殿の領地の大きさにもよりますな」

ふーむ。2つになるのか。

「悩ましいですね。鉱物、だとゴーレムが出る感じですか？　ロードル伯爵のダンジョンがそうでした」

「ええ、ええ。そうです。飲み込みが早いですなぁ」

「すると、植物は植物系モンスターが出てくるのですかな？」

「モンスターを出さずに、普通の植物を即座に生やすということもできるのです。管理されたダンジョンですからな。モンスターの方が簡単ですが」

そういう調整もできるのか。

『蜘蛛、ＯＫよケーマ。ヒラヒラした服の中に潜り込ませたわ』

と、ロクコから【念話】をうける。

「では、牛が出るような人工ダンジョンを作ることはできますかな？　革、労働力、肉になる。牛は素晴らしい、そうは思いませんか？」

「……ふむ、そこまで細かい指定はいまだ難しい。動物のダンジョン、ということならできますが」

「では、そちらで。動物のダンジョンを頼めますかな」

「よろしい。ではそのように発注しましょう」

金貨１００枚の入った袋を置くと、サンタクはにこりと笑った。

さて、蜘蛛（スパイ）は潜り込ませたのでもういつ話を打ち切っても良いのだが、折角なのでもう少し探りを入れておこう。

「調整の方法などは、いつ教えてもらえるのですかな？」

「指導員を送りましょう。適切なダンジョン設置の場所を調べてくれたりもします」

「ロードル伯爵のときは聖女アルカ様でしたな。……ふーむ。我が領地は帝都の近くで、一つ噂を聞いたのですが、光神教の聖女様は帝国に立ち入ることまかりならぬという話が」

「ああ……そういう話もありましたな。それは先々代の聖女様の話ですが」

さらに世代交代したのか、アルカ。

「しかしダンジョンシードの取り扱いのためには指導員を派遣しなければならない決まりです。帝都の近くでは聖女様も肩身が狭そうですし、別の方を派遣しますかな」

「では、自分がその指導員になることはできませんか？」

ハクさんに人工ダンジョンを渡すにしても、使い方が分かっていた方が良いだろう。

「む、うーむ、しかしそれは……うーむ。困りましたな」

さすがに渋るサンタク。ダンジョンシードとかいう聖王国の秘儀に相当する技術を、ポッと出の旅人が金を積んだだけの下級神官に教えるというのは流石に厳しいのだろう。

……そう思っていたのだが、よく見れば顎を押さえている左手の薬指と親指で輪を作るようにしていやがった。なんてこった。

「……人工ダンジョンが広まれば天然のダンジョンを駆逐できる。となれば、その方法は国内外問わず広めるのが、光神様の御心に沿っているのではないですかな？」

俺は、金貨10枚をテーブルに並べた。にこりと笑いかければ、サンタクはにこっと笑みを返した。

「なるほど、それは正しい考えですな。私からとりなしてみましょう」

「よろしくお願いしますサンタク殿」

まったく、この国は金さえあれば何でもできそうだ。

……さーて、蜘蛛を介しての監視は現地のナリキン達に任せ、俺達はゴレーヌ村でのんびりするとしよう。

＊＊＊

『え、サンタクが死んだ？』

「はい。殺されたようです」

翌日の定時連絡で、ナリキンからそのサンタクの死亡を聞かされた。

『……昨日の今日だぞ？　なにがどうしてそうなった？　付けといた蜘蛛は？』

「無事です。サンタクの部屋に忍ばせたままにしています」

ナリキンの話を確認すると、上級神官のサンタクが誰かを呼び出したところ、その人物に殺されたらしい。服のスキマに隠れていた蜘蛛は無事だったが。

「直前に教皇の座がどうのとか言っていました。その関係かと」

『あー、つまりあれか。俺の渡した賄賂を使って暗殺者に仕事を依頼しようとしたのか』

で、その暗殺者はライバルから先に依頼を受けており、哀れサンタク上級神官は仕事を頼む前に返り討ちにあったと。そういう流れだろうか。

「サンタクの死体は教会の者によって発見され、蘇生（そせい）の秘術を試みたものの失敗し灰になったため見せることもできないと言われました。……実際には回収されたのちにそのまま焼却処分されているのを蜘蛛の目で確認しましたが」

そういや、前にワタルが言ってたけど光神教には蘇生の秘術があるんだったか。成功率25%で成否に拘（かかわ）らず大金がかかるとかいう胡散臭（うさんくさ）い術が。失敗すると灰になるとまでは聞いてないぞ。

……それにしても、何かあったときにナリキンから俺に連絡が取れないのは難点だな。何か考えておかないとな。

ロクファが溜息（ためいき）をつく。

「まったく、タイミングの悪いことです。なにも我々がいるときに事を起こそうとしなくてもいいでしょうに」

「いやぁ、むしろ皮肉にも旦那様の渡した金貨が引き金となってしまったのでしょう。ま、金貨100枚も手元にあれば何か事を起こすには十分な資金です。仕方ないかと」

トイが苦笑する。……なるほど、タイミングが悪かったというより、俺達が切っ掛けになってしまっていたのか。

『仕方ない。また紹介状を受付に見せるところからかな』

「……マスター、それがですな。我々の持つ紹介状は使えないと言われてしまいました」

『ん？　どういうことだ？』

「どうやら、サンシターで貰った紹介状は、サンタク上級神官への紹介状だったようでして。つまり紹介する相手がもう死んでいるから無効、ということに……」

なるほど、サンシターの係長と親類関係だって言ってたもんな。紹介状が用意できたのもその関係だったりするのかもしれない。

『つまり、紹介状の入手からやり直しってことか』

「そうなりますね」

面倒だが、仕方ない。俺は小鳥に『憑依』したまま、やれやれと首を振った。

＊＊＊

これからどうするかを決めるためにクロマクの町を散策することにした。また商業ギルドで金を積んで紹介状を書いてもらおうか……それとも他のギルドをあたってみるか。酒場や賭場で情報収集するか？

下級神官証の指輪を見せてクロマクの町に繰り出す。ナリキンの身体を借りるなら、ということでロクコもロクファに『憑依』してついてくることになった。

「別に来なくてもよかったんだぞ？」

「嫌よ。アナタの妻は、私なんだから」

「……そうか」

「ひゅー、愛されてますね旦那様」

後ろからトイがからかってくるが、華麗に無視した。

と、ロクファ（ロクコ）に腕を組まれたまま黒幕を被（かぶ）った町を歩いていると、不意に視線を感じた。

「……ママ？」

野太いおっさん声。妙に背筋に悪寒が走る呟（つぶや）きに思わず振り向いて確認すると、そこには、見覚えのあるガタイのいい男がそこにいた。

「ママ！　ああ、やっぱりママだ！」

「……人違いでは」

俺をママと呼ぶヒゲ男……間違いなく元ツィーアのスラムを支配していた犯罪組織ラスコミュの元ナンバー2、ジューゴだった。サキュマちゃんに変身していない姿で本人特定されたことはあったが、モンスターに『憑依』した状態でも見破ってくるの？　いや、見た目は完全に俺だからそこは分からなくもないんだけど。

「ママーーーー!!」

そう言って満面の笑みとムキムキの筋肉で体当たりする勢いで距離を詰めてくるジューゴ。トイが間に入り俺を守ろうとするも飛び越えてきた。想定外の身のこなしにトイが眼(め)を見開き、俺は衝撃に備えるも、ジューゴは体当たり寸前でビタァッと停止した。

「ふー、危ない危ない。僕、ママとのお約束を破っちゃうところだったね！」

まるで幼い子供のような発言だが、ムキムキのおっさんである。……そういえば、契約魔法【トリィティ】で無許可の接触を禁止していたっけ。

「ちょっと、こいついつぞやの誘拐犯じゃないの」

ロクファ(ロクコ)が警戒した目でジューゴを眺める。

「ママ、こいつは誰？　ママのお友達？」

「……妻だよ」

少し悩んだが、そう紹介する。

「ママの妻……なるほど。よろしく、新しいママ。といっても僕のママはママだけだから調子に乗るなよ小娘。ママを悲しませたら容赦しないからな」

「え、あ、うん？　よろしく??」

疑問符を浮かべながら握手を交わすジューゴとロクファ。新しいママってなんだよ。あと途中から年相応になるなよ怖いだろ。

「すみません旦那様。妙な気配に動揺して抜かれてしまいました……こいつ何者です？」

「たかが子供のメイドに僕の愛が止められるわけないよ。ねっ、ママ」

謝罪するトイと、笑顔のジューゴ。

「……あー、知り合いだ。気にしなくていい。そして久しぶりだな、ジューゴ。どうしてこんなところにいるんだ？」

「ママのおつかいで、『神の寝具』の情報を集めていたんだよ？」

ああ、そういえば情報を集めさせていたんだったっけ。思い起こせばあれから色々と情報や実物が集まって、今や残すところ『神のナイトキャップ』を残すのみだが――

「この国に『神のナイトキャップ』があるんだって！」

「マジかよ」

――ジューゴの情報は、まさにそのナイトキャップについてだった。……人工ダンジョンの話が一旦白紙に戻ったので、丁度いい。そっちを調べても良いんじゃなかろうか。俺はロクファ（ロクコ）に目配せする。

「……アナタの好きにしていいんじゃない？　姉様の仕事はそんな急がないんでしょ？」

「だな！」

そうだ、そもそも期限の設けられていない仕事なのだ。ならちょーっと寄り道して別のことをしてもいいだろう。トイがやれやれと肩をすくめていた。

「というか、僕、実はもっと詳しい情報を掴んでるんだけど」

「おお、そりゃ凄い。是非教えてくれ」

「教えてもいいけど……頭撫でて欲しいな！」

そう言って、俺が撫でやすいよう片膝をついて頭を向けてくるジューゴ。

少しだけ躊躇したものの、貴重な情報のため、頭を撫でるくらいで教えてくれるなら安いってなもんだ。俺は死んだ魚のような目でジューゴの頭を撫でてやった。ゴワゴワした髪である。まるで野生の狼を撫でているようだ。

「……よしよし、よくやったなー」

「えへへー！」

幸せそうに目を細めて喜ぶ。再度確認するが、これムキムキのおっさんの言動である。

「ねぇアナタ。とりあえず場所変えない？」

往来でこんな奇妙なおっさんの頭を撫でていたものだから、俺達は随分と注目を集めてしまっていたらしい。

「……そうだな。よし、行くぞジューゴ」

「うん！」

こうして、俺達は無駄に元気なサキュマちゃん信者、ジューゴと合流してしまった。

……ジューゴの話を聞くのに喫茶店に入ったりするのはもったいない。路地裏に入って話を聞くことにした。

　人気のない路地裏に入り、トイが人払いの結界を張ってくれた。そういうのあるんだ。

「で、ジューゴ。どういう情報か教えてもらおうか」

「ああ、焦らないでママ。まずはゆっくり再会を喜ぼう。……それにしても、妙な感じだね？　その身体、ママなのにママじゃない感じだ」

「あー、詳しくは説明を省くが、この身体は借り物だからな」

「そっか！　身体を借りてまで僕に会いに来てくれたんだね、嬉しいよ！」

　そういうわけではないんだけど、否定すると拗ねて情報をくれなくなる気がしたので黙って微笑んでおく。……サキュマちゃんじゃないから効果があるかは分からんが。

「あれっ、ママは光神教になったの？」

「ん？　ああこれか。潜入中だよ」

　光神教下級神官の証である指輪を見せつつ言う。

「そっか、それなら丁度いいかもしれないね。『神のナイトキャップ』は、光神教が使ってるんだよ」

　なんと。って、この国にある以上は光神教が所持しているとしても驚くことではない。

「『神の寝具』ってすごい力を持っているのは知ってると思うけど、その力を使って何かすごい物を作ってるみたいなんだよね。何作ってるかは秘密らしいけど」

すごい物。……そう聞いて、単純に人工ダンジョンのこと思い浮かべて結びつけてしまうのは早計だろうか？　可能性は高いかな。

「で、お前が今この町にいるってことは、『神の寝具』もこの町にあるのか？」

「さすがママ！　その通りだよ。本当は手に入れてからツィーアに戻って、ママをびっくりさせようと思ってたんだけどね」

なるほど、これはますます『神のナイトキャップ』を調べるべきだろう。運命と言っていい。

「手に入れる、って、その算段はついてるのか？」

「うん、教会区画の中にあるんだ。ママ、手伝ってくれる？　盗むのは僕がやるから！」

盗むつもりなのか。ふーむ、所有者ガードとかもかかってそうなもんだが……光神教で絶賛使用中ということであると、正攻法で手に入れるのは難しいだろう。そうだ、盗んでもGPを使ってお父様に所有者変更をお願いすることもできるんじゃなかろうか。

「別の仕事もあるから、あんまり難しいのや指名手配されたりするのはダメだぞ？」

「やった！　僕、頑張るね！」

親指を立ててキラーン、と歯を光らせるジューゴ。

「で、何を手伝えばいいんだ？」

「僕のおでこにちゅってして欲しいな！」

果てしなく嫌なんだが!?

「あら、そのくらいで『神のナイトキャップ』が手に入るならいいんじゃないの」

ロクファがニマニマ口元を押さえて笑いつつ言ってきた。おい。もしかしてお前俺が男にデコちゅーする所みたいのか!?

「私だって姉様にちゅーすることがあるんだし、別にいいのよ？　ささ、どうぞ」

「それとこれとは話が違いすぎるだろ。ハクさんは美人だし姉じゃないか」

「この男、アナタをママと呼ぶってことは息子でしょ？　それに、強そうだし一般的には魅力的な方に入るんじゃないかしら。大体同じじゃないの」

「え、どうなのトイ？」

なん……だと……？　このバブみ性癖男が、一般的には魅力的……!?

「ええと。奇妙な言動を除けば奥様のいうこともあながち的外れではないですね。呆気にとられたとはいえ私が後れをとるほどですし、実力的にも確かに……」

トイまで認めるだと？　しかもよく考えたら妙な性癖を持っているのって、ハクさんもじゃ……ば、馬鹿な！　本気で大体同じだと!?　嘘ぉ!?

「貴様ら話が分かるじゃないか、さすがママの連れ。……さ、ママ！　おでこに頂戴！」

「まてまてまて！」

　俺は手を拡げて前に突き出し、デコを寄せてくるジューゴを制止する。

「……俺が手伝うのは『神のナイトキャップ』を手に入れるのに必要な手伝いだ。デコにキスとか絶対それ報酬の類だろ？」

「報酬も立派な必要経費だよ、ママ！」

「それに！　この身体はあくまで借り物だからな、報酬は、その、代わりに俺からのプレゼントを用意しておくってのはどうだ!?　そう、新しいバンダナとか！」

「……ふむ。確かにキスしてもらうならママ本体の方がいいもんね。いいよ！」

　よーし、取引成立だ。よし。よし。

「えーっと、とりあえず教会区画に入る必要があれば教えてくれ。一応下級神官だし、金を積めば大したチェックもされずに入れるだろうし」

「ありがとうママ。でもそれは大丈夫。外と教会を繋ぐ地下通路があるんだ。それに僕、この国でも指名手配されてるから教会区画の門は通れないんだよね」

　元ツィーアスラム犯罪組織ナンバー2のジューゴだが、国際指名手配までされているほどではないはずだ。聖王国でも何かしでかしたんだろう。

「一体、何をしたんだよ」

「悪いことはしてないよ、仕事で悪人を暗殺しただけ。昨日も教会で一仕事したんだ！」

「あー、まぁ仕事なら仕方ない……」

オフトン教としては、仕事での殺しは別に容認されるものとしているのである……ほら、戦士とか兵士とかダンジョンマスターとか、そういう職業の人もいるし。ね？

……って、ん？　昨日？

「殺した相手って、上級神官のサンタクか？」

「えっ何で知ってるの——あっごめん!?　ママの知り合いだった!?」

くっ、コイツのせいで人工ダンジョンへの手がかりが——こいつがいなくても別の暗殺者が仕事してたんだろうけどさぁ！

……あ、いや、逆に考えよう。こいつが暗殺者なら、依頼者の情報を貰えるんじゃないか。普通なら教えてくれないだろうけど。ジューゴだし。

「許して欲しかったらサンタク殺しの依頼主と理由を教えてくれ」

「うん！　教皇派筆頭上級神官、ラギルだよ！　理由は聞いてないな、多分変革派のサンタクに妙な動きがあったからだと思うけど」

「そっか。まぁ、仕方ないな。お仕事なんだから」

ラギル。覚えておこう。あと教皇派とか変革派とかあるんだなぁ。

かくして、俺達はジューゴという協力者を得ることができたのである。……得てしまったのである……くっ、この変態を仲間に……

「ちなみに、地下通路にある施設の中に『神のナイトキャップ』があるって噂でね。早速今夜にでも忍び込んでくるよ！」

ホント、役には立つなお前……変態だけど。

嫌がらせを兼ねてＤＰ（ダンジョンポイント）で召喚したヘビを使い魔といって渡しておいた。……まぁ、ヘビそんな嫌いじゃなかったようだけど。「ママみたいに食べちゃいたいくらい可愛（かわい）いね」とか言われちゃったけど。くそう、食うんじゃねえぞ。やめてマジで。

＊＊＊

色々と気疲れしたので、ゴレーヌ村の方に戻って一休みだ。

夜に向けてマスタールームでゴロゴロしていると、ソトがやってきた。【収納】からぴょこっと。マスタールームといえど関係なくどこにでも付いてこれるなぁホント。

同じくゴロゴロしてたロクコがソトに聖王国の出来事を聞かせていた。

「というわけで、ケーマのことをママと呼ぶ男が仲間になったのよ」

「なんと!? 娘の私を差し置いてパパのことをママと呼ぶだなんて！」

ジューゴを始めとする元ラスコミュ面々が俺のことママとか聖母とか言い始めた方がソト誕生より早いんだけどな、うん。

「というか、その男ってニンゲンなんですよね？　なのにパパのことをママと呼ぶんですか？　どうして？」

「ケーマがその『ママ』になったときは、特別な姿をしていたのよ」

「特別な姿……！」

　ちらっ、と2人揃って俺を見るロクコとソト。

「……特別な姿って、どんな姿ですかママ！」

「ええ、それはね。ケーマの護衛についてる指輪サキュバスがあるでしょう？　あれが憑依した、サキュバスケーマ——通称、魅了少女サキュマちゃんよ！」

「魅了少女サキュマちゃん!!」

　ちらっ、とまた俺を見る2人。……しないぞ。

「その、指輪サキュバスの憑依ってママ達の『憑依』とはちがうんですか？」

「良い所に気付いたわねソト！　確かに『憑依』とも【憑依】とも違うわね。ケーマの意識が残っているらしいのよ、指輪サキュバスが特別なのかしらね？」

「とっても興味深いです、気になります！」

「実物を見れば、何か分かるかもね」

　ちらっちらっ、と俺を見る2人。しないってば。

「まぁ、どちらかといえば憑依というより合体かしら？　憑依合体？」

「憑依合体！　シンクロですね！」

『憑依合体！　いいっすね、今度からそう呼びましょう！』

「おっ、やる気ねコサキ。じゃあ早速記念すべき命名一回目の憑依合体（シンクロ）を見せてもらえるかしら？」

「しねえよ⁉」

指輪サキュバスのコサキまで乗り気になってきたところで、俺はきっぱりと断った。

「えー？　しないの？　ここまで盛り上げといて？」

「パパのけちー」

「ケチとかそういうもんじゃない。勝手にロクコ達が盛り上がってただけだろ」

まったく。今度イッテツに父親の心得でも聞こうかなぁ。

……あれ？　そういや俺イッテツに娘できたこと言ってたっけ？

「しまった。そういえばお隣とかにソトのこと言い忘れてたぞ」

「あら、そこは抜かりないわ。私がちゃんと219番とかレドラには紹介したから」

「なんと。いつの間に」

って、そりゃもちろん俺が寝てる間にか。

「イグニちゃんに親のダンジョン機能で移動するコツとか教えてもらいました！」

娘同士の交流まで！

「……なんていうか、任せっきりにしてて悪いな」

「いいのよ、ニクやイチカもいるし、そもそもソトってばあまり手がかからないもの。ツマノやら村の夫婦達に聞いてたのと全然違くて拍子抜けよね」

それこそ、赤子の夜泣きで眠れなくなるとかいう話を聞いていたらしい。ソトは最初からこの大きさだもんな。オムツの必要もなかった。

「そういや、なんだかんだで村にも赤ちゃん増えてるよな」

何気にオフトン教教会で結婚式を挙げる夫婦もちらほらいるほどだ。流石に俺達が全額負担した最初のオットー夫妻のように盛大な式とまではいかないが、オフトン教で婚姻の誓いをするだけならほぼ無料だ。結婚したとなれば当然次は出産になる。

「そうね、ベビーラッシュとかいうんだっけ？」

「聖王国を少し見習って、村ぐるみで子守りする場所を提供するってのもアリだな」

いわゆる託児所である。……教会でいいかな？　シスター達は色々と教育に良くなさそうだけど、冒険者ギルドに子守りの依頼を出しても良いな。奥様冒険者のパート的な感じにしてもいい。村からの補助金を出そうじゃないか。

「あら、補助金まで？　それは良いわね。奥様達が喜びそう」

「パパ、教会にある絵本のレパートリーを増やしましょう！　本は大事ですよ！　人生を豊かにするので！」

……2人とも賛成っぽいし、この方向でウォズマに案投げとこ。

「よその子育てに気を回すなら、もっとうちの子育てをしてもらってもいいわね」

ロクコが言う。確かに、現状俺はまさに育児に参加しない父親である。これはよろしくない気がしてきた。

「なんでも言ってくれ。やれることがあるならやるぞ」

「うん、それじゃあサキュマちゃんに」

「うん、サキュマちゃん以外でだ」

サキュマちゃんは子育てに絶対的に関係ないだろうが。俺がそう言うとロクコはむっと頬を膨らませてずびしずびしと突っついてきた。痛い、地味に痛い。

「娘のワガママを聞くのも子育てよケーマ！　レドラが言ってたわ！」

「ワガママを言ってこその娘だってイグニちゃんが言ってました！」

ソトが反対側からロクコをまねて突っついてくる。痛いってば。

「止めなきゃいけないワガママもある。サキュマちゃんはその類だ」

妻はともかく娘を魅了とか碌なことにならなそうだ。

「大丈夫よ、ほら、レドラから『戒めの鎖』って耐魅了装備も借りたし！」

金ぴかに光る鎖を持ち出すロクコ。前にイグニの件で戦ったときにサキュマちゃんの魅了を完璧に防御した宝具じゃねぇか。借りてきたのかよソレ。

その鎖一人用じゃないのか？　まとめて鎖で囲えば2人でも3人でも大丈夫？　へー。

「なんでそんなにサキュマちゃん見たいんだよロクコ。前に一度見せただろ」

「もう一度見たいのよ！　あと、あの可愛さをソトにも見せてあげたい！」

「ママがそこまで言うサキュマちゃん、気になります！」

「サキュマちゃんは違法薬物並みの依存性があると考えておかしくないな……」

　よく考えたら元ラスコミュメンバー達の執着を考えてもお察しだ。ジューゴだってサキュマちゃんの言いなりになるくらい——それも変身前である俺が、さらに別の身体に『憑依』したという、サキュマちゃんからかなりかけ離れた存在にも拘(かかわ)らず——の依存っぷりである。

　やはり封印しておくべき存在だな……ん、待てよ？

「……【超変身】ならコサキが憑依しないわけだし、姿だけになるか？」

『え、どうなんすかね。分からないっす』

「やってみたらいいじゃない。見ててあげるわ！　ついでにその状態から憑依合体(シンクロ)したら超・サキュマちゃんになるんじゃないかしら？」

　と、『戒めの鎖』を電車ごっこのようにソトと持ちつつ言うロクコ。何それヤバい。絶対にやらないからな。通常サキュマちゃんもやらないからな？

＊　＊　＊

夜になった。『神のナイトキャップ』のあると思われる施設へ潜入する時間だ。俺は小鳥に『憑依(トラン)』して、ナリキンの隣でジューゴの様子を見ることにした。

『ママ、聞こえてるー?』

使い魔として渡したヘビに話しかけるジューゴ。モニター経由でバッチリ見えてるのでヘビをこくりと頷(うなず)かせる。

『じゃ、これから潜入するね。盗めるようなら盗むけど、今日は下調べのつもりだよ』

む、そうだったのか。案外手堅いな、さすが元ナンバー2。

ジューゴの位置はマップと連動して把握できている。教会区画の外、黒幕を被(かぶ)っている建物の並ぶ夜の街並み。その一角に、小屋があった。

針金を丸めてプレスし固めて作ったような鍵を取り出すジューゴ。

『あ、これこの小屋の合鍵ね。先日の仕事で借りたときに作っといたんだ』

合鍵も作れるとか、器用な奴(やつ)だなぁ。

扉を開けると、中には床下収納のような下り階段の入口だけがあった。

壁に武器がかかっていたりするが、テーブルやイスも見当たらない。中央になんとも露骨に下り階段のみ……というか、この小屋自体が下り階段を隠す目隠し以外の何物でもないといわんばかりだ。

『ここから地下に入るよ。まっすぐ行けば教会に着くけど、途中で分岐があるんだ』

階段を下りた先の地下1階は白い壁の通路になっていた。……特に光源がなくても暗くないように見えるのはダンジョンの特徴の一つである。

「ふむ。これはダンジョンでしょうか、マスター」

『ああ、人工ダンジョンかも』

俺達(たち)もダンジョンをトンネルにしているが、実際便利なんだよな。補強工事をする必要もないし、明るいし。地面のすぐ下を通しても崩落の心配は殆(ほとん)どなく、なんなら壊れてもすぐ修正できる。優秀な地下通路だ。


しばらくジューゴが歩くと、左手に鉄格子がはまった通路があった。直角に伸びたその先が目的の施設らしい。ここの合鍵は流石に持っていないだろう、と思いきや、ジューゴは鍵束を取り出した。それぞれやはり細い針金を固めたような鍵が5つ付いている。

『こんなこともあろうかと教会に忍び込んだときに管理室にあった鍵も、合鍵作っておいたんだよね。アタリがあれば良いけど』

カチャカチャと鍵を当てて、3つ目で鉄格子を開けることができた。

本当に有能だなコイツ。これで変態じゃなかったら……いや、変態にしたのは俺ってかサキュマちゃんだけど……じゃなかったら仲間になってないだろうけど……

『お、よかった。これで楽ができるね』

鍵がなかったら、ピッキングをするところだったらしい。

『え、どうやってこんな合鍵を作ったか気になる？　フフフ、ママになら教えてあげるよ。僕のスキルで針金を動かせるんだ。鍵って、形が大体あってれば使えるからね』

【金属操作】というスキルらしい。聞いてないのに合鍵の作り方を教えてくれた。なんだろう、頼もしいけど寒気がしてくるぜ。

「この男、中々使えますね。ケーマ様はどうやってコイツを手懐けたんです？」

『俺の奥の手の一つを使ったんだ。あまり聞くな』

トイの質問を程々にスルーしてモニター見る。

ダンジョンらしい扉の付いていない小部屋があった。覗くと、そこには黒いダンジョンコアが設置されていた。何本ものケーブルのようなものが繋がれており、天井や壁、そして手前にある石板等と繋がっている。これには見覚えがあった。

「マスター」

『ああ、確定だな。ここは人工ダンジョンだ』

だが今はそれは置いておく。今は『神のナイトキャップ』が目当てだ。更に奥へと進む。

『さて、ここからが本格的な調査だね』

ジューゴがパチンと頬を叩き気合を入れる。さらに通路の片側に小部屋が7つ並んでおり、ジューゴは足音をひそめてするすると進む。

『ママ、手伝ってくれる？　人がいたら首を振って教えてほしいんだけど』

こくりと頷いて了承すると、腕に巻き付けたヘビ（俺達）を先に覗かせてくる。……おおう？　天井と床にまでつながっている大きなガラスの筒がある。人が入りそうな大きさで、筒にはケーブルが繋がっていた。中身は空のようだ。人工ダンジョンコアにくっついていたような石板もある。

『どうだった？』

俺達を引き戻したジューゴに、人はいなかったので首を振らずに頷く。

一部屋分進み、次の部屋の前へ。再び覗くが、同じくガラスの筒があり、中身は空っぽ。何かを作る施設だという話だが、これは培養器だろうか？

その次の部屋も空っぽのガラスの筒部屋。人はいない。

そして中央、４つ目の部屋。ここは他と違った。

他の部屋より倍は広く、部屋の中央に金属の半球が置いてある。半球からはいくつものパイプが伸び、天井と床を這って壁へと繋がっている。隣部屋のガラス管と繋がっていたのだろうか。覗き窓が付いており、薄く光が漏れている。

そして夜中にも拘らず白衣を着た研究者らしき男が４人、布鎧を着た警備兵が２人ほどいる。

……あの光、神々しさを感じる。これはアタリか？

ジューゴに引き戻される。……人がいたので首を横に振った。ジューゴは気配を消し、ちいさな鏡をつまんで慎重に部屋を覗き込む。

『……多分あれだね。あれは神具からエネルギーを抽出する魔道具らしい』

ジューゴはそう言って顔を引っ込めた。神具からエネルギーを抽出する魔道具。そういうのもあるのか。

『6人ならなんとかいけるかな？　できれば一旦隠れて警備の薄い日があるかを調べたいけど、いっちゃう？』

そう尋ねるジューゴに、首を振って答える。折角だし慎重に調べ、万全を期すべきだろう。というか、この施設は一体何の施設なんだろうか？　人が入りそうなガラスの筒で、改造人間や人造魔物とかでも作ってそうなもんだが――

――まさか、やっぱり、人工ダンジョンの生産拠点だったりするんだろうか？　コアの化身的なものがあのガラスの筒に入るとすれば納得もいく。

そうなると、このダンジョンのエネルギー源っぽい『神のナイトキャップ』を奪取することは、俺の目的を達成すると共にハクさんの依頼をも達成することになるだろう。一石二鳥というやつだ、ならもう少し詳しく調べるのも良いだろう。

『奥の部屋も調べる？』

ジューゴに聞かれ、頷く。ジューゴは音を立てずに素早く動き、奥へと移動した。

そして手前から5つ目の部屋。そこのガラス容器には、紫色の溶液と、その中に揺蕩う拳大の黒い玉があった。……どくんどくんと鼓動している。胎児、いや、卵みたいだ。

「マスター。何やら嫌な感じがしますが、これは？」

『ああ。人工ダンジョン、いやこれはダンジョンイーターか？　564番コアの左腕に寄生していた黒い虫にも似ているが……』

人がいなかったので、ジューゴと共に部屋の中に入ってみる。

『ママ。メモが貼ってあるよ』

ジューゴが指さした先には『タイプ：シード（動物）』と書かれたメモが貼られていた。

心当たりのある内容……ってことはこれ、俺が発注した人工ダンジョン――ダンジョンシードか。そして、ダンジョンシード以外もこの施設で作れそうな書き方だ。

……そうか、緑茶や紅茶が元々は同じ茶葉であるように、加工の仕方を変えることで作り分けができる可能性もある。ダンジョンシード、ダンジョンイーター、寄生虫と言った具合に。そこらも調べられるなら調べたい所だな。

モニターに映る作りかけのダンジョンシードを見て、ロクファが顔を顰める。

「むぅ、これが製造中の人工ダンジョンですか。妙に気持ちが悪いですね」

「そうですか？　私はむしろ可愛いもんだと思いますけど」

トイにはそう見えるらしい。俺はロクファ側だな。トイとは分かり合えそうにない。

「いかがいたしますか、マスター」

『今は放置だな。……ナイトキャップを頂くのも、完成品を貰ってからにしよう』

ハクさんの注文で、人工ダンジョンの元――つまりこいつが手に入るなら手に入れて欲しいという要望である。であれば、今はここは静観し、ダンジョンシードの完成品を受け取ってから事を起こすべきだろう。

ヘビを入口に向かわせようとすることで、今日は引き上げる旨をジューゴに伝える。

『分かった。今日は退散だね』

ジューゴはその意図を汲み取り、即座に部屋を出、ようとして飛び上がった。突然の視界の動きで一瞬なにが起きたか分からなかったが、天井に張り付いているようだ。あのマッシブな巨体でなんでこうも身軽に動けるのか。

見ると、布鎧を着た警備兵2人が部屋の様子を見に来ていた。きょろきょろと何かを探している。明らかに侵入者を探す動き。どうするんだ、とジューゴを見ると、懐から生きたネズミを取り出した。そして、ちいさなパンくずと一緒にそっと警備兵の後ろに放った。

何でそんなの持ってるの。と疑問に思っていると、ネズミがパンくずを一口で食べてチュウと鳴き、警備兵はネズミの方を振り向いた。

『ん、なんだ。ネズミだったか』

警備兵は手に持った剣でネズミを突き殺した。死体を廊下に投げ捨てる。

『やれやれ、侵入者が分かるのは警備が楽でいいんだが、感度が良いのも考え物だな』

『まったくだ。おちおちサボってもいられない』

警備兵が部屋を出て行ったのを確認し、ジューゴは音もなく天井から下りた……手慣れすぎてやがる。伊達に暗殺者してないな。

『……どうやら部屋への侵入者を検知できる仕組みがあるみたいだ。使い魔さんのオヤツにするつもりのネズミだったんだけど、また新しいの捕まえるからね』

ジューゴはそう言って、今度こそ施設から抜け出した。……ってか、そんな理由で生きたネズミを持ってたのか。


しかしその後、警備が厳重になってしまったようである。鍵も変更され、見張りの兵も増えてしまったようだ。

『ごめんママ、僕が下手に見つかっちゃったせいで。……あの場でナイトキャップを強奪すべきだったな。そうすれば今頃ママにナイトキャップをプレゼントできたのに』

「……いや、あれは仕方ない。それよりは色々と情報が入ったことが成果だな」

恐らくだが、ネズミ以外にも侵入者があったことがバレたのだろう。ダンジョン機能だとしたらジューゴには対処も難しいか。

「しばらくは放置していてくれ。あそこで作ってたもんが完成してからでいい」

『分かった。準備だけしとくね。……次こそはちゅーしてもらえる成果を出すよ！』

そんなわけで、ジューゴには引き続き調査をして隙を窺ってもらい、盗み出す準備だけはしておいてもらうことになった。

＊＊＊

というわけで、今日は再びナリキンに『憑依』して光神教教会を訪れたのである。人工ダンジョンの生成が進んでるなら、あわよくば紹介状がなくても入手できるんじゃなかろうかという魂胆である。そんなわけで、受付で誰か話せる人を紹介してもらおうかと思ってやってきた。サンタクの後任とかいないかな、いっそ教皇派でもいい。

「この度は残念でございました。寄親のサンタク様が急に還らずのダンジョンの踏破に向かわれてしまうなんて。サンタク上級神官様に祝福あれ」

「あ、ああ……サンタク殿に祝福あれ」

この言い回し、いわゆるお悔やみ申し上げます的なことだろう。光神教的だな。

「ともあれ、ナリキン中級神官様。お待ちしておりました」

「む？……すまん、俺は下級神官だったはずだが？」

証となる下級神官の指輪を見せつつ言うと、受付シスターがにこりと微笑んだ。

「先日、功績をもって昇進されたとお伺いしております」

功績もなにも、賄賂を贈ったくらいしか心当たりがないのだけど。どういうことなの。

「本日は特務の講習を受けに来られたのですよね？」

「！　あ、ああ。そうだ。どこで受けられるかな？」

特務と聞いて、一つ思い当たることがあった。人工ダンジョン、ダンジョンシード取り扱いのための指導員の件である。そう、きっとサンタクが死ぬ前に手配しておいてくれたのだろう、中級神官に昇進させてまで！　金の力ってすげー！　ありがとうサンタク。渡したお金があの世で使えるといいね。

「奥の、突き当たりの部屋でお待ちください。講師の方を呼んでまいります」

というわけで、ロクファとトイを連れて部屋で待つことになった。……付き人やらについては特に何も言われなかったのだけど、問題ないのか？

しばらく待つと、講師がやってきた。神官服に身を包んだ緑髪の女性——

「お待たせいたしました。ナリキン中級神官——あら、ケーマ、様？」

光神教聖女、アルカその人だった。

ふわり、と百合のような香りが鼻をくすぐる……しまった、聖王国で俺の知り合いと会うとは。いや、ジューゴという例がもうあったけど、よりにもよって光神教の聖女が講師を務めるとか想定外すぎる。

「……初めまして聖女様。ナリキンと申します。聖女様御自らにご指導いただけるとは光栄の極み」

「あら？　あらあら。そういうことですか。初めまして、ナリキン様。アルカ・ル・バイポーラ・レッドと申します、どうぞ気楽にアルカとお呼びください」

にこりと微笑むアルカ。その頬にはほんのりと赤みがさしていた。

「ロクコ様までいらっしゃるなんて。ふふふ、これは嬉しい再会ですね」

「初めまして聖女様。ロクファです。妻です」

「はい、初めましてロクファ様。また仲良くしてくださいね」

訳知り顔でニコニコと上機嫌の聖女アルカ。というかさりげなく名前変わってるのはやはり代替わり（自称）したからなのだろう。……もしかして俺達のことも同類と思ってたりするんだろうか。するんだろうな。

「髪の色を変えるとは本格的ですね。しかしまさか10年来の信者、それも改革派の神官であったとは。納得しました、道理でケーマ様が光神教に詳しいわけです」

「……ケーマは兄です。生憎、兄は光神教ではありませんが」

「なるほど、なるほど」

微笑みながら頷くアルカ。くっそ、こんなことなら顔変えときゃよかったと後悔するも、今更遅い。開き直って弟を名乗ろう。というか、10年来の信者とか言ってるけど書類上でそうなってたのだろうか。潜入するには都合がいいから訂正はしないでおこう。

「先日儚く（はかな）なられたサンタクからの報告書、さすがに出来すぎた嘘（うそ）だと思って確認しようと思ったのですが……これは間違いないですね」

自ら出向いてきて、ある意味正解でした。とアルカは頷いた。

「あの、すみません。サンタク殿の報告にはなんと？」

「ええ。『直弟子の旅神官がダンジョン撲滅任務から一時帰国、帝国のダンジョンを献上させることに成功。その功績をもって中級神官並びに特務神官への昇格を望む』とありましたよ」

そうか、光神教だもんな。ダンジョンの献上――人工ダンジョンとの入れ替え――を認めさせたら、十分な功績になるわけか。

「直弟子がこれほどの功績を挙げたというのに、サンタク上級神官は本当に残念でした。架け橋を越えて栄光を摑（つか）めるとよいのですが」

「ええ、まったくですな。サンタク殿に祝福あれ、と願わんばかりです」

何か光神教らしい言い回し。よく分からないが多分冥福を祈られてるような感じなので同意しておく。ついでに受付で教えてもらった言い回しも付けて。

「ふふっ、ナリキン様は、お強いですね」

「なんのことですかな？」

「いいえ、なんでも。あ、こちら中級神官の証です。どうぞ」

俺はアルカから『中級神官』の鏡文字が入った指輪を受け取った。……ちなみにこれ、本当に日本語で書かれているらしいことは【日本語】スキル持ちのロクコに確認済みである。光神を崇める宗教なだけあって勇者と関わりが深いのは当然か。勇者は光神の手先と言ってもいいもんな。

尚、先日貰ったばかりの下級神官の指輪は早くも返還することになった。

「おや、新品同様ですか。旅神官には珍しい……よほど大事にしていたのですね？」

「ええ。サンタク殿に貰った翌日から今日までの毎日、【浄化】を欠かさずにいたからかもしれませんね」

誤魔化すためにそう言った。昨日貰って今朝うっかり指輪落として汚れちゃったから1回やっただけだけど、毎日は毎日である。

「素晴らしい。では、その信仰に敬意を表してこちらを先に渡しておきましょう。特務神官の証です。本当は講習後に渡すべきものですが、どうぞ」

アルカから『特務神官』と書かれた指輪を手渡しで受け取る。

「……良いのですかな？」

「ええ。構いませんとも。そもそもケーマ様――失礼、ナリキン様のことは、私も認めるところですので。ただ、こちらはみだりに見せたりはしないように」

俺の顔をじっと見る聖女アルカ。そうか、前に命を助けた（どうせ復活するけど）ことがあるのでケーマとしての信用があるのだろう。……でも別人だよ。勝手に勘違いする分には止めないでおくけどね。

「ちょっとアルカ——様。私の夫をあまり見つめないでくれる？」

「あらロクファ様。いいではありませんか。減るものではないですし」

一応潜入ということを思い出したかのように様をつけるロクファ。

「逆よ。新しい妻が増えたら困るわ」

「あらあら。随分と外国的な考え方をするのですね」

「そりゃ、私はこの国のニンゲンじゃないもの」

ふん、と胸を張って言い切るロクファ。どうやらそこは隠さずに俺を独占したい方向でいくらしい。そもそもナリキンの身体だし顔くらいいくらでもいいんじゃないかと思わなくもないが、ちょっと嬉しい。

「そういえばイチカはいないのですか？代わりにあの獣人奴隷がいるようですが——あら？あら。そういえば耳と尻尾がありませんね……？切り落としたのですか？」

と、トイを見る聖女アルカ。そしてトイとニクの違いは分からなかったらしい。見た目はほとんど同じだもんな。

「はて、獣人奴隷ですか？それも別人でしょう。なぁトイ？」

「発言を失礼します、聖女様。耳を切り落としたりはしていません。する必要がありませんからね。きっとよく似た別人ですよ。私が旦那様の犬であるということは否めませんが、さすがに国内で耳と尻尾を生やした者が神官様に侍るのは色々不味いでしょう？」

言い方に語弊が。確かに魔法で隠してるから切り落とす必要ないし、実際別人だし、犬だし、神官が獣人のメイドを侍らせるのは不味いんだろうけど、これだと俺が「幼女に獣人のコスプレさせて侍らせる男」って認識になるんじゃないか。

トイはにこりと微笑む。ワザとだろお前。おい。

「旦那様の名誉のためにも、色々とご内密にお願いします」

人差し指を立てて口に当て、内緒ですよ、と可愛く言うトイ。いや、聖女から俺達の情報を漏らさないよう内緒にしてもらうのはいいんだけど、言い方がさぁ!?

「まぁ！　まぁまぁ、そうでしたか。私、すっかり騙されてしまいました。随分と演技がお上手ですこと。……うふふ、ナリキン様も良い趣味をしていますね」

「……ははは」

俺はとりあえず笑ってごまかした。

＊　＊　＊

さすがに特務の内容を神官以外にバラすわけにはいかない、とロクファ達を別室に移動させ、俺と聖女アルカの2人きりで特務神官の講習を行うことになった。

「メモは取らないでくださいね。誰の目に入るか分かりませんから」

と言われたが、講習内容についてはあとでナリキンとも共有する必要もある。メール機能を使ってこっそりメモを取っておこう。ついでにそのままハクさんへの報告書にもできるし。

「では始めましょうか。とはいえ、ナリキン様はもう人工ダンジョンを御存じでしょうから、簡単に説明するだけで十分でしょうか」

「一応、最初からきちんと教えていただきたいのですが」

「構いませんよ。では、実物を見ながら説明といきましょう」

そう言って、聖女アルカは懐から、装飾の入ったガラスの瓶を取り出した。その中には、小さな黒い水晶の欠片(かけら)が入っていた。

「これは非活性状態の人工ダンジョンの種、ダンジョンシードです。呪文を唱えることで活性状態にすることができます……黒き者、目を覚ませ――【Bアウェイク】」

聖女が呪文を唱えると、黒い水晶がぶよんと形を変えて丸くなる。

「黒き者、動きを止めて眠りにつけ――【Bスリープ】」

再び形を変えて、元の水晶状態に戻った。

「クロマク特産品の黒布を固めたり戻したりするのに使う呪文と同じなので、聞いた覚えがあるかもしれませんね。黒布はこれほど劇的には変わりませんが」

へぇ。というか、まるでスライムみたいだな。……黒いスライム、というと、なんかひとつ思い出すけど。レオナのペット、黒スライムのリンを。……そういえばレオナが56

4番に寄生した虫を持ってたよなぁ。

「さて、そしてこれを設置する場所ですが、天然ダンジョンの近くであれば望ましいです。ただし、注意点として魔力、地脈の流れが清涼な場所に作ることを推奨されています」

……つまり、ダンジョン領域外に設置するわけか。だからドラーグ村に設置されたとき、俺もイッテツも人伝に話を聞くまで気付かなかったんだな。なるほど。

「ナリキン様、魔力視のスキルはお持ちですか？」

「ああ、はい。それは持っていますよ」

ナリキンの身体は元々リビングアーマーで目が付いておらず、魔力視はデフォルト装備だ。ちゃんと使えることは先日デートで行ったダンジョン跡地でも確認済みだ。

「さて、ここまでの説明で分からないことはございましたか？」

「いいえ、大丈夫です」

「では簡単なテストをしましょう」

メモしたメールの文面を見ながら答えると、アルカは満足げに頷いた。

「大変結構です。素晴らしく優秀な生徒ですね。ではあとは、実際に稼働している人工ダンジョンを見に行きましょうか」

そう言って、聖女アルカは部屋を出る。俺もそれについていく——おっと、鍵付きのドア。それを開けると、地下への階段。白い通路。わぁ、昨日忍び込んだ通路の教会側じゃないか。……確かにここが一番近くて手近な人工ダンジョンだろうけど、俺入れちゃっていいの？

「実はこの先で、人工ダンジョンを生産中なのですよ」

そこまで教えてくれるのか。うわぁい。

「……俺が入っても良い場所なのですか？」

「特務神官であれば問題ありません。それに、ナリキン様を信じておりますので」

俺への信頼がぶ厚すぎる。残念ながら俺は破壊工作員だけど。

黒いダンジョンコアのある、管理部屋へと入る俺達。

「これが『管理部屋』です。こちらの石板にダンジョンの情報が表示されます」

「ほほう。初めて見ますが、大体は分かりますよ」

「結構。この人工ダンジョンはいざというときの避難経路を形成するものであると同時に、奥の生産施設を維持するためのものです。そうだ、生産現場を見ていきますか？」

先日忍び込んだけれど、折角なので見せてもらおうかな。

「是非。作成中のダンジョンシードも見たいですな」

「うふふ、ではこちらへどうぞ」

アルカの案内で、手前から5番目、ダンジョンシード作成中の部屋に入る。白衣を着た男が椅子から立ち上がり、俺達に頭を下げた。

「こちら、新しく特務神官となったナリキン様です。覚えておくように」

「……えっと、よろしく頼む」

俺がそう言うと、男はさらに深々と頭を下げた。


「さて、順調かしら？」

「はい、聖女様。進捗は10％といったところです」

紫色の溶液に満たされたガラス容器には、昨日より半分ほどに小さくなった黒い玉があった。よく考えれば、ダンジョンシードはこれよりもさらに小さい。

「……これが、ダンジョンシードになるのですかな？」

「ええ。ここからさらに小さくなります。最終的には、小瓶に入るほどに」

「成長が進むと小さくなるのか。不思議なものだ」

「特務神官様。こちらは溶液で調整し、圧縮しているんですよ」

と、白衣の男が教えてくれる。

「ふむ、そうなのか……聖女様。さてはこちら、他の物も作れますな？」

「おや。さすがはナリキン様、博識ですね。その通りです、調整用の溶液を変えることで、対ダンジョン用生体兵器――ダンジョンイーターを作ることができます」

俺がカマをかけて質問すると、聖女はそう答えた。ダンジョンイーター。以前、『欲望の洞窟』において現れた黒い虫。ダンジョンを喰らい、ロクコが大変なことになったヤツだ。……ってか、正式名称でダンジョンイーターなのか。あのときとっさに呼称を決めて呼んでたけど、まぁ他に付けようがない名前だよな。

「そういう生体兵器の研究開発も、この施設で行われているのですか？」

「さすがにそれは特務神官といえど機密事項です」

だよね。……とはいえ、ここには実験器具などは見当たらず、最低限必要な機材や薬品しか置いていないように見えるので、多分別に研究所がある。

ハクさんからは『人工ダンジョンを生産している場所』を破壊しろって話だから、できれはここと、ついでに研究所もターゲットにするべきだろう。もっとよく調べるか。


その後、人工ダンジョンコアの『管理部屋』で、設定数値のいじり方などを教えてもらった。さすがに実際にモンスターを出現させるところまではしなかったが、メンテナンス用の隠し設定をいくつか教えてもらうことができた。侵入者検知も、特定の部屋に無許可の者が入ったときに知らせる、といった機能のようだった。

これもハクさんにバラしてしまおう。いやー、めっちゃ潜入調査してるわ俺。


と、一通り講習が終わり、戻ろうかというときだった。

「おや、聖女アルカ。この場所で何をしているのかね？　その男は？」

皺を感じる男声に振り返ると、煌びやかな装飾をゴテゴテと飾った黒い法衣に身を包んだ、恰幅の良い老人が立っていた。

「教皇様。こちらはナリキン中級神官です。とても優秀な旅神官で、特務神官に任命いたしました。現在、講習を行っていたところです」

教皇と聞き、俺は素早く頭を下げる。光神教のトップじゃないか、なんでこんなところにいるんだ？　うわぁお偉いさんの威圧を感じる。ハクさんや大魔王様と同じタイプの。

「良い、良い。顔を上げなさい」

そう言われて顔を上げると、教皇は品定めをするようにねっとりと俺を見る。そして、にこりと笑い、威圧を解いた。

「……うむ、中々見込みのある良い青年だな。今後も信仰に励むように」

「はっ、激励感謝いたします」

肩をぽんっと叩かれた俺は、そう短く返事した。

「それで教皇様はどうしてここに？」

「ははは、実はアルカが男といると聞いてね。お節介かと思ったが様子を見に来たのだよ。まぁ、万一があっても君なら自力でどうにでもできるとは分かっているがね」

「まぁそんな。いやですわ教皇様ったら」

口元を隠し、淑女らしくうふふと笑う聖女アルカ。

「では余は先に戻る。いくら人目を忍びたいからといって、ここでの逢瀬はほどほどにするといい。光あれ」

「もう、教皇様ったら。光あれ」

「光あれ」

口を挟んでいいか分からなかったので、とりあえずアルカを真似て、ワンテンポ遅れて挨拶だけはしておいた。

教皇が去ってから、聖女アルカはやれやれと疲れた顔をする。

「随分と、教皇様と親しいようで。さすが聖女様？」

「よしてくださいナリキン様。お爺様を慕う孫であることと改革派であることは矛盾しませんよ」

なぜここで改革派の話が出てくるのか。というか、教皇の孫なのか聖女アルカ。

「他意はありませんが、気に障ったのであれば申し訳ない。世情には疎いもので。聖女様は教皇様のお孫さんでしたか、初めて知りました」

「あっ、つい先日まで他国にいた旅神官でしたものね。改革派でサンタク上級神官の弟子といえど人間関係や派閥のあたりは詳しくありませんでしたか。まさに清く正しい神官なのですね、ナリキン様は」

ふふ、と微笑むアルカ。

「実の祖父ではありません。教皇様には妻や実子がおらず、私は養女のひとりです」

曰く、まだ少女だったアルカが聖女候補となった際に元の家族と分かれ、教皇の家族になったらしい。他にも養女兼聖女候補はいたが全員脱落し、アルカが先代聖女から力を継承したのだそうな。

光神教の聖女って大変だなぁ。まぁ、ダンジョンを攻略する仕事があるもんな……

「ん？　そういえば先程の発言からすると、聖女様は改革派なので？」

「……ええ。教皇様は、私が調べた限りでもかれこれ5代、同一人物なのです。ですので、そろそろ引退を考えていい頃だと私は思っているのですよ」

5代って、どういうことだよ。何か仕掛けがあるのだろうか？　クローンとか。

そう考えていると、聖女が耳打ちしてきた。

「これはナリキン様の師であるサンタク上級神官の遺志でもあります。協力していただけますね？」

「……できる限りであれば」

聖女はどうにも俺が協力する前提で話をしていたので、そう答えておいた。

いざとなったら逃げるとしよう、そうしよう。

そんなお偉いさんが突然乱入してくるハプニングもあったが、無事に講習は終了。

……というか、教皇があの施設に来るってことは、教皇は当然のように人工ダンジョンについてを把握しているのだろう。しかもあの威圧。教会の裏面を把握していない優しいおじい様などではなく、裏の手綱をもしっかり握っているトップであることは明らかだ。

無事ロクファ達と合流し、旅神官として宛がわれた部屋に戻る。

「ああ疲れた。さて、情報共有と行こうか」

「それなら大丈夫。こっちはアナタの視界をモニター通して見てたのよ。さすがにトイには見せられなかったけど」

おっと、そいつは説明が省けていいな。別に今回の件はトイが知らないはずの情報であるわけだし、ここからトイに教えるかどうかもナリキンの判断でいいことだ。

「それで、ひとつ大変なことに気付いたのよ。教皇と会ったでしょうケーマ」

「ああ、会ったな。それがどうかしたか？」

ロクファは、真剣な顔で俺をじっと見る。そして、ゆっくりと口を開いた。

「あれは第10番コアよ。集会で見たことあるわ！」

「……は？」

確かに5代同一人物だとか言ってたけど。なんで光神をあがめる聖王国の光神教で、ダンジョンコアがトップなんだよ。

きな臭すぎるものを感じつつ、俺は諸々を一旦ハクさんに報告することにした。

◆閑話　聖女アルカは気が付いた

——『直弟子の旅神官がダンジョン撲滅任務から一時帰国、帝国のダンジョンを献上させることに成功。その功績をもって中級神官並びに特務神官への昇格を望む』

改革派の上級神官、サンタクからの昇級願い。これを出した直後にサンタクは暗殺されたらしい。犯人は教皇派ということは分かっている。

「つまりこれは、上級神官の遺言——ということになりますね」

であれば、光神教の聖女としては叶える方向で動くべきである。しかし、サンタクに直弟子の旅神官などいただろうか。真偽を確かめる必要がある。

とりあえず光神教の規定に則ると、ダンジョンの献上（それもあのラヴェリオ帝国のダンジョンだ）をさせるというのは素晴らしい功績だ。寄親であるサンタクにもその功績が大きく反映されるほどの。

中級神官への昇格はまったく問題ない。実際に帝国の貴族が来て、『何の対価も求めず』ダンジョンを人工ダンジョンにしたいと言っているのである。ダンジョンを差し出すにあたり、光神教から『色々な対価を得られる立場』であるというのにだ。ダンジョンシードを無償譲渡することも確定している。

ただ、特務神官については色々と確認しなければならない。その技能は秘儀であるため人格も重視される。いくらサンタクの遺言といえどハイそうですかと認めるわけにはいかないものだ。

先に中級神官に認定し、中級の証を渡すときに実際に会って為人を確かめて特務神官にするかを決めよう。アルカはそう決めた。

それにしても、帝国のダンジョンというとゴレーヌ村を思い出す。そして、その村にいた村長、ケーマのことも。従者のセントと共に帝国へダンジョン撲滅任務に行った際に出会った素敵な男性であった。光神教についても造詣が深く、聖王国に連れ帰りたいと思ったものの、好条件を出しても拒まれてしまった。イチカ——奴隷身分ではあるが、とても気の利いた使用人——を買い取ろうと交渉した際には、金貨1万枚という大金をちらつかせてみても一切迷わず断られてしまった。

そしてなにより、死んでも生き返るアルカを、命を懸けて助けてくれた。

あれほど高潔な人物をアルカは他に知らない。思い出すだけで胸がトクンと高鳴る。

また彼に会いたい。そう思ってまた名前を変えて、入国を制限されている帝国へ行く準備を進めていたところである。そして次こそはあのダンジョンを、イチカを、ケーマ村長をこの手に——

そう考えていたらナリキンが教会にやってきたと報告があった。

さて。確か上級神官の推薦状には『とても才能があり、任務に人生を懸けている。風貌こそは潜入向けの目立たぬ顔であるが、文武両道、近年稀（まれ）にみる誠実で素晴らしい男』とその他諸々の賛辞が並んでいた。

「まったく、そんな男などいるはずがないでしょうに。直弟子だからと贔屓目（ひいきめ）が過ぎますね、これは」

聖王国では血よりも教育によって親子関係が決まるため、直弟子といえば我が子に等しい。親の欲目が多大に含まれているであろうその内容を話半分に、アルカはナリキンの顔を見に行くことにした。

「お待たせいたしました。ナリキン中級神官——」

さて、一体どんな顔の男か。応接室で待っていたその旅神官の顔を見たとき、アルカは思わず「あら」と口から言葉が漏れた。

「ケーマ、様？」

「……初めまして聖女様。ナリキンと申します。聖女様御自らにご指導いただけるとは光栄の極み」

その顔は、間違いなく。地味な顔で、髪の色こそ違うものの、ゴレーヌ村村長、ケーマその人であった。

「あら？　あらあら。そういうことですか」

不意打ちで聖女ということを見せても一切動じないその態度。間違いない。ケーマは、いや、ナリキンは、聖女アルカのことを知っていたのだろう。何故なら、自分も同じように複数の名前を持っている。旅神官であれば、帝国への潜入であれば、それに付随する複数の立場を駆使していても不思議ではない。

「初めまして、ナリキン様。アルカ・ル・バイポーラ・レッドと申します、どうぞ気楽にアルカとお呼びください」

そういう体裁で。と暗黙の了承をしたことを示す挨拶をする。思わぬ再会に顔がにやけそうになるのを必死に抑える。自然に笑えただろうか？

「ロクコ様までいらっしゃるなんて。ふふふ、これは嬉しい再会ですね」

「初めまして聖女様。ロクファです。妻です」

「はい、初めましてロクファ様。また仲良くしてくださいね」

お互い分かっている。これほど嬉しいことはない。アルカはとても上機嫌になっていた。

ケーマの弟を名乗るナリキンだが、これは同一人物で間違いない。そして、下級神官という身分になるには入信してから10年以上の経歴が必要だ。ケーマの年齢を考えるに、生まれてすぐ入信してサンタクの直弟子となっていたのだろう。

こうなってくると、サンタクの推薦状に書かれていた賛辞が真実味を帯びてくる。才能や文武両道は言うまでもなく、誠実で素晴らしい男というのもアルカが間違いないと頷ける。そして、潜入向けの顔で、任務に人生を懸けている。この文言は、ある一つの真実を示唆していた。

この数年で急速に発展したゴレーヌ村。その村長であるケーマは、経歴不明の存在である。そして村では独自にオフトン教という神のいない宗教を広め、信者を着実に増やしている。

……村の運営をどこで学んだのか？　そして教祖にすらなるほどの手腕をどこで身に付けたのか？　オフトン教に崇める神がいない理由は？　そう。その答えがこれだ。

ゴレーヌ村村長ケーマ。その正体は、秘密裏に帝国に送り込まれた光神教の神官であったのだ！

村の経営、教祖となるほどの手腕。それらは全て上級神官であるサンタクに仕込まれたものに違いない。オフトン教に神がいないのは、真に崇めるべき光神様の座を空けているからだ。

「なるほど、なるほど」

ああ、なんということか。点と点が線で繋がった。

ケーマがあれほどきっぱりとアルカの誘いを断ったこと、光神教について造詣が深いこと、全てに納得がいった。なるほど、人生を懸けて潜入している。光神教のために。そのためにはダンジョンすらも利用して。

「先日儚くなられたサンタクからの報告書、さすがに出来すぎた嘘だと思って確認しようと思ったのですが……これは間違いないですね」

炎の大精霊、サラマンダーとのつながりを考えても、為人に問題がないのは言うまでもない。精霊が心の汚い人間と契約を交わすだろうか？　いやない。つまりケーマ——ナリキンは、正真正銘心が清く正しく、有能で真面目な神官である。

「あの、すみません。サンタク殿の報告にはなんと？」

と、ここでアルカは自らの失言を悟る。親同然のサンタクを失って間もないナリキンに言う言葉ではなかった。親を失い悲しくないはずがない。しかし、ナリキンはその悲しみを一切見せず、アルカに失言までさせてしまうほどにそうと気付かせなかった。

これは、光神教でいうところの『不配』と呼ばれる行い。

相手に心配をさせないため、あたかも何事もない、何でもないというように振舞うというそれに違いない。

その強い心にアルカは感動すら覚えていた。もし同期の聖女候補にケーマがいれば聖女はケーマだっただろう。聖女は女性限定の地位ではあるが、その程度は魔法薬でどうとでもなることだ。

「直弟子がこれほどの功績を挙げたというのに、サンタク上級神官は本当に残念でした。架け橋を越えて栄光を掴めるとよいのですが」

しかし、本当に残念なタイミングでサンタクは暗殺されてしまった。直弟子が素晴らしい功績を挙げたことは、十分な発言力に繋がる。現状に否を唱え、教皇選挙を開催しうる寸前だったのに。『架け橋を越えて栄光を掴めるといい』というのは、蘇生させられることも叶わず無念の死を遂げた者への手向けの言葉。死後の世界では願いを叶えられますように、というものである。

「ええ、まったくですな。サンタク殿に祝福あれ、と願わんばかりです」

これに対し、ナリキンは一般的な手向けの言葉――満足し、蘇生を望まずに死んだ者への――を唱えた。

つまり、これは。サンタクの遺志は、間違いなく自分が継いだ。そういうことである。

「ふふっ、ナリキン様は、お強いですね」

「なんのことですかな？」

「いいえ、なんでも。あ、こちら中級神官の証です。どうぞ」

すっとぼけるナリキンに、中級神官の証を渡す。印を確認し間違いないと確認し頷いたあたり、サンタクからの教育が行き届いていることが分かるというものだ。

下級神官の証を返還してもらうことになったが、まるで新品同様に手入れが行き届いていた。証をずっと引き出しに入れっぱなしの神官ならともかく、旅神官でこれは珍しい。

「……よほど大事にしていたのですね？」

「ええ、サンタク殿に貰った翌日から今日までの毎日、【浄化】を欠かさずにいたからかもしれませんね」

それほどまでにサンタクのことを慕っていたのか。と、アルカは村で一人指輪に【浄化】をかけ故郷を想うケーマを想像し、思わず目が潤みそうになった。

「素晴らしい。では、その信仰に敬意を表してこちらを先に渡しておきましょう。特務神官の証です。本当は講習後に渡すべきものですが、どうぞ」

もはやアルカにナリキンの為人を疑う余地はない。特務神官の証を渡した。

「……良いのですかな？」

「ええ。構いませんとも。そもそもケーマ様――失礼、ナリキン様のことは、私も認めるところですので。ただ、こちらはみだりに見せたりはしないように」

　これほどの神官、逃すはずもない。絶対囲い込もう――そういえば、ケーマとは家に招待する約束もしていた。呼ばねば。

「ちょっとアルカ――様。私の夫をあまり見つめないでくれる？」

　ロククコ、改めロクファがそう言う。

「あらロクファ様。いいではありませんか。減るものではないですし」

「逆よ。新しい妻が増えたら困るわ」

「あらあら。随分と外国的な考え方をするのですね」

　聖王国の者であれば、妻が増えるのは歓迎するところだ。それだけできることが増えるのだから。そうでないのは、

「そりゃ、私はこの国のニンゲンじゃないもの」

　ふん、と胸を張って言い切るロクファ。そうか、ナリキンは人生を捧げて帝国に潜入しているのだから、伴侶を聖王国の外で得るということもあるだろう。その方が色々疑いの目を向けられることはない。

　しかし、こうして聖王国に連れてきたということは、いよいよ任務を切り上げて聖王国で家族を作ろうということなのだろう。

「そういえばイチカはいないのですか？」

気の合う使用人について、姿が見えないことに気付き尋ねるアルカ。

「代わりにあの獣人奴隷がいるようですが――あら？　あら。そういえば耳と尻尾がありませんね……？　切り落としたのですか？」

「はて、獣人奴隷ですか？　それも別人でしょう。なぁトイ？」

ナリキンがそう言うと、小さなメイドはニコリと笑った。あの村ではついぞ見ることのなかった表情である。

「……旦那様の名誉のためにも、色々とご内密にお願いします」

饒舌に語った後、そう言ってトイは。人差し指を立てて口に当てた。これが本性か。随分と違いすぎ、本当に別人のようである。見事なものだ。

「まぁ！　まぁまぁ、そうでしたか。私、すっかり騙されてしまいました。随分と演技がお上手ですこと。……うふふ、ナリキン様も良い趣味をしていますね」

イチカがいないのは残念だが、こちらの少女も悪くないと気に入っていたのだ。しかし人間を獣人に貶めるとは、かなり尖った性癖。

「……ははは」

とはいえそれが人前に出しては不味い趣味だとは分かっているようだし、内々で楽しむだけなら何の問題もないだろう。所在なさげに笑って誤魔化すナリキンに、なんなら自分ならどんな耳が合うか、と尋ねてみたくなったアルカであった。

その後、聖女アルカが口頭で説明したことをいとも簡単に、まるで知っていたことであるかのように覚えてみせるナリキン。優秀な生徒だ。特務神官に必須の魔力視も習得しているようだし、もしかしたら、既にサンタク上級神官から教えられていたのかもしれない。

簡単なテストを行い、ナリキンの優秀さにアルカは満足げに頷いた。

「大変結構です。素晴らしく優秀な生徒ですね。ではあとは、実際に稼働している人工ダンジョンを見に行きましょうか」

そう言って、ナリキンを教会地下にある施設へと案内するアルカ。

「実はこの先で、人工ダンジョンを生産中なのですよ」

「……俺が入っても良い場所なのですか？」

「特務神官であれば問題ありません。それに、ナリキン様を信じておりますので」

さりげなく好意を乗せて案内するアルカ。

案内した先にある人工ダンジョンコアは、以前ケーマにも見せたことがある。ここでの説明は簡単なものにした。

「……聖女様。さてはこちら、他の物も作れますな？」

生産中のダンジョンシードを前に、別の物を作れるのかと尋ねられたときには、説明するつもりのなかったことを先回りされてしまい、アルカはむしろ自分の方が教官としての能力を試験されているのではと錯覚してしまうほどであった。

さらには、操作についてもまるでより複雑なシステムに慣れているかのようにあっさり覚えて見せた。

……そういえば、プロトタイプの人工ダンジョンは、現在のシステムより複雑怪奇な代物だったという。ナリキンが旅神官になる前に教育を受けていたのかもしれない。


いよいよ講習も終了というときに、思わぬ人物が現れた。

「おや、聖女アルカ。この場所で何をしているのかね？　その男は？」

教皇。聖王国の実権を握る、光神教の頂点。聖女アルカの養父であった。

「教皇様。こちらはナリキン中級神官です。とても優秀な旅神官で、特務神官に任命いたしました。現在、講習を行っていたところです」

何も言わずに素早く頭を下げるナリキン。教皇の威圧に圧されたかと思ったがそうではなさそうである。教皇が顔を上げるように言い、言葉をかける。

「……うむ、中々見込みのある良い青年だな。今後も信仰に励むように」

「はっ、激励感謝いたします」

教皇が肩をぽんっと叩いた。珍しくナリキンのことが気に入ったらしい。それが良い意味でか悪い意味でかまでは分からない。

「それで教皇様はどうしてここに？」

「ははは、実はアルカが男といると聞いてね。お節介かと思ったが様子を見に来たのだよ。まぁ、万一があっても君なら自力でどうにでもできるとは分かっているがね」

「まぁそんな。いやですわ教皇様ったら」

茶化されてまともに答えてもらえず、淑女らしく笑い返す。

「では余は先に戻る。いくら人目を忍びたいからといって、ここでの逢瀬はほどほどにするといい。光あれ」

「もう、教皇様ったら。光あれ」

「光あれ」

教皇に対し、最低限の返答しか返さないナリキンに違和感を覚えるアルカ。緊張で声が出なかった、というようではない。光神教に詳しいナリキンが、教皇になにか思うところがあるのだろうか。……あるのだろう、なにせ、寄親のサンタクを殺したのは教皇派なのだから。そう気が付き、複雑な気持ちになった。

「随分と、教皇様と親しいようで。さすが聖女様？」

「よしてくださいナリキン様。お爺様を慕う孫であることと改革派であることは矛盾しませんよ」

「他意はありませんが、気に障ったのであれば申し訳ない。世情には疎いもので。聖女様は教皇様のお孫さんでしたか、初めて知りました」

おや？　とアルカは違和感を覚える。が、少し考えれば分かることだった。

「あっ、つい先日まで他国にいた旅神官でしたものね。改革派でサンタク上級神官の弟子といえど人間関係や派閥のあたりは詳しくありませんでしたか。まさに清く正しい神官なのですね、ナリキン様は」

ふふ、と微笑み、聖女候補のことをナリキンに説明する。聖女候補は幼いうちに教皇に引き取られ、英才教育を施されるのだ。とはいえ、これは元々光神教の聖典にもない。歴代の教皇が権力を維持するために行っていること。

そう、教皇の権力である。

――アルカの脳内で、パズルが組み上がっていく。

教皇に異を唱える改革派の神官サンタク。存在を隠された直弟子ナリキン。行き届いた教育。村の経営、宗教といった支配階級の知識、経験。

これらのピースが揃い……アルカはひとつの真実に辿り着いた。

ナリキンは、聖王家の落し胤である。

真実を示す最後のピースは、アルカの記憶にあった。

思い返せば、ケーマの髪は黒色だったのだ。聖王国では勇者との繋がりが深いため、黒い髪を持つ人物はいないわけでもない。特に、聖都オーカ・ザリの、光神の使徒である勇者の血を継ぐ聖王家に多い。今のナリキンは茶髪であるが——髪の毛の色を変える魔法薬は存在する。しかし、黒髪に変える魔法薬は、聖王家にしか許されないものとなっている。勇者を象徴する神聖な色であるが故に。

……そしてよく見れば、ナリキンの顔は、聖王家のそれに雰囲気が似ている気もする。

そう考えると、全てが完璧に繋(つな)がってしまった。線と線が繋がり、真実の木漏れ日が像を結んだ。

間違いない。ナリキンは王族の一員だろう。答えを知っていたであろうサンタクに確認することはもうできないが、ナリキンが現れたとたんにサンタクが殺された事実こそがこの真実を裏付けていた。

なんにせよ、ナリキンの存在。これは奇貨である。吉と出るか凶と出るか、それはアルカ次第だが——乗るしかない、この大波(ビッグウェーブ)に。そんな初代聖女の名言を思い出す。

「ん？　そういえば先程の発言からすると、聖女様は改革派なので？」

ナリキンにそう尋ねられる。気付いていていなかったのか。いや、明言しない者を味方だと思わないようにしているのだろうか。であれば、この回答は今後に関わる大事なもの。聖女アルカは、意を決して口を開いた。

「……ええ。教皇様は、私が調べた限りでもかれこれ5代、同一人物なのです。ですので、そろそろ引退を考えていい頃だと私は思っているのですよ」

5代。そう聞くと、ナリキンは少し驚いたようだった。……教皇は、秘術を用いて、自然の摂理に背き寿命を引き延ばしている。対外的なイベントでは常に顔をヴェールで隠しているほどで、名前だけの代替わりを繰り返している。そんな不自然な存在は、光神教として、本来あってはならないはずだ。

ナリキンの存在は、いいきっかけであった。

「これはナリキン様の師であるサンタク上級神官の遺志でもあります。協力していただけますね？」

「……できる限りであれば」

そんなナリキンの返答。慎重だ。だが、そうでなければ教皇派とは渡り合えない。

アルカは、仲間の頼もしさを感じてにこりと微笑んだ。

◆閑話／ソトの暇つぶし

ケーマ達が聖王国の調査をしている間、ソトはソトですることが——特になかった。
ソトはケーマとロクコの娘であり、村では村長の娘、ダンジョンではお姫様扱いであり、ちやほやされる立場だ。

「あー、暇です」

宿の仕事を手伝おうかとしたらお嬢様の仕事ではないのでと断られ、冒険者になろうとしたら村長の許可を貰ってきなさい（当然ダメに決まってる）と断られ、そんなに暇ならこれでもやっとけと出された算数ドリルの宿題はさくっと終わらせてしまい、要するに暇を持て余していた。

やることなんてせいぜい自分の持つ能力の検証と、ダンジョンのお手入れ。それととっておきの靴下を【ちょい複製】して戯れるくらいしかすることがない。十分充実した生活な気もするが、しかしそれも飽きてきた。

「……！　そうだ、パパにいたずらしよう！」

暇を持て余し、ソトはそんなことを思いついた。何、いかにケーマがマスタールームに引き籠ろうともソトの【収納】ダンジョンはどこにいようと繋がる。というわけで、ニクを誘って忍び込もう。――ニクを誘うのは、いざ怒られるときに1人より2人の方がマシだろうという姑息な策だ！

ニクは仕事中ではあったのだが、ヨトギシフトなるシステムによりすんなりと仕事を交代して抜け出させることに成功した。

「……ソト様。怒られるとわかっているのに、いたずらするのですか？」

「しますよ？　しますとも。だってこれは育児放棄してるパパ達への制裁なんですからむしろ怒られるべきはパパ達です！　ハクおば様にそう言っておけばきっと大丈夫！」

「別に育児放棄はしていないと思うのですが……」

「パパ達ばっかり聖王国に行って、トイちゃんと一緒に遊んでるんですよ！　ずるいと思いませんかニクお姉ちゃん？」

トイを引き合いに出されて、ニクの尻尾がピクリと動いた。

「それに、知ってますか？　聖王国で遊んでる最中、パパ達の身体は無防備なんです。これはもうイタズラするしかありませんね！　ニオイも嗅ぎ放題ですよ？」

ニクの尻尾はピクピクと動く。なんと魅力的な誘いか。

「……今回だけですよ？」

「そうこなくっちゃ！」

小悪魔の甘言に乗せられ、ニクは頷いた。

【収納】ダンジョンを通り、マスタールームにやってきた。

マスタールームの一角、ダンジョン管理に働いてる最中の妖精からの目隠しとしてマスタールーム内に建てた小屋の内側。オフトンを敷いたところに、ケーマがぐっすりと寝ていた。一応ロクコ用にもうひとつオフトンが敷かれているが、今は使われていない。

ケーマが『憑依（ひょうい）』中で起きないのを確認し、ニヤリと悪い笑みを浮かべるソト。

「それで、何をするのですか？　あまりに酷（ひど）いものは止めますが」

「にゅっふっふ、これを見てください」

そう言ってソトが取り出したのは、ルーズソックスである。【ちょい複製】したものではなく、ソト自身のDP（ダンジョンポイント）カタログで交換したものだ。ケーマの因子を受け継いだおかげか、はたまた靴下に対する極まった偏愛が成せる業か、ソトは一部日本の商品――靴下をDPで入手可能だった。

「これを履かせます！」

「……なるほど？」

だからどうしたのかというささやかなイタズラである。ニクは止めないことにした。

「ニクお姉ちゃんはパパの腋（わき）でもおなかでも好きなところを嗅ぐといいです。足はこれ履かせるのでだめですが――あ、違いますね。嗅げ、って命令します。その方が、いいですよね？」

「……」

ごくり、と生唾をのんだ。お嬢様の命令なら仕方がない。用意された逃げ道にあっさりと誘い込まれたニクは、吸い込まれるようにケーマのオフトンに潜り込んだ。


「……さーて、もうひとつイタズラしちゃいましょうか」

ソトはそう言ってニヤリと笑い、あるお薬を取り出した。性転換の魔法薬――『テイ・A（エース）』である。DPカタログで見つけ、面白そうだったから入手したのだ。一晩効果が持続するものでも2000Pとちょっとお高かったが、『能力のテストにいくつかポーション買うのでDPください』とケーマにおねだりしたら必要なDPをくれた。ちょろい。そして1本買ってしまえばあとは【ちょい複製】で複製し放題。だからこうしてイタズラに使おうとまったく心が痛まないのだ！

「えいどばー！」

ソトは『テイ・A（エース）』を容赦なくケーマにぶっかけた。ぶっかけられたケーマは、『憑依』中で目を覚ますことなくその効果で身体を女体に変化させる。髪の毛がぶわっと腰あたりまで伸び、胸がボインと膨らむ。喉仏はそっと消え、身体も少し縮んで丸みを帯びた。

尚（なお）、ポーション等の魔法薬を複製し使用した場合、複製品が消える1時間を超過しても発揮した効果は失われないことを確認済みである。つまりこの効果は一晩持続する。きっと起きたら女の子になっていてびっくりするに違いない。ふふふん。

「ソト様？　ご主人様に何をしたんですか？」

「パパを女の子にしたらニオイが変わるかの実験です。どうですか？」

「……興味深い実験ですね。ふむ……」

オフトンの中で女体化したケーマの胸に顔を埋めるニク。イチカくらいの大きさがあり、とても柔らかい。しかし寝巻であるジャージに染み付いた本来のニオイしか感じない。

「女体化したばかりだから、ニオイ薄いかな？　お姉ちゃん、服に潜り込んで直に嗅いでみてください。命令ですよ！」

「じ、直に？　わ、わかりました」

言われてニクはケーマの服に潜り込む。女体化したことでサイズに余裕が出て、簡単に潜り込める。ニクはケーマの結構大きな胸とみぞおちに鼻を埋め、ふにふにすべすべの肌の質感を鼻頭に感じつつ、深呼吸した。

「……変わってる感じがします。でも、ご主人様のニオイですね」

「なるほど。変わっててもニオイで分かります？」

「知らなければ、血縁者と思うかと」

近いニオイではあるようだ。これはいいデータが取れた、とソトは満足げに頷いた。

「よーし、それじゃあいよいよ女の子になったパパに靴下を履かせましょう！　ふっふっふ、レアですよこれは！」

　早速女ケーマにルーズソックスを履かせるべく、ソトはオフトンの足側をめくり、可愛い素足に手をかける。

「ほう、レアなのか」

「そりゃもう――って、ん？」

　可愛い声に思わず返事してしまったが、聞き覚えのない声。……そっと顔を上げると、そこには目を覚ましたケーマが、ジト目でソトを見ていた。『憑依』中は確かに起きないが、それは裏を返せば解除すれば何の前触れもなく起きるということでもある。

「……」

「おい、何そのまま何事もなかったかのように靴下を履かせようとしてくるんだ」

「だって！　だってそこに足があるから!!」

「やめい！……ニクも何やってんだ、ったくもう」

　その後ソトはイタズラの罰としてお尻ぺんぺん10回の刑に処された。

　尚、ニクは乗り気でどうぞとお尻を差し出してきたので逆に刑を回避することに成功してしまい、残念そうに尻尾を垂らしていた。

今回もまた、俺達はハクさんに呼び出されてビーチでのお茶会形式の報告会と相成った。

……今回はソトも参加だ。正直ハクさんに不敬がすぎるんじゃないかと思わなくもないんだが、ハクさんからの指名なので仕方ない。むしろ前回はなぜ連れてこなかったのかと文句を言われた。

「お久しぶりです、おば様！」

「ようこそソトちゃん……あらあら、くすぐったいわ？」

ソトに抱きつかれてニコニコ笑顔のハクさん。これほど機嫌がいいのはロクコを前にしたときくらいだ……おいソト。さりげなくスリットから覗(のぞ)くフトモモに頬ずりするんじゃありません！

「はー……好き……マジ女神様……」

そうだね、白神教(はくしんきょう)の女神様だからね。……そろそろ離れようか？　ね？

気を取り直してお茶会をしながら報告だ。

「というわけで、施設破壊はダンジョンシードを手に入れてから行おうかと」

「……ケーマさん。此度(こたび)は大変な情報をもたらしてくれましたね」

「ええと、何の、というかどれのことでしょう？」

色々とそれらしい心当たりが多すぎて逆に分からない。

「どれもこれもです。まずは人工ダンジョンコアの生産施設の情報。ダンジョンシードの存在にその設置条件、運用手順。記録映像については後ほど見せてください」

その記録についてはロクコの功績でもある。ナリキンの視界をモニターでチェックしていて、ついでに保存していたのだ。そして、これにより『別に小鳥を宿に待機させたままでもモニターで情報共有できるじゃないか』と新たな運用を編み出したりした。

「そして、教皇の情報です」

「……ああ。なんかロクコ曰く、10番コアだとか？」

「それです。聖王国はダンジョンの敵。もしこれが真実であれば大変なことになります。なので先にそれについて確認させていただけますか？」

「あ、はい。ロクコ頼む」

「はーい。ちょっと待ってね」

ハクさんに促され、ロクコがモニターを可視状態にして表示する。そこには、聖王国の人工ダンジョン生産施設にて確認した教皇の顔が映っていた。

「む、ふむ……いや、これは……10番コアと言われればそうも見えるわね……？」

「え、ハク姉様。これはどっから見ても10番コア様でしょう？」

「……ニンゲンの顔って大体同じに見えませんか？」

首をかしげるハクさんに、きっぱりと断言するロクコ。どうやらハクさんには人間の細かい顔の違いが分からないらしい。

「そもそもニンゲンはみな数十年もすればこのような顔になるでしょう？　人化したときの年齢なんかは比較的簡単に変更できますし、確証が持てません」

「……言われてみれば、私も自信なくなってきたわね」

なるほど、確かに知り合いに似ていればそう見えてくるもんだしな。ロクコは老人の知り合いが少ないから尚更(なおさら)というわけか。

「ママ、おば様。私はそもそも10番コアさんの顔を知らないんですが、そっちの映像とかはないんですか？　比べたら分かるかも？」

「ありますよソトちゃん。こちらです」

そう言ってハクさんがモニターを出し、教皇とは少し顔が似てるかな？　という程度に似た老人が表示された。

「並べると別人っぽいですね。くっ、靴下が映っていれば！」

「こんな顔だったかしら……？　ねぇ姉様。これ何年前の記録？」

「確か100年くらい前ですね……最近のものあったかしら」

と、モニターを追加で表示していくハクさん。しかし、老人という共通点はあるがそれぞれ顔が異なっていた。まるで人化したときの正体を摑ませないかのように。

「……ハクさん。人間視点でなんですが、これを同一人物というのは少し厳しそうです」

「ですね。偶然と言われたらそれまででしょう。限りなく怪しいですが」

ふぅ、とハクさんがため息をつき、紅茶の入ったカップを持ち上げた。とはいえ、10番コアの顔がここまで頻繁に変わっているのは、その時点でだいぶ怪しい気がする。

「レオナが何か知ってたりしませんかね」

「……尋問しておきますが、期待しないでくださいね」

既にレオナからは情報を聞き出し済みである。あの564番コアの腕に取り付けた寄生虫も聖王国でパクってきたものだそうだし。

「ところで教皇って聖王国のトップとかじゃないんですか？　なら、普通に帝国のトップであるハクさんなら顔も合わせてそうなもんですが」

「確かに聖王国の実質的トップは教皇です。しかし、建前としては聖王家があり、教皇は国外に出ることはありません。更に教皇は公的な場所では常にヴェールをつけて顔を隠しています。教皇の素顔を記録したこの映像はとても貴重な情報です」

魔道具のヴェールで、隙間から覗くといったこともできないらしい。……聖王国って、聖王なんてのもいたのか。初めて知った……って、名前を考えればそりゃいるか。

「しかし中級神官はともかく、特務神官。この立場はとても貴重です……引き続き、潜入調査をお願いしても？　もちろん追加で対価を払います」

「できる限りでいいなら。教皇の正体を暴けと言われても結果は保証できませんよ」

「構いません。期限は設けないので。そうですね……このまま上級神官を目指してください」

「……承りました」

俺は了承して頭を下げた。


その後はつつがなくお茶会が終わり、中間報告への報酬及び経費として金貨500枚を受け取った。……まったく、お国の仕事は儲かるなぁ。ワタルが毎月金貨100枚をコンスタントに払えるのも納得だ。

またナリキン達にもお金を渡して休暇を取らせるのもいいが、その前に元々渡していた資金が目減りしてきている。補充も兼ねてこの金貨500枚は丸ごとナリキン達に送金してしまおう。

「ソト。トイには内緒でこっそり資金を届けたい。ナリキンの【収納】にこいつを放り込んでおいてくれ」

「おっと！　そのお仕事は輸送料をいただきますよパパ！」

「分かった。イチカに俺の名前を出して靴下貰ってきていいぞ。脱ぎたてをな」

「契約成立です！」

というわけでイチカの靴下をお駄賃に輸送してもらった。あとはナリキンに『憑依』して【収納】から【オサイフ】に移しておけばいいだろう。

「お駄賃がお金やDPじゃないあたり、親子ねぇ」

傍で見ていたロクコがそう言った。

とりあえず、またナリキン達には休暇も与えておこうかな。人工ダンジョンコアの受け取りの話があるまでは休暇ってことで。今度こそしっかり休んでくれるといいなぁ。

＊＊＊

ナリキン達からの連絡手段をいくつか考えておいた。

【収納】に手紙を入れておきソトが回収して俺にお届けする、というのはその中でも緊急性が低いやつ。緊急性の高い手段としては、ナリキン達の手元にいる蜘蛛――ネームドにした蜘蛛（シキュウヒョウイ君、レンラクコウ君）をぷちっと潰し、名簿機能の生存表示が切り替わることで連絡とするシステムだ。

そして今日、しばらく休暇ということで遊ばせていたナリキンからその緊急性の高い連絡が入ったとエレカから聞き、俺は即座にマスタールームへと移動した。

名誉の殉職を遂げた蜘蛛――シキュウヒョウイ君を復活させ、俺はナリキンに『憑依』する。『憑依』が成功すると、そこはナリキン達の泊まる旅神官用の部屋だった。

『聖女アルカが訪れています。家に来ないか、とのことです』

と、トラン(ナリキン)が念話で教えてくれた。同時にベッドに横になっていたロクファが目を覚まし、起きた。こちらもロクコが『憑依』したようだ。

「んん、状況は？――そう。確かに聖女への対応は私達じゃないと不自然になるわね」

シーバ(ロクファ)から状況を聞き、ロクファ(ロクコ)はそう言った。

「宗教の勧誘……はないにしても、怪しい洗剤とか羽毛布団を買わされたりしそうで凄く嫌なんだが……トイ、聖女様のお声がけを断るのってどう思う？」

「洗剤はともかく、使用人を使わずにわざわざ聖女様本人が部屋までお迎えに来ていただいたのをお断りするのは厳しいかと。すぐ支度をするから待って欲しいと返事してしまいましたし」

まぁ既に俺達は光神教に入ってるってことになってるし、怪しい商品を買えと言われたら信用を買うつもりで買ってやってもいい。なんにせよナリキンとしてしっかり対応しておこう。

「小鳥達は連れてってもいいと思うか？」

「大丈夫かと。私もお供しますよ、旦那様」

恭しく頭を下げるトイ。

あまり待たせると不信感を持たれそうなので、すぐ聖女アルカを出迎える。

「お待たせしました聖女様」

「ふふ、申し訳ありませんねナリキン様。お取込み中でしたか？」

ロクファ（ロクコ）が手櫛（てぐし）で髪を整えるのを見つつ、聖女が言う。

「いえ、寝ていただけですよ。それで、なにやら家にご招待いただけるとか？」

「ええ。昔に家に招待すると約束していたではありませんか。本当はナリキン様からお声がかかるのを待っていたのですが、いつまで待っても来ないので来てしまいましたわ」

「……その約束は兄としたのでは？」

「おっと、そうでしたね。では改めて招待に応じていただけますか？」

聖女はニコリと笑った。ハハハこやつめ。

しかし、聖女と話ができるのは都合がいいので、お呼ばれすることにしよう。丁度上級神官になるにはどうしたらいいかとか聞きたかったんだよね。

そっと腕を組んでくるロクファ（ロクコ）と後ろを控えめについてくるトイと共に、俺達は聖女の家へとお呼ばれすることになった。

教会区画にある聖女アルカのお屋敷の庭——教会と同じく白い敷石に観葉植物と水路まである屋根付きの庭——にて、聖女アルカとお茶会をする。なんか最近お茶会ばかりしている気がするな、と思いつつ、質の良い紅茶を口に含む。毒は入ってなさそうだ。

「紅茶、飲みなれているのですね」

「ええ、知り合いがこれをよく飲んでいますね」

確かハクさんが飲んでいたのも聖王国産の紅茶だったはずだ。同じ味がする。……貧乏舌で味の区別がついていないというわけではないはずだ。こう、香りとか同じだし？

「急なことで、手土産も用意できず申し訳ない」

「いえいえ。ナリキン様に訪れていただけたのがなによりです。それにサンタク様が光の国へ出立されたばかりです。……葬儀にも顔を出せず、気を紛らわすため区外の賭場で施しをしていたと聞きました」

……ナリキンまたそんなことしてたのか。『はい、休暇を満喫しておりましたぞ』とトイの持つ鳥籠の中からトラン(ナリキン)の念話が飛んできた。何も言うまい。

「何かお困りのことがあれば、聖女として、いえ、私個人として、お力になりますよ」

「ああいえ、聖女様にそこまでお手を煩わせるわけには——」

と思ったが、これは丁度いいタイミングだ。ハクさんに依頼されている上級神官になる方法でも聞いておこう。

「——では、上級神官になる方法を教えていただけませんかな？」

「！　お任せください、ナリキン様。私がお手伝いしましょう」

俺がそう言うと、聖女アルカはなぜかホッとしたような笑みを浮かべた。……そういえば聖女とサンタクは改革派だったという。上級神官は軽い身分でもないようだし、サンタクが欠けた穴を俺で埋めたかったのか。そういうことなら都合がいい。仮に上級神官の椅子が限られた数しかなかったとしても、丁度1席空きができてるし。

聖女から、レクチャーを受ける。

「上級神官になるには、上級神官以上の者から承認を受け、試練を受けることです。承認については私が推薦するので問題ないでしょう。そして、試練を受けるために申し込み料として金貨100枚が必要です。お持ちでないのであれば、お貸ししましょう。なんならシュークリームやショートケーキで手を打ちます」

「……そこは何ら問題ないですね。ポケットマネーで賄えます。まぁ、お世話になるお礼にシュークリームはどうにか調達しておきましょう」

「すばらしい」

聖女に借りは作りたくないからな。ハクさんから経費貰えるし大丈夫だ。問題があるとすれば、どこから持ってきたのかという話になるが……まぁ、帝国で分捕ってきたとでもいえばいいんじゃないかな。

「試練についてですが、こちらは審査官として選ばれた上級神官の合議制で、3つの試練が出されます。ただし、そのうち一つは必ず『奇跡を見せよ』となります。なので、ナリキン様が奇跡を行使できることが前提になります」

「奇跡、ですか。それはどのような？」

「例えば私ですが、『復活』の奇跡を先代聖女から受け継いでおります。他であれば……教皇様は『蘇生（そせい）』の奇跡が使えます。私が懇意にしている方は回復スキルを用いて『人体切断』の奇跡を使う者もいますね」

「……人体切断、ですか？」

そう言われてぱっと思い浮かぶのは手品である。箱に入って上手（うま）いこと切れたように見せかけるとか、2人が協力して上半身と下半身に分かれて見せたりとかいうマジックだ。

「はい。切断されながら回復を併用することで、切断されつつも即座に復帰して戦える、というものですね。先代の聖女候補だった方です」

「……それは……痛覚無効といった耐性か根性では？」

「人よりずば抜けている特技やスキルでも構わないのです。稀有（けう）なスキルは奇跡として認定されます。スキルは光神様のもたらした奇跡の一端ですしね」

もとはと言えば上級神官とは勇者を据える地位で（現在の上級神官に勇者は1人もいないが）、勇者スキルを奇跡として取り扱っていたらしい。ということは、最悪俺が出向けば【超変身】で一発認定ということか。やらないけど。

「ちなみにサンタク様は、心を読む、『読心』の奇跡を行使されていました」

「ほう、そんなスキルを持っていたのですか」

魔国の50番コアも持っていたな。

「はい。3枚の札から、対象が選んだ札を当てるというものです。それを10回も連続で成功させたそうです！」

……うん？　札？　急に手品くさくなってきたぞ？

「他にも、3本のうち1本だけ赤い印が付いていないハズレを、相手に選ばせ続けることができたりしました」

うん、それってもしかして手品じゃないか？

「他は……教皇派筆頭であるラギル様は、単独で、無詠唱で【転移】を使うという奇跡を起こします。神官一同が見守る中――ある箱から、別の箱へと転移したと」

「ほう……」

それは俺(ケーマ)ならできそうだけど、生憎(あいにく)ナリキンは【転移】を覚えていないし魔力(マナ)が足りないな……まぁ【転移】はあり得るか。

「その際、ラギル様が入った側の箱は鎖と錠前で縛り、封じていました」

……やっぱり手品じゃないか？

「また、自身以外にも適用でき、カップの中の球を、別のカップに【転移】させるという繊細なこともしてみせたと言います」

うん、手品じゃないか？

そして、他の上級神官についても話を聞いてみたのだが、半数はなんとも手品臭い奇跡のオンパレードであった。この世界、それも聖王国ではわりと『奇跡』という言葉が安売りされているような感じだった。

これ、少し凝った手品を見せればそれでいいんじゃないか？

ふと、俺はお茶請けに出されていた果物に手ごろなサイズのオレンジがあるのを見つけた。そっとそれを手に取り、へたの反対側の柔らかいところに親指をぶっ差し、聖女に向けて親指以外をぱっと開いて一言。

「空中浮遊～」

「!?」

オレンジをそれっぽく上下に揺らしてみせると、聖女がガタッと立ち上がった。

「何やってるのよアナタ？」

当然横から見ているロクコには、オレンジに指をブッ差しているだけというのが分かるわけで。冷静になった聖女も横から覗き込んだ。

「……ナリキン様。驚かさないでください」

「いや、すみません」

『マスター、それであれば自分には親指をポンッと外す芸ができますぞ！』

賭場で教えてもらったのかナリキン。……聖女にその芸を見せたらどうなるかなと思ったが、空気を読んでやめておいた。

「そうだ、小鳥と意思疎通ができるというのは奇跡になりますかな？」

「鳥とですか？」

そう言って聖女は俺の後ろでトイが抱えている鳥籠を見る。

「初代聖女は優れたテイマーであったという伝説もありますし、その線で押せば行けるかもしれません。審査官がどう判断するかですが」

「なるほど、審査官のお気持ち次第ということですか。では審査官が決まってから何をするか考えた方が良さそうですね」

「……あの？　それではナリキン様には奇跡のレパートリーがあるかのようですが？」

おっと、失言失言。

「それはさておき、手続きや資格として必要なことは……推薦と金貨100枚だけでいいのですかな？」

「ええ。それと中級神官であることくらいです。ナリキン様は条件を満たしていますので、即急に対応いたしましょう」

話を強引に戻し、誤魔化すことに成功した。

「本当は相応の手柄を立ててから根回しを行い、順当に上級神官になるべき所なのですが……サンタク様の代替わりということでなんとかゴリ押します」

ゴリ押せちゃうのか。俺としてはそんな急がなくてもいいんだけど、サンタクが欠けたことによる穴埋めなら早ければ早いほど良いのだろう。

俺は聖女アルカに金貨100枚を預け、試練をしてもらうことにした。

ちなみに帰ってからナリキンに『親指をポンッと外す芸』を見せてもらったが、ガチで取り外していた。おいリビングアーマーってバレるだろ……ゾンビ扱いされるかもしれんな？　絶対外でやるなよ？　フリじゃないぞ？

＊　＊　＊

そして翌日。ナリキンは上級神官の試練を受けるべく、教会に赴くことになった。今回俺はトランに『憑依（ひょうい）』してナリキンを見守る形にした。……だって光神教の作法とか分からんもの。ナリキンが「こんなこともあろうかと、トイと共に神官の作法について自習しておきました！」と言ってくれなかったら詰んでたかもしれない。聖女は即急にと言っていたが本当に急すぎるんだよ。

そんなわけで、旅神官の部屋からモニター越しにそっと見守る。何かあれば、一旦戻って『憑依』するかもしれない。

教会では、聖女と共に教皇との謁見を行う部屋に通された。空の教皇の玉座に頭を下げていると、ベールで顔を隠した教皇が玉座の裏からゆっくり入って席に座った。

『一同、面を上げよ』

その言葉でナリキンが顔を上げると、教皇の他に3人の神官が立っていた。初老の男、中年の男、老女の3名だ。

『聖女、アルカ・ル・バイポーラ・レッドの推薦により、上級神官サンタクの直弟子、中級神官ナリキンの上級神官試練を執り行う。審査官はここにいるラギル、バラクド、マグニの3名とする。……サンタクの光が去り暗き穴が開いたが、ザハンの過ちを犯してはならぬ。エリンの瞳をもってして事を運ぶように。……光神様の栄光あれ』

それを言い終わると、皆が頭下げる。教皇は椅子から立ち上がり、玉座の裏から出て行った。

玉座に座った意味あった？　と思いつつ、俺はロクファに分からなかった言葉を尋ねてみる。

『ザハンの過ちとかエリンの瞳ってなんだ？』

「聖王国の伝記ですね。無能を仲間にして足を引っ張られ死んだザハン、親友の才能を見抜き大活躍させたエリン。要するに『無能だったら容赦なく落とせ、公正に判断せよ』という意味かと」

なるほど、と俺が感心していると、トイが補足を入れる。

「惜しいです奥様、エリンの解釈が違います。まず前提として、旦那様は教皇派ではありません。この場合は『派閥の仲間じゃないから厳しめに判定しろ』になります。さらに言えば『教皇派に入るなら少し優遇する』という誘いでもありますね」

なんでも、エリンは親しいものの才能しか見抜いていないらしいのでそうなるらしい。

なにそれ面倒臭っ。

「光神教で一括り（ひとくく）りにしたと言えば奥様の解釈であったと言い逃れできる言い回しです。少し難しかったですね」

「なるほど、私もまだまだですね」

『……いや、十分よく勉強してると思うよ』

休暇でちゃんと休んでないのはなんだけど、おかげで助かるんだから何も言えん。

ともあれ、ナリキンは無事試練を開始できるようだ。

教皇が去り立ち上がったナリキンの前に、３人の神官――ラギル、バラクド、マグニの

3人がやってきた。先程の教皇の言葉で、初老の男がラギル、中年の男がバラクドで、老女がマグニということが分かっている。マグニについては、聖女アルカに親し気な顔を向けていたが、残り2人は嫌らしい笑みを浮かべている。

『やぁ聖女アルカ。おぬしが上級神官への奏上をするとは思わなんだ。サンタク殿の代わりはこちらで見繕っていたところだったのだが』

『そうでしたかラギル様。ですがサンタク様の代わりとなれば、直弟子であるナリキン様が適任でしょう』

『それなのだがなぁ、生憎、ワシらとサンタクは長い付き合いだったにも拘らず、ナリキンなどという直弟子の話、一度も聞いたことがないのだよ。なぁバラクド？』

『ええ。ラギル様のおっしゃる通りです。葬儀にも顔を出さない直弟子などいるものでしょうか？　ですので、試練ではそこも試させていただきたいですな』

ラギルに話を振られ、ニヤニヤと笑うバラクド。ラギルは確かサンタクを暗殺した教皇派筆頭って話だったから、どうやら2人とも教皇派でナリキンとは敵対か。別に俺は教皇派でも構わないんだが……

『およし、2人とも。すまないねぇアルカ。とはいえ、私も教皇様に指名されたからには厳格に審査させてもらうよ』

『はい。……よろしくお願いしますわ、マグニ様』

アルカの反応を見るに、こちらは比較的友好的な対応をしてくれそうだ。

『さて、中級神官ナリキンよ。早速だがこれより、拙僧から第一の試練を申し付ける』

『はっ』

羊皮紙を取り出すバラクドの前に、すっと跪くナリキン。

『……ダンガイの谷に橋を架けよ！　期限は1週間とする！』

『なっ!?　ダンガイの谷、それも1週間とはどういうことですかバラクド様！』

『謹んでお受けします』

声を上げる聖女を無視してナリキンは頭を下げ、バラクドから羊皮紙を受け取った。

聖女アルカはそれを見て口を開けたまま言葉に詰まる。

『ほう。文句の一つもなく即答とは見上げたモンじゃないか。私がもう30年若ければこれだけで夫にしていた所だよ、坊や』

クックッと笑うマグニ。

『聖女様の推薦した男なのですから、この程度できるでしょう？』

『無茶を言わないでくださいバラクド様。ここからダンガイの谷まで馬車で3日。魔物も出る山で、実質4日で橋を架けよというのですか!?』

『であるからこそ、彼の手腕が試されるのです聖女様』

どうやら聖女の反応を見るに、相当な難題らしい。しかしナリキンは随分と余裕そうである。

『何、この程度のことでいいのであればむしろ僥倖。ミギワに酒樽です』

ナリキンが「いとも簡単にこなせる」的な慣用句で返すと、バラクドはひくっと頬を吊り上げた。

『……そこまで言うのであれば、馬車が渡れるほどでなければ橋とは呼ばぬぞ？　ン？』

『承りました』

深々と頭を下げるナリキン。聖女は何も言えず、困ったような顔をしてナリキンを見つめていた。

＊＊＊

「というわけでマスター、よろしくお願いします」

宿に戻ってきたナリキンは、戻って来るや否や早速俺に頭を下げた。

てっきり何か考えがあるのかと思ったら、まさかの俺に丸投げである。

『お前、最初から俺に丸投げするつもりだったのかよ……』

「おや、そもそもナリキンは建築魔法使いなのですから、むしろ得意分野だと思ったのですが……」

『……そういえばそうだったな』

なるほど、ナリキンの無駄な自信はそういうことだったのか……まぁ、うん？　確かに得意分野だったわ。とはいえ、ナリキンの速攻建築は事前準備あっての代物。さすがに橋を4日でっていうのは……サイズ的にどのくらいかによるよな……10メートルくらいなら凄く頑張れば1日でできるだろうか。

仮にダンガイの谷ってのが1キロくらい幅がある谷だったら、さすがに4日では……俺が直接出向かないと無理だな。できないと言えないあたり俺も凄くなったもんだ。

『場所は分かってるんだよな？』

「はい。試練の羊皮紙に、橋を架ける場所の指定もありました。谷の幅も10メートルほどだそうです」

『あれ、意外と狭い』

思っていたよりも短い幅に、何か裏があるのかと疑う。

「上級神官の試練なので、上級神官である自身が不可能なことを試練には課せないそうですよ、マスター」

なるほど。つまり、審査官達が合議し、これならできるという範囲で課題を出しているわけか。……ん？　つまりこの試験には裏道が存在するってことか？　とよくよく条件を見ると、『人のための橋』とあった。うん？　つまり人が通れればいいってことか。

なるほど、無駄に意地を張らなかったら、適当に縄梯子をかけたような橋でも勘弁してやろうって腹積もりだったのかもしれないな。工期も1週間としか書かれていないあたり、到着してから1週間という解釈ができなくもないぞ。まったく、無駄に難易度上げやがって。

「おや、旦那様にはこの難題をさくっと解決する手段がおありなのですか？」
「ふふふ、当然よ。とはいえ、これは秘中の秘ゆえ、トイにも見せられぬが」
『おいナリキン、奥の手があることをバラすんじゃない』
「あっ、も、申し訳ありません！　まぁ、その、というわけで今回は急ぐ故にロクファもトイも連れていけぬ。留守を頼むぞ」

っていうかトイにも、見せられないって、もうナリキンの中ではすっかりトイは仲間にカテゴライズされているようだな。……まぁ、生まれてからすぐ旅立ったわけで、ナリキンにとっては俺よりもトイの方が一緒にいる時間も長いわけだから無理もない、のか？

ともあれ、トイがついてこないなら【収納】ダンジョンを使ってこっそり橋の輸送もできるし、なんなら俺が出向くこともできる。これなら楽勝だ……勝ったな！

「マスター、聖女殿から足の速い馬を借りました。回復魔法と併用すれば2日で着くかと思われます。材料については現地の町で調達するしかないと聖女殿は言っていましたが」
『なら現場にはさっさと行かないとな。以降の連絡は定時報告を基本とする』

さーて、ナリキンが現場に着く前にどんな橋にするか考えておかないとな……って、そうイえばこの国で一般的な橋ってどんななんだろうか？

聖女アルカ Side

——第1の試練開始から5日目。

かつて勇者が悪魔と共に切り裂いたとされるダンガイの谷と呼ばれる場所。草木の生えない岩山にある、道を分断するこの谷に橋を架けろというのが、ナリキンに課せられた試練である。その場所で、聖女アルカはナリキンを待っていた。

橋を架けろと指定された場所には、以前架かっていたであろう古い木橋の残骸が向こう側に残るのみ。そして、事前情報では10メートルと言われていた谷幅は、崖崩れがあったのか目算で15メートルほどにまで広がっていた。……これでは、元より到底1週間で橋を作るなどできはしない。しかも、未だ(いま)に工事が始まっている様子もなかった。

「ナリキン様……どこにおられるのですか……？」

ぽつりと呟(つぶや)くアルカ。

所有する中で最も優秀な馬をナリキンに貸し、自身も建築作業中の護衛くらいは手伝えるかと急ぎ追いかけてきた。そして2日前に到着したアルカであったが、先に着いたであろうナリキンとは未だに会えておらず、会えたのは襲撃してくるハーピィやイエローホークといった鳥系の魔物だけ。このあたりに出る魔物は強くてもレッサーワイバーン程度なので、アルカにとってはさして脅威でもないが、待ちぼうけは辛かった。

と、そこに1台の小さな幌馬車がやってくる。蹄の音にハッと期待を込めて顔を上げるも、その馬車に乗っていたのはナリキンではなく審査官の一人、マグニ上級神官であった。彼女は先代の聖女候補でもあった上級神官で、その縁もありアルカとは個人的に親しい仲である。

「おやおや！　こんなところで何してるんだいアルカ」

「マグニ様……」

泣きそうな顔でマグニを見つめるアルカ。そのマグニはそのアルカと、15メートルほどの幅の崖を見て事情を推測し、顔を厳めしく歪めた。

「まさか、あの坊や……失敗して谷底に落ちたのかい!?」

「！」

それを聞いてさらに顔を白くするアルカ。元々10メートルと言われていた谷幅が広がっている理由。それは、ナリキンが橋の施工に失敗し、崖崩れに巻き込まれたからだったとしたら。その発想はなかった。無意識に思考から排除していた。

「ど、どうしましょう！　すぐに捜索隊を！　だとすればもう3日は！」

「どうどう、落ち着きなアルカ。なんだい、私ゃアンタが坊やに代わってここの様子を見に来たと思ったんだが違ったのかね」

そう言って、崖を調べるマグニ。谷の淵にしゃがみ、岩肌に年季の入った腕を伸ばす。

「どうやらここ数日で崩れた感じじゃぁないね。これは下調べが不足していたか……」

「え、で、では、ナリキン様は無事なのでしょうか？」

「ああ、アンタの目算じゃ3日前には着いてたはずなんだろ？　なら、尻尾巻いて逃げたりしてなきゃ、試練の抜け穴に気付いたんだろうさ。……あの様子なら逃げるってことはないだろうし、サンタクが生前に攻略法を教えてたのかもしれないね。だったらアンタになら言ってもいいか」

ククク、と愉快そうに笑うマグニに、アルカは首を傾げた。

「抜け穴？　どういうことですかマグニ様？」

「なーに、簡単なことさ。実はこの試練はね、1週間とはあるが、いつから1週間かなんてどこにも指定されてないんだよ」

そう言われて、アルカは目をぱちぱちと瞬かせた。

「……あの、それでは、つまりどういうことです？」

「つまり、人を雇ってこの場所に橋を架ける準備をする。資材、護衛、全部運び込んでしっかりバッチリ完璧に整ってからさぁ『1週間』で作りましょうってすれば、ま、普通に間に合うだろう。他にも、あの坊やが『直接ここにやってきてから1週間』、なんてことにすれば、橋が完成してから訪れれば良いって話さ。そうしたらこの試練は余裕で合格ってことさね」

「そんな、抜け穴が」

「ははっ、純朴な聖女様にはちぃとばかし汚すぎたかい？」

アルカは力が抜ける。そう、ナリキンがそれに気付いたのであれば、この崩れた谷を見て今頃は周到な準備を進めている頃だろう。なんなら自分がここに来た痕跡を消していたとしてもおかしくない。

「もっとも、最初は人が渡れる程度の橋で十分だったわけだから、何にも難しい試練じゃなかったんだよ。工事作業用の、向こう側に渡れる程度の簡易的な橋――それこそ、丸太を渡してやる程度でも良かったんだ。ま、本当に丸太だったらイチャモンはつけただろうけどね」

そう、その点でも十分に余裕が持たされているはずの試練だったのだ。そこにさえ気が付けば『1週間で橋を』という課題はむしろ簡単とまで言える試練であった。

「そこをバラクドの馬鹿が馬車でも渡れるように、なんて言っちまったから少しばかり難易度が上がっちまったわけだ……ま、坊やが『ミギワに酒樽』だなんて言ったのも悪いんだけどさ」

ミギワに酒樽――大酒飲みのミギワは、噂を聞きつけた領主から「ならばこの酒樽を飲み干して見せよ」と言われ、いとも簡単に酒樽を飲み干した。その上、おかわりまで要求したという逸話から生まれた慣用句だ。

つまり、ナリキンは自分からこの程度では物足りないと言い切ったのである。

「あそこまで言い切って、もしあの坊やが尻尾を巻いて逃げちまってたってんならそれはそれで笑えるんだがね」

「……な、ナリキン様はそのような人ではありません！」

むきになって否定するアルカ。それを見て、ふぅんとニマニマ笑うマグニ。

「先日も思ったけど、相当なお気に入りなんだねぇ！」

上機嫌にバシバシと背中を叩かれ、アルカはくすぐったい気持ちになった。

「それじゃ、今日のところは一旦戻ってまた明日様子を見にこようじゃないか」

「いえ、私は」

「まさかアンタ、そのくたびれた格好で坊やを出迎える気かい？」

「……」

指摘され、アルカはこの2日ほどここで待ちぼうけしていたことを思い出す。魔物の返り血等や身体の汚れは【浄化】で清めていたとはいえ、ここはダンジョンではないのだから着たきりなのはいただけない。

「分かりました。ここはマグニ様に従います」

「よし、じゃあ町へ行こうか。このあたりで人を雇うならそこだし、もしかしたら愛しの坊やにばったり出くわすかもねぇ！」

「す、すぐに着替えます！」

「ははっ！　ほらアルカ、着替えなら馬車ン中でしときな、女の子だろう！」

そう言って、マグニはアルカを連れて谷を離れた。

そして一番近くにある町。そこで思わぬ人物と出会う。

「……バラクド様」

「おや、聖女アルカ。このようなところでどうしたのですかな？」

ニヤニヤと嫌らしい笑みを浮かべるバラクド。ナリキンに会えるかもと密(ひそ)かに期待していただけに落胆が隠せないアルカ。

「バラクド上級神官。アンタこそ、こんなところで何してるんだね？」

「これはこれはマグニ殿。いやなに、そろそろ1週間でしょう。拙僧は様子を見に来たまでですとも」

「……ふぅん？　様子をねぇ」

バラクドが歩いてきた方向には、確か商業ギルドがあった。恐らくナリキンに建材を売らないように圧力をかけたのだろうとマグニは察した。

「そんな圧をかけて、アンタその状態の『お手本』を請求されたらできんのかい？」

「勿論(もちろん)です」

「ならいいけどね」

バラクドは頷く。『お手本』というのは試練を失敗したときに、審査官の上級神官であればどうやったか、という解答を見せるというものである。

「マグニ殿こそ、そのように軽そうな馬車で何を？」

「こいつは私の休憩用さ。この歳になると移動がつらくてねぇ」

と、ここでアルカはマグニの真意に気付く。小さくて軽かろうと馬車は馬車。多少橋がお粗末でも、この馬車なら渡れるかもしれない。つまりは、温情であった。

「やれやれ。審査官として、肩入れするのはどうかと思うがね」

「バラクドも暗躍してんだろ？　丁度いいくらいだと思うがね」

クク、と笑い合う上級神官２人。……その笑みは、長年上級神官として生きているだけあって、実に人当たりの良さそうな、『良い人』と認識してしまいそうな笑みだった。

そしてマグニの取った宿で休み、翌日。

アルカ達は課題の場所を再度訪れることにした。そしてそこに、バラクドまで馬で同行することになった。アルカは宿に馬を預け、マグニの馬車に乗っている。

「なんでアンタまで来るんだい？」

「現状視察ですよマグニ殿。ま、拙僧なら今頃橋を架け終えているでしょうがな」

「そうかい。ああそうだ、私らは昨日現場を見たんだけどね、なんか崖の幅が5割増しに増えてたよ。アンタの方法はそれでも大丈夫なのかね？」

「む、5割増し……大方、無理に杭を打ち込んで崩してしまったとかではないですかな。だとすれば、あの中級神官のミスです」

「私が昨日見た分には、あれはもっと前に崩されたように見えたけどね」

「ははは、それが真実であれば多少は温情を考えてやってもいいですな」

「ふふふ、なんなら赤の眼を使ってもいいよ」

赤の眼とは、嘘を見破る魔道具のことだ。上級神官であるマグニがそれを使って証言することは、十分な証拠足り得る。

「ま、なんにせよ現場をこの目で確認してからですな」

「そうかい。おっと、そろそろだ――」

そして試練によって橋を架ける場所に到着する一行。

しかし、その場所は先日と打って変わって――立派な石橋が架かっていた。

「なっ!?　こ、これは……」

「……おや？　拙僧、場所を間違えましたかな？」

「いンや、合ってるよバラクド。……これは一体どうしたことかね？　幻覚？」

灰色の石橋。昨日にはなかったその橋は、馬車が2台すれ違えそうなほどに十分な幅をもって谷を挟んだ道を繋げている。落下防止の手すりまで付いておりとても頑丈そうだ。

そんな橋の中央で、神官服の男が鼻歌を歌いながら手すりの外側にレッサーワイバーンの頭蓋骨を取り付けようとしている――ナリキンだった。

……よく見れば頭蓋骨の眉間には綺麗に丸い穴が開いている。骨の様子からしてこれが致命傷で、倒したのは昨日だろうとアルカとマグニは察した。

頭蓋骨を取り付け終え、一行に気付き手を止めるナリキン。

「おや？　確か予定では明日が期限だったと思っていましたが……」

「ナリキン、様……？　一体、何を……？」

聖女アルカは、馬車から降りて少し震える声でナリキンに尋ねる。

「この頭蓋骨ですか？　魔物除けですよ。畑の害鳥避けみたいなものです。どうやらこいつがここに架かっていた橋を落とした犯人……犯ワイバーンのようでして」

「そ、そうですか。犯ワイバーン……ああいえ、その、確かに魔物除けに有用ですね」

すっとぼけて笑顔でそう答えるナリキンに、聖女は混乱してとりあえず笑みを浮かべることしかできなかった。

ナリキン Side

いやぁ大変だった。何が大変だったかって、ナリキンが道を間違えてしまい、物凄い大回りをして山の反対側から目的地に入ってしまった。昨日の昼過ぎにようやくここへとたどり着いたわけだが、聖女が貸してくれた馬が優秀でなければ普通に7日目にも間に合わなかったかもしれない。

　ともあれ、無事にこうして到着できた。あと3日あるしサクッと作ってしまおう。どこぞの神様も世界を7日のうち6日で作って最後の1日は休んでたのだから、俺だって最終日に休むんだ。異論は認めない。

　申し訳なさにトラン（俺）への土下座を解こうとしないナリキンだったが、やっちまったもんは仕方ないと慰めて『憑依（ひょうい）』で身体を借りる。馬は邪魔なので一旦【収納】に入れておき、あとはマナポーションを樽（たる）で用意して【ストーンパイル】と【クリエイトゴーレム】を駆使して橋を建設していくとしよう。ナリキンに『憑依』した場合、ナリキンの覚えている魔法は俺も使える。そして使うのが俺なので、改変も無詠唱も元の身体と同じ感覚でできるのだ。マナポーションは要るけど必要経費としておこう。

　……話に聞いていたより少し幅が広い気がしたが、【ストーンパイル】で足場を長く作って作業するだけなので問題ない。落下事故に気を付けて、命綱をしっかり指さし確認。ヨシ！　ご安全に！

　というわけで、これくらいなら馬車も通れるだろうというサイズで橋を造った。これが昨日の夕方の話である。

が、ここで予想外のことが起きた。

空から子供のワイバーンが飛び込んで、橋をぶっ壊してくれやがったのだ。幸い谷底には人がいない不毛な岩山だったのでよかったものの……おのれ、俺の3時間の作業をよくも！　さては残骸になっていた橋もコイツの仕業に違いない。コイツを放置しては橋が壊されてしまう、そう思って【エレメンタルショット】でさくっと仕留める。……前提条件になる基礎魔法さえ押さえておけば『憑依』状態で【エレメンタルショット】も普通に使えるんだなぁ。

尚（なお）、ワイバーンの親が仕返しにきたら困るかなと思ったが、どうやらこれは子供ではなくこれで成体のレッサーワイバーンだ、と、いつの間にかトランに上書きで『憑依』していたロクコが教えてくれた。ありがとう、でもナリキンに身体返（トラン）しときなさい。

……しかしあれほど小型のワイバーンがぶつかっただけで崩れてしまうとは。思っていたより橋造りは難しいもんだ。……というわけで、【ストーンパイル】で橋の足をこれでもかと造って……よし、完成！　折角なので耐久試験もしておこう。オーダーは馬車が渡れる橋。ゴーレムが整列して渡れれば完璧に違いない。そう思って岩山の岩を削りストーンゴーレムにして渡らせ……一度に5体を乗せたところで橋が落ちた。……落ちたかー。

いや、ずんぐりむっくりなストーンゴーレムはさすがにヤバいかなって思ったんだけどさ、荷物満載した馬車が何台も通ると仮定したら耐えておきたいよね……？　これが夜中の話である。

昔見た橋造りゲームを思い出し、残っていた足場をトラス構造に改造する。三角形を上下順々に並べたような、耐久力の高い構造だ。それを多少真ん中を持ち上げた緩やかなアーチを作っておく。こうすることで荷重が分散し、強度が上がっていたはずだ。

光魔法【ライト】で視界を確保しつつ、深夜作業を続行。ナリキンの身体は元がリビングアーマーなので疲労しづらく、マナポーションだけ飲んでいれば元気溌剌（はつらつ）に動けた。途中魔物が寄ってきたが、レッサーワイバーンの死体を見て去っていった。これはいい魔物除けだ、完成した暁には魔石と頭蓋骨を橋に飾ってやるとしよう。

こうして、明け方になりようやく完成した橋。さぁ耐久テストだ、GO、ストーンゴーレム！　と先程は落ちた5体のゴーレムが橋に載る。……おお、耐えてるぞ！　道幅を増やして馬車がすれ違えるようにしたけど、これなら十分といえよう。なんなら組体操だってできるんじゃないか？　と、5体のゴーレムに扇とかやらせてみたら橋板の石板がボキッと割れてゴーレム達が落ちて行った。あー、そうくるか。そういやあのゲームって基本2Dで橋板は無敵設定だったな……

そんなわけで、橋板を少し厚めにし、ついでにゴーレムが落ちたとき巻き添えで壊れた箇所も作り直した。さすがにゴーレム組体操による耐久試験で扇はきつかったと反省したので6体によるピラミッドでテストしておく。無事に十分な強度を確認できたのでゴーレムと足場の【ストーンパイル】、マナポーションの樽とお片付け。

こうして橋が大体完成した。本日お昼のことである。

あとは仕上げにレッサーワイバーンの魔石と頭蓋骨を飾るだけだ、解体解体っと。

仕上げとして橋にレッサーワイバーンの魔石を埋め込み、頭蓋骨を飾ろうとしていたところ、カッポカッポと馬の足音が聞こえてきた。顔を向けて確認してみればまさかの審査官登場である。おまけに聖女まで。なんでもう来てるの？　明後日(あさって)……いや、一晩作業してたから1日経過して、明日が締め切りって話だったはずだけども。

とはいえ、こんなこともあろうかとナリキンに『憑依』して作業していたのだから想定内である。

「おや？　確か予定では明日が期限だったと思っていましたが……」

「ナリキン、様……？　一体、何を……？」

聖女アルカが小さな馬車から降り、こちらに歩いてきて尋ねてくる。何って、見ての通り橋造りである。ああいや、それは見れば分かるだろうから頭蓋骨のことだろうか。

「この頭蓋骨ですか？　魔物除けですよ。畑の害鳥避けみたいなものです。どうやらこいつがここに架かっていた橋を落とした犯人……犯ワイバーンのようでしてね」

「そ、そうですか。犯ワイバーン……ああいえ、その、確かに魔物除けに有用ですね」

聖女様も効能をお認めになられたか。箔が付いたな。

「……いや坊や、そうじゃなくて……ああ、まぁ、確かに畑でも害獣避けで死体を吊るしたりするけどさァ、アンタ、こんな橋どうやって建てたんだい？」

老女の上級神官、マグニが小型馬車を牽く馬の上から尋ねてくる。

「橋を架ける方法は指定されてませんでしたが？　問題ありましたか審査官殿」

「ないけども……あんまり立派な橋なもんで、ほら、あっちでバラクドが目ン玉ひん剝いて驚いてる。私も気になっただけさ」

マグニが指さした方を見ると、馬に乗ったままのバラクドが放心していた。

改めて、マグニが口を開く。

「なにせ昨日見に来たときにはなんもなく、ただの谷だった。それが一晩でこんなことになってちゃあ私も驚きを隠せないってなもんさ。なぁアルカ？」

「は、はい。私も、3日前にここへきて、ナリキン様を待っていたのですが……」

なんだと？　どうやらアルカとマグニは昨日ここにいたらしい。俺が来たのは昼過ぎ、丁度2人とは入れ違いで。俺達は反対側からやってきていたのですれ違いもしなかったようだ。なるほど。ということは、この橋が一晩でできたと思ってしまうわけだ……事実だけど。

ならば開き直るしかあるまい。

「御存じないかもしれませんが、俺は『建築魔法使いのナリキン』とも呼ばれていましてね。……詳細は省きますが、つまり魔法でコツコツと建てました」

「コツコツと？　魔法で？」

「ええ、コツコツと、魔法で」

まぁ戦士系には見えないな、という視線を感じる。

「建築魔法とか聞いたことないけどね。どんな魔法だいそれは？」

「御覧の通り、なんやかんやで橋ができたりする魔法です」

「なんやかんやって。隠し玉の多い坊やだねぇ……嫌いじゃぁないよ」

ニヒヒ、と笑うマグニ上級神官。

「ちなみにそのレッサーワイバーンはどうやって殺ったんだい？」

なんでそんな物騒なところが気になるんだこの老女。

「詳しいところは割愛しますが、魔法でチョイッと」

「チョイッと、かい。……なぁ、私の夫にならないか？　子供を育ててもらいたい」

「マグニ様!?」

「冗談だよアルカ。というか、なんだいこの坊や、先日は本性を隠してたのかね？　どこか感じが違うじゃないか」

おっと、ナリキンとの違いを察知されてしまったか？　さすがは上級神官。

「人見知りなもので。先日は緊張しておりましたからな。それに、昨晩は夜通し橋造りをしていて寝ておらなんだ、寝不足のせいもあるでしょう」

「夜通しかい。……本当に一晩でこれを造ったんだねぇ、凄いことだ」

しみじみと石橋を見つめるマグニ上級神官。


「ま、実際こうして立派な橋が架かってるんだから疑っても仕方ないか。とはいえ、聖女様ったらアンタを待って2日も待ちぼうけていたらしいんだよ。なんか一言くらい言ってやっておくれ」

「2日も？……ええと。申し訳ありませんでした聖女様。実は、道を間違えてしまい反対側から来てしまった次第でして……」

「……あ、いえ、私が勝手に来ただけですし」

促されて謝るも、あからさまに不機嫌な聖女アルカ。とりあえず、ごまをすって誤魔化そう。試練の手続きとか、良い馬を借りたりした恩もあるし。

「聖女様。お詫びと言っては何ですが、この橋を一番に渡る権利を進呈しますよ」

「えっ。よろしいのですか？」

「はい、馬のお礼も兼ねて。大丈夫、耐久性に問題はありませんから」

「馬のお礼、ですか……で、では遠慮なく受けましょう」

そう言って、不満げな顔に嬉しさを隠せない感じで頬が緩むの聖女様。無料の権利でお礼になるなら文字通り安いもんだ。

「でっ、では、エスコートしていただいてもよろしくて？」

「かしこまりました、聖女様」

そう言って差し出してきた手を取り、橋へと誘う。


「させん！　させんぞぉお!!」

突然バラクド上級神官が声を上げ、空気を読まずに馬を走らせて俺達を追い越し、橋を渡りきった。おいおい、そんなに橋を一番に渡りたかったのかよおっさん。

「バラクド！　なにしてんだいこの馬鹿ッ！」

「ふっ……神橋の再現をしたかったのだろうがそうはさせんぞ！」

え、何、神橋って？　と俺は懐に控えているトランに念話で尋ねる。

『……ふぁっ！　し、失礼、寝ておりました！　いやはや申し訳ありません。睡魔とは抗いがたい快楽ですな。……それで、橋が完成したのですかな？』

『ああ。寝てたのか……まぁうん。ところで光神教で、神橋って何か分かるか？』

『神橋ですか？　確か光神教の逸話の一つですな。妻を助けるため、一番の駿馬で戦場に駆けつける男。しかし無情にも地割れが2人を分かってしまう。そこに光神が一度しか渡れない光の橋を架け、妻と共に戦場に行くか、妻を呼び共に逃げ延びるかの二択を迫られるというものです。答えはなく、どちらも正解とされています。夫婦の在り方を問う逸話だったかと』

夫婦の話⁉　あぶなっ、危うく聖女と夫婦認定されるところだったということか！　駿馬と橋とが合わさって言い逃れできないところだったわ！

「も、申し訳ない聖女様！　神橋の逸話を失念しておりました、寝不足でとんでもない失礼を……！　ああ、バラクド殿、止めていただきありがとうございます」

俺はバラクド神官に向かって深々と頭を下げ、心からの礼をする。ナリキンもよく覚えていてくれた。間一髪だったよ、ありがとう。

「ほう。坊やは懐が広いねぇ。気に入ったよ。それに比べてバラクド。アンタ……」

「っ、く、ぐぬっ……は、橋が落ちたら困るだろうが。神橋は一度しか渡れないのだ」

「ま、馬が走ってもビクともしない橋だ。馬車も余裕で通れるだろうよ。バラクド、第一の試練は合格で、異論はないね？　なんなら私も渡るけど。これなら二頭立ての馬車で来てもよかったねぇ」

「……み、認めざるを得ないですな……」

「3人中2人が認めるならこの時点で合格さ。良かったね坊や。もっとも、ラギルもこの橋を見て不合格とは言えないだろうけどね」

こうして、マグニ上級神官が小さな馬車でかっぽかっぽと往復し、なんやかんやで第一の試練は突破した。

クロマクへの帰り道、聖女は微妙に拗ねて不機嫌だったがそこはまぁ割愛する。

ラギル　Side

クロマクにて。教皇派筆頭上級神官ラギルは、屋敷の執務室でバラクドを待っていた。

バラクドは、のんびりと馬車を走らせるナリキン達に先駆けて、一足早くクロマクへ戻ってきている。その足でラギルの屋敷に駆け込んできて、今は身なりを整えているところだった。

「失礼します、ラギル様」

そして、すっかり身綺麗になったバラクドが執務室へと報告にやってきた。だがその表情は苦そうなもので、ラギルはナリキンが第一の試練を突破したことを察した。

「ほう。あの若造、宣言通り1週間で試練をこなしてみせたか。そこそこの頭はあるようじゃな」

「ええと……そうですね、ラギル様」

「何じゃ歯切れの悪い。もっとも、橋など行軍の知識があれば簡単なこと。板状に束ねた丸太を使えばいい。板を敷けば強度も増し、黒布を被せれば十分に建築物としての体裁も整う。それこそが此度の最適解よ」

「なんと、そんな簡単な方法が……だから念のために拙僧に様子を見てこいと言ったのですね」

そう、行軍において谷を越えるということはままあること。そして、兵站を積んだ馬車を運ぶこともあるのだ。これを知っていれば、簡単に試練をこなせただろう。聖女などは1人で戦うことを旨としているため知らなかったようだが。

「……まさかお主、自分で言い出しておいて馬車が通れる橋を架ける方法が思いついていなかったなどとは申すまいな？」

「め、滅相もない！　当然、理解していましたとも。ただ、その、黒布をかけるところまでは思いつきませんでしたので」

「ハッ、まぁ良い。それで、あの若造はどんな橋を造ったのじゃ？」

「……それがですねラギル様」

ラギルの確認に、少し口が詰まるバラクド。

「む？　どうしたバラクド」

「ええと、拙僧が確認してきたところ……あの者は石橋を造り上げておりました」

しかも、到底1週間では造れるような代物ではない立派な橋で。しかも、聖女アルカとマグニ殿の証言では1日で造り上げた、ということだ。

「何、石橋を？　まさか、橋の課題を予想し、事前に準備していたのか？」

「事前に？　いや、聖女とマグニ様の証言がございますが」

「阿呆が。そんなもの口裏を合わせればどうとでもなる。ハッタリよ。馬車がすれ違えるほどの石橋を、たった一人、一晩で？　もしそんなことができるなら奇跡ではないか。そのための布石よ」

「！　そうか、すでにマグニはあの中級神官に籠絡されていたと」

確かに、本来バラクドが言うような橋を建てるとなるとかなりの事業であり、人手を使うことになる。雇用も生まれて地域の活性化に貢献するだろう。そんな橋を一人で一晩で建ててしまうなど、第三の試練、『奇跡』を見据えての仕込みに違いない。

もっとも、あの谷の橋にそれほどの規模は不要だ。確かに橋があれば便利ではある。しかし回り道がないわけでもないし、『橋落とし』と名前が付いた逃げ足の速いレッサーワイバーンもいるほどで、橋を架けてもすぐ壊されてしまう。立派な橋を架けても元が取れないのだ。

「あ、そういえば、石橋にレッサーワイバーンの頭蓋骨を飾っておりましたな」

「なんだと？　ふむ、ということは聖女が手伝い『橋落とし』を退治。それを機に橋を架けていたといったところか。……マグニめ、さてはワシらが試練をダンガイの橋造りにしたとき、勝手に罠に嵌まってくれたと内心ほくそ笑んでたに違いないわ」

普通に考えれば、そういうことだろう。言われてバラクドも、自分がすっかり騙されていたことに納得した。

「しかしそれはもう上級神官に相応しい根回しですな。味方につけた方が得なのでは？」

「確かに。ナリキンは十分頭を使える男のようだ。……となれば、実質次の試練が最後。その前に打診を仕掛けてみるか」

もしこれで教皇派に組するというなら、橋を1日で架けたという話を奇跡認定してやってもよいだろう。

「それは派手で良いですな。拙僧の『出現・消失』では仕掛け箱のサイズまでしかできなんだ、少し羨ましいですぞ。……そういえば建築魔法とか言っておりました」

「建築魔法？　聞いたことがないな……いや、あやつは帝国の旅神官という話だった。その方面に詳しい者から少し調べてみよう」

ナリキン　Side

「今帰った」

ケーマから身体を返してもらい、無事に部屋に戻ってきたナリキンをロクファとトイが出迎えた。

「お帰りなさいませ旦那様。上着をお預かりします」

「遅かったですね。1週間過ぎてしまいましたよ？」

「何、橋を建て終わった時点では間に合ったから問題ない。さすがマスターだ」

今回もやはり何かしたのはケーマであり、ナリキンは道を間違え迷惑を掛けたくらいしかしていない。ダンガイの谷からの帰り道では聖女の面倒を見る仕事もしたが、それは自分の尻ぬぐいでしかない。もし迷うことなく到着していれば1週間の期限内に橋を造った上でクロマクまで帰ってこれたであろう。


「そういえば旦那様が行かれてから思い出したのですが、レオナ様よりダヴィンチ橋とかいう効率良く丸太を橋にする組み方を伺ったことがございました」

「ほう、そういうのがあるのか。どういった組み方だ？」

「私が教えてあげましょう。一足先にトイから教わったので」

胸を張り、ロクファが丸太を模した木の棒を持ってくる。ロクファはすぐさま木の棒を橋に組み上げて見せ、ナリキンを驚かせた。


そうして、のんびりと過ごしていると、部屋の扉がコンコンとノックされた。

「む、何者か？」

「ナリキン様にお届け物です」

届け物？　一体なんだろうと首をかしげるナリキン。

「私が出ましょう。今の声は聞き覚えがあります、ジューゴかと」

そう言って、トイが扉を開けると、そこにはトイの想定通りジューゴがいた。そしてなぜか筋肉を見せつけるようなポーズをとっており、まだ部屋に入れていないのに室内温度が上昇した気さえする。

「これはこれはジューゴ様。届け物とはなんですか？　私が預かりましょう」

「直接渡すように言われてる。退け、犬娘。……やぁママ！　お手紙を届けるついでに遊びに来たよ――んん？」

　トイ越しにナリキンの姿を見つけ喜ぶジューゴであったが、眉間にしわを寄せてじぃっとナリキンを見つめる。

「……おい犬娘。アレはママじゃないな、影武者か？」

「おや、お分かりですか」

「当たり前だ。ママとの絆は魂で結ばれている、間違えるものかよ」

　ケーマのいない所ではこれほど真面目にできるのか、とトイはジューゴに関する評価を見直した。しかし、「ママに会うまで手紙は渡さん！」と頑なな態度を取るジューゴを見て、ケーマへ至急憑依の連絡を入れてもらうことにした。

＊＊＊

　シキュウヒョウイ君を復活させつつナリキンに『憑依』すると、部屋にジューゴがやってきていた。なるほど緊急事態だね。

「……で、何しに来たんだ？」

「ママ！　ラギル上級神官からママへのお手紙だよ。はい、どうぞ！」

ジューゴから折りたたまれた手紙を受け取る。そしてジューゴは相変わらずのハイテンションで暑苦しい。

「なんだ、郵便配達のバイトでも始めたのか？」

「いや、一応、サンタクを殺した暗殺者の姿を見せて威圧しつつ手紙を見せてこいって依頼なんだ。だから、僕のことしっかり見てね！　あ、どうぞお手紙読んで」

なにそれ、新手の拷問デリバリー？　と思いつつ、手紙を広げる。

「えーっと？　『サンタクの後継者よ。貴様には2つの選択肢がある。ひとつは、我々に従い生き永らえる道。もうひとつは、サンタクの供として光の国へ遠征に行く道だ』」

つまり恭順か死かってことね。実質一択ってやつだ。

「と、2枚目があるな。続きは……『お前の師匠は愚かにも欲を出し我々を裏切ろうとし、今貴様の前にいる者により見送られた。それを忘れるな』ときたか。ジューゴ、誘いを断ったら俺を殺すのか？」

「そう言われてるけど、殺す気はないよ？」

「だよな」

生憎（あいにく）とジューゴが俺達（たち）の味方なので、まったく効果のない脅迫文だった。

しかし『裏切った』ってことは。つまりサンタクってば改革派に紛れ込まされた教皇派のスパイだったらしい。……ん？　3枚目もあるのか。

「……追伸か。『我々の言うことを聞くのであれば、次の試練の解答を教えてやる。足に口付けする準備をしておくのだな』と。ジューゴ、次の試練についてはなんか聞いたか？」

「ん？　ああ、部屋を出たあとこっそり聞き耳たてておいたんだけど、師匠の研究について話せるかって試練にするって言ってたよ」

「わぉ、本当に有能だなジューゴ、お前が仲間で良かったよ。ついでに研究内容ってのも調べてくれ」

「えへへ！　褒められちゃった！　それも調べておくね！」

……ところで、足に口付けってのは確か服従を誓う儀式だったたな。前に聖女アルカが言ってたっけ。

「さて、どう解答するかねぇ……できればジューゴをラギルの懐に忍ばせたままにしておきたいところだが、男の足にキスする趣味はないんだよな」

「殺さずにいたらママとの関係がバレちゃうし、返り討ちにあったとなると僕が生きてる方が不自然。確かに悩ましいね……逆にラギルを暗殺してこよっか？」

「……できるのか？」

「いつでも殺せるよ？　あいつ、僕がサンタク殺したことで多少信用してるし。やる？」

ママの命令なら聖戦だよ！　とニカッと歯を見せて笑うジューゴ。

「んー、いや。しなくていい。今は大事な審査官様だしな。とりあえず、ガタガタ震えながら『少し考えさせてくれ』と言っていた、とでもしてくれ。時間は稼げるだろ」

「震えるママとか可愛すぎるね。分かったよ」

一応、これまでを考えるに後ろ盾が聖女様ってことになってるし、そう簡単に踏ん切りがつく方が怪しいかもしれない。

「あ、ママ。手紙は読んだら証拠が残らないよう処分しろって言われてるんだ」

「そうか。じゃあちょっとこの板に『ラギルからの手紙』と書いてくれるか？」

「いいよ！」

ジューゴに、そこにあった木簡に『ラギルからの手紙』と書いてもらう。

「それを寄越せ」

「はい、ママ」

「よし、受け取った。『ラギルからの手紙』と書いてあるな、返すから処分していいぞ」

「はーい。これでママに渡した『ラギルからの手紙』を処分したって言えるね！　さっすがママだ！」

そういうことだ。理解が早くて助かるよ。

俺は【収納】に手紙をしまった。使わないかもしれないけど、一応脅迫の証拠としてね。

「ところでママ。ママの言うことを聞くからご褒美が欲しいなー？」

そうして頭を差し出し、ちらっちらっと見てくるジューゴ。……分かったよ、撫でろってんだろ仕方ねぇな。ぐりぐり。

『はっはっは、見よ、ロクファ。あの猛獣のような男が赤子のようだ』

「あの男、一瞬でナリキンとマスターの違いを見抜きましたからね……私とロクコ様のことは分かっていなさそうですが。興味がないだけでしょうけど」

「……暗殺者を逆に手懐けるとか、差し向けた方はたまったもんじゃないでしょうねぇ」

のんきに俺達を見守るトランとロクファ、そしてトイ。……赤子というか赤ちゃんプレイというか、いやまぁどうでもいいか。深く考えたら負けだ……

ラギル　Side

ナリキン中級神官に第二の試練を言い渡す日になった。

ラギルは、教会の聖堂にてナリキンに第二の試練を言い渡す役である。今回は教皇の出番はない。教皇は第三の試練では立ち会うことになるが、それも第二の試練で失格になってしまえば出番はない。

「ラギル様、今日は良い天気ですな」

「おお、バラクド。そうじゃな。光神様の威光が降り注ぐ、良い天気じゃゃ」

この後ナリキンに試練を言い渡すわけだが、その前にラギル同様教皇派の上級神官、バラクドと顔を合わせる。

「時にラギル様。ナリキンに派閥入りを打診はしたのですかな？」

「うむ。しかし、軽く使者を送っただけで怯（おび）えさせてしまったようだが」

「……失踪したといった話を聞いていないということは……本日出す試練は」

「返答はまだないが、試練は予定通り事前に協議した内容でよかろう」

予定通りの内容。ナリキンがサンタクの弟子であることを示すための試練。サンタクが研究していたあるものの内容についての説明を求めるというもの。聖女に肩入れしているマグニ上級神官も、これには「直弟子なら多少は聞いてるだろう」と同意した。

ただし。この『サンタクの研究』というものが大きな落とし穴だ。

……実は、サンタクの研究は実際には何も行われていない、名前だけしか存在しないような架空の研究だった。何故（なぜ）そのことをサンタクと敵対派閥のはずのラギルが知っていたかといえば——サンタクが教皇派から送られたスパイだったからに他ならない。

サンタクは、研究のためと言っては改革派から投資と情報を集め、内から外から改革派を弱らせる役割に一役買っていた。

このときに用いた研究資料がラギルの用意した『ありえない研究』とも知らず、改革派の連中は馬鹿のように騙されていた。そして集めた金を用いてサンタクは改革派の中で高い地位を築いていたというのだから笑いが止まらない。

最後に纏まった金を手にし教皇派に反旗を翻そうとしたサンタクだったが、それまではラギルの忠実な犬だった。勿論、研究資料はラギルが所持していたもの。最低限の内容しか渡しておらず、サンタクも知らない内容が記されている原本はラギルの手元にある。

仮にナリキンが教皇派に入るというのであればサンタクが知っていた程度の内容までを問いただし、そうでないなら原本にある深い部分までを聞けばよいのだ。

「今更ですが、サンタク殿に直弟子がいたとは驚きでしたなぁ」

「ああ、ワシも知らなんだ。あやつはそういった隠し事が苦手だから使い勝手が良かったんじゃが……本当に直弟子であれば、とんだ役者だったものよの」

「ラギル様はそこも疑っておるのですな」

「根拠はあるぞ。サンタクが最後に手に入れた金じゃ。……あの若造が直弟子の身分を買ったものとすれば合点がいくでな」

となれば、そもそもサンタクの研究の存在自体を知らない可能性すらあった。となればサンタクが知っていた内容ですら答えられないかもしれない。

ナリキンはいったい何者なのか。それもまた、今日の試練で分かるかもしれない。

ナリキン(ケーマ) Side

ステンドグラスの光が降り注ぐ聖堂。今回の試練発表はここで行うらしい。

事前にジューゴから聞いた話では研究発表の質疑応答。ということは、発表と同時にそのまま行うという形になりかねない。むしろ俺ならやる。だって準備させない方がボロが出るからだ。なので、今回は俺があらかじめナリキンに『憑依』して参加する。ジューゴから追加で聞いた研究内容じゃあナリキンには荷が重い。

でも宗教的表現な話題が来たら困るのでトラン(ナリキン)も懐に待機中だ。

既に聖堂には聖女アルカと審査官3名が揃(そろ)って待っていた。教壇に向かって整列した長椅子、その中央に敷かれた赤い絨毯(じゅうたん)の上を歩き、4人へと近づいて行った。

「さて、中級神官ナリキンよ。ワシから第二の試練を申し付ける」

「はっ」

俺が跪(ひざまず)くと、ラギル上級神官が羊皮紙を広げた。

「サンタクの行っていた研究について、質疑応答をする。期間はなし、今から説明してもらおう。……師匠の研究じゃ、直弟子なら当然分かる内容だと思っておるよ」

「謹んで承りました」

羊皮紙を受け取り、内容を確認する……うん、読み上げた内容と齟齬も相違点もなさそうだ。ではさっそく今から質疑応答ということなので、俺は教室のように教壇に立って、審査官には席についてもらって開始しよう。

「さてと。まずは——サンタクの研究。そのテーマは？」

「……はい、『永久機関』です」

永久機関。そう、人類の夢のひとつと言っていい。サンタクの野郎、とんでもない内容を研究していたよ。いや、していなかったよ？　ジューゴは概要くらいしか集められなかったようだが……いや、概要しか存在していなかったのだろうが。サンタクはこの永久機関を研究するという名目で金を集めていたらしい。

「雨量にも風量にも影響されない夢の力。『これが実現すれば、人の世界から争いは消えてなくなり、ついでにダンジョンも消えるだろう』というのが、サンタク殿の言葉でしたな」

ついでに『次代までかかる大事業だが、未来のために必要な投資だ、ついでにダンジョン攻略にもきっと使える』とか雑な誘い文句で寄付を集めていた。次代までかかるとか言って自分にはできない保険をきっちりかけていたあたりがにくいね。俺がその次代ってことにならなかったら見習いたい気分だよ師匠。

「懐かしいねぇ。私もそう言われて金をせびられたもんさ、出さなかったけど」

「私は個人的に金貨50枚ほどを寄付しましたよ、マグニ様」

おーい聖女、騙されてるぞ。

……っていうか、永久機関といえば21世紀の日本でも未だに引っかかるやつがいる詐欺の手口。永久機関が物理学的にあり得ないことは、18、19世紀ごろには証明済みのことにも拘らず、やはりロマンなんだろうなぁ……


「さて、今のはほんの小手調べよ。ナリキン中級神官がこの研究についてどれほどのことを知っているか。それを問いたださせてもらおう」

「ですな。今の話は拙僧でも知っていましたとも」

そう言ってニヤリと笑うバラクド。うん、ジューゴもここまでの情報しか集められなかった。……だから、俺が出てきたんだよ。

「永久機関。それがどういった働きをするものか、説明してくれたまえ」

「口頭ではいささか説明が難しいですな」

「ほう！　そうやって誤魔化すのかね？　それでは貴殿を認めるわけには――」

「幸い、俺の【収納】に模型があるのでそれを使って説明しましょう」

ラギルの言葉を遮って、俺は【収納】から12角形の薄い木箱を取り出した。12角形の中心が軸になっており、商店街の福引にある抽選機のように縦に回る構造だ。こちらは内部に12個の区画があり、それぞれに鉄球が入っている。ついでに箱の軸と小型の臼を歯車で接続しており、連動するようになっている。

「な、も、模型だと？　模型、か、ふむ」

驚くラギル。すまんな、準備期間があったから作っといたんだ、2時間ほどで。

「ほぉーこりゃいいや。その木箱が回れば臼が回る。一目で分かりやすいねぇ。水車みたいだが、そっちの箱が本体なんだね？」

「その通りですマグニ審査官殿」

試しに手で箱を回すと、カコンカコンと内部で鉄球が動く音と共に、臼が回った。

「水車のように、風車のように。この箱が回ることで仕事をするのです。実物であれば、ここで小麦が挽かれるでしょう」

そう言って説明すると、聖女とバラクドが席から立ち上がり、模型に近づいてきた。

「ナリキン様、このような動く物を見せていただいたのは初めてです！」

「拙僧にもよく見せてくだされ……おー、分かりやすい！　いいですなぁコレ！」

大はしゃぎである。いいのかバラクド、ラギルが睨んでるぞ。

「ごほん！……えー、ではナリキン中級神官への質疑応答を続けるが、良いか？」

「なんだいラギル。もうよくないかい？　サンタクはこんなもん見せてくれなかったよ」

「よろしくはない！……原理を。永久機関が動く原理を説明してもらおうではないか。

さぁできるかナリキンよ？」

「かしこまりました。では、模型を使って説明しましょう」

そう言って、俺は模型の木箱の一部、中央と片の作る三角形一つ分をパカッと外して内部を見せる。当然、こういう説明用の模型なんだから作ったよ、蓋。

「中身が見られるのですか！……鉄球が入っているのですね、音の正体はこれですか」

「はい。この鉄球、さらにこの三角形に円弧を埋めたここの区画中で動きます」

内部は、カマボコ状の円弧に区切られている中に鉄球が入っていた。

「えー、では原理ですが。例えば同じ荷物でも、手をまっすぐ前に伸ばして持つときと、真下に持つときとでは重さが違う、という天秤の法則があります。永久機関はその法則を利用したものなのです」

右側にあるときは鉄球は平らな面を転がって中心から離れた外側に。左側ではひっくり返ったカマボコ内側の丸みに納まる形で中央に近い所にやってくる、という仕組みだ。

「このように、左右で同じ高さにあるとき、重さが違うということが分かりますか？」

「……確かに、違いますね」

聖女が納得して頷く。

「この車は右側が重くなり、回転する。すると今度は別の区画で鉄球が動いて、また右側が重くなる。これを繰り返し、ずっと回り続ける——と。これが永久機関の原理の一つ、非平衡車輪です」

「ひとつ、ひとつだと!?」

ガタッと立ち上がるラギル。

「はい。他にもいくつか、概要は知っていますが俺が託されたのは、この車輪のみ。こちらの模型も、理論を基に俺が作成したものです。……これで原理の説明は十分ですかな、ラギル審査官殿？」

と、ここまで説明したところで、聖女とマグニが模型を見て目をキラキラと輝かせている。バラクドもとても興味深そうに見ている。

「ナリキン様、これは実際に動くのですか!?　ああそうだ、教会の大聖堂に人を呼び、大々的に発表してはいかがでしょう!?」

「おお、そうだよ。この仕掛け、音からするにちゃんと全部の区画作ってるんだろ？　坊や、早速回してみせておくれよ。今の話なら動くはずだろ」

せかしてくる2人。

「……あー、それがですね。……今言った原理的には、動くはずなのですがね？」

そう、今言った原理だけなら動く。……だが実際に蓋を戻して箱を回すと、カコンカコンと鉄球が動く音と共に慣性の法則に従って少しだけ回ったのち、ピタッと回転が止まった。

左側で鉄球を持ち上げるエネルギーが、右側で落下しようとするエネルギーと釣り合うためにすぐに止まるのである。簡単な物理学だ。もしこんな仕掛けで回るなら、ハムス

ターが滑車を回すが如き仕込みがどこかにあるというものである。ベアリングがモーター
になっていたりとかだな。あれって電気流すとモーターになるし。
「御覧の通りです」
「……つまり、失敗作ということかい？」
「はい。しかしこれは、分かっていたことだと思いますが？」
俺が逆に尋ねると、ラギルが「むっ」と眉間にしわを寄せた。
「どういうことかね、説明したまえ」
「このような簡単な工作、金貨1枚もあれば作らせることができるでしょう。確かめない
理由がない。これは推測ですが、寄付を頂いた聖女方が今までこのような模型を見たこと
がないのは、実際に動かないものを見せて気落ちさせないためだったのではないか。そう
いった心遣いだったのではないかと思います」
スポンサーを気落ちさせちゃったら、お金貰えないからね。
「なるほどねぇ……ま、これを動くようにするのがサンタクの研究だったってわけだ」
「動けば、本当に素晴らしいですよね」
「いやはや、拙僧も驚きましたぞ。ここはひとつ、ナリキン殿に研究費用を出してもいい
かもしれませんな」
あれっ？　バラクドって教皇派だよね？　なんで騙されてんの？

「ふん、しかし動かないのであればパパラの大剣。サンタクの研究は無駄だった、ということじゃな」

「ラギル、そういうんじゃないよ。けどこうして坊やがサンタクの弟子だったと証明されただろう？　私ゃ、第二の試練も合格でいいと思うね」

「……ら、ラギル様、拙僧はどうしたら？」

「…………」

眉間を指で揉みほぐしながら沈黙するラギル。

しぶといな、まだ認めないか。……ま、そりゃそうだ。なにせ教皇派はサンタクが詐欺師で実際の研究はしていないことを知っている。ではそこの前提から覆してやるとしようじゃないか。

「ま、完全に無駄ということもありません。これもある条件下では動きますしな」

「な、なんだと!?」

そう。サンタクが詐欺師と思っているなら、実際に研究していた――つまり、教皇派の持つ資料にないレベルにまで研究を進めていたとしてしまえばいいのだ。

永久機関が詐欺だと知っていたならば、ここから先はお前らの持つ資料にないことが確定している話。

「実はこちらの模型、ダンジョン内では動くのです」

……本来、こんな永久機関の模型は動かない。動くとすれば、ハムスターが滑車を回すが如き仕込みがどこかにある。もちろん、そのハムスターの正体とは【クリエイトゴーレム】で作ったゴーレム。ダンジョン内ではマナが供給され動き続けることができる。これを利用し、ダンジョンの中では適度に回るように設定した。

……ゴーレムが動くのは自分のダンジョンだけじゃないのかって？　いや、そもそもゴーレムって俺が魔法で作ったものであって、ダンジョンとは直接関係ない。それなのに動くのは、ゴーレムが周囲のマナを勝手に収集し動く存在だからだ。

実はこのように周囲のエネルギーを自動で収集し動力に変えるものは、第二種永久機関と呼ばれている。つまり、ゴーレムはマジもんの永久機関だったのだ！　ファミレスでコンセントを借りれば私のケータイも永久機関、というようなトンデモ話だけど。盗電ならぬ盗マナですね。

っと、話が脱線したな。幸い、こいつが動くというあまりに衝撃的な情報に、一同固まっていたようなのでもう一度言わせてもらおう。

「こちらの模型、ダンジョン内では動くのです」

「そ、それは本当かい坊や!? とんでもないことだよ!?」

「動くのですか？ 動くのですか!? 見たいですナリキン様！」

「な、ま、まさか、そんな!? ラギル様、これは……」

「騒ぐでないわ!! じ、実際に動くところを見なければ、信じられんぞ」

ふむ。ま、そりゃそうだよな。見たいよな。

俺は模型を持ち上げて尋ねると、聖女は張り切ってそう答えた。

「はいっ！ 今行きましょうすぐ行きましょう、さぁさ皆様お立ちになって！」

「聖女様。ここから一番近いダンジョンへ、皆様を案内していただけますか？」

「拙僧も楽しみになってきましたぞ。ここから一番近いダンジョンとなりますと……馬車で1週間ほどの所にある『マジマンジの馬迷宮』でしたかな？」

「……いや、お待ち。確か教会の下にあるだろうよ、人工ダンジョンが」

「マグニ殿！ それは中級神官の耳に入れて良い話ではない！ 上級神官の中でも限られた者しか知らぬことじゃ！」

怒鳴って止めようとするラギルに、マグニは首を振る。

「構うこたぁないよ。ここまで来たらもう上級神官みたいなもんだし、そもそも坊やは特務神官だって聞いたよ？ なぁアルカ」

「はい。私が任命し、お教えしました。なのでもうナリキン様は御存じですよ」

「……拙僧、初めて知りましたぞ」

つまり、ここにいる面子で教会の地下に人工ダンジョンがあることを知らなかったのはバラクドだけだったらしい。

かくして、俺達は教会地下にある人工ダンジョンへとやってきた。とはいえ、人工ダンジョン生産工場まで案内する必要はなく、地下通路でも十分人工ダンジョンの範囲なのである。

「この扉、一体何かとは思っておりましたが……はぁー、綺麗な地下通路ですなぁ」

「いざって時の逃げ道だ。日頃から使おうってんじゃないよ？……さ、坊や。ここの階段手前からがダンジョンの範囲だ。模型を貸してみな」

「はい、どうぞマグニ審査官殿」

俺が模型を渡すと、マグニはまず範囲外で動かないことを再確認する。中々に用心深いなこの老女。

そして、いよいよ人工ダンジョンに模型を突っ込むと——永久機関の本体、12角形の箱がカタン、カタンと音を立てて回りだした。連結した臼もゆっくりと回っている。

「成功ですね。人工ダンジョンでも動く……これは新しい発見だな」

俺がそう言うと、バラクドが拍手した。

「素晴らしい！　素晴らしいですぞナリキン殿！　拙僧、感動いたした！」

「ナリキン様……ああ、私、胸が痛く苦しいほどに高鳴っています！　これほどの感動は以前ナリキン様に助けていただいて以来でしょうか！」

聖女様、それ多分別人(ケーマ)です。

「な、何か仕掛けがあるのだろう？」

「ありますよラギル審査官殿。というか、先程原理を説明したではありませんか」

「では、なぜダンジョンでのみ動くというのだ!?」

「それは更なる研究を重ねて解明していくところです」

こう言ってしまえば、これ以上の追撃はできない。だってこの試練は、サンタクの研究を引き継いでいることを証明しろというものであり、研究中の未知の現象をこの場で解明してみせろというものではないのだから。

「坊や、こいつの名前は？　永久機関、とはちぃと違うんだろう。別の呼び名が必要じゃないかい？」

「……ふむ、そうですな。……水で動くのが水力機関、風で動くのは風力機関。ではダンジョンで動くこいつは、さしずめダンジョン力機関でしょうか？」

「まぁそうなるかねぇ」

「待ってくだされ、それだと自然の恵みとダンジョンが同等ということになってしまいますぞ。ここはナリキン殿の名前を取ってナリキン機関でどうですかな！」

「えっ」

「おや、バラクド。中々いい名前じゃないかい。んじゃ、ナリキン機関でいこう。ダンジョンの力を奪って動く、ってことにしとけば光神様もお喜びになるさ」

お断りしようとする前に、マグニが承認してしまった。え、決定？

「拙僧、歴史に残る大発明の名付け親として名を刻ませてもらいましたぞ！　いやーめでたいめでたい」

バラクドさん？　さっきからラギル上級神官が凄い目で見てるよ？　いいの？

「あの、と言われましても、まだ研究中ですし。原理も説明できないので……」

「坊や、この模型、私にも一つ作ってくれないかね？　臼はなくてもいいし、フタが開かなくてもいい。そんでできるだけ小さくして欲しいんだけど。コイツになら金貨100枚寄付してもいいよ」

「おお、拙僧も欲しいですぞ！　名付け親の記念に！……金貨5枚くらいでなんとか」

「あの、ナリキン様。私も欲しいです……！　寄付ならいくらでもしますから！」

3人がそう言って強請ってくる。まぁ、大量生産はできなくとも、数個を個人的に融通くらいはできないと研究成果としてはおかしいか。

「今回は特別ですからね？……あ、ラギル審査官殿もいります？」

「……貰おう。金貨30枚で良いか？」

貰うんかい。ちょっと予想外だったよ。

ともあれ、こうして第二の試練も満場一致で合格することができた。さーて、あとは最後の『奇跡を見せよ』だ。なんにしようかなぁ。……って、その前にダンジョン力機関改めナリキン機関の模型を4個作らないとね。はぁ。

＊　＊　＊

さて、そんなわけで手のひらサイズの、ダンジョン内でだけくるくる回る小型ナリキン機関を作成。教会に持って行って受付に渡して配達してもらい、代金引換で金貨計155枚を手に入れた。上級神官の試練代の元が取れちゃったね。

一度解体したら動かなくなるようにしておいたので解析される心配もない。解析されるとも思えないけれど。

そんなわけで、いよいよ最後の試練の日。

教皇が立ち会い、『奇跡を見せよ』という試練だ。さーて、どんな手品、もとい奇跡を見せてやるかと色々悩んだが、最終的にサンタクの弟子らしく『読心』にしとくかと落ち着いた。無難だろう。魔法でアドリブすることも考えて、今回も俺がナリキンに『憑依（ひょうい）』しての参戦だ。

「今日は私も同行するわよ！　アナタ！」

と、ロクファ（ロクコ）も気合十分である。最後の試練については、審査官や当人に招待されたものであれば立ち会いができるらしい。より多くの目で本当に『奇跡』かどうか確かめてやる、はたまた、派閥で固めてなぁなぁで済ませる……どっちにでも使えそうな制度だな。

折角だしトイも鳥籠をもってついてくることになった。

教会に着くと、受付で「ナリキン様ですね。こちらへどうぞ」と案内される。

案内された先は、中央に丸く小さなステージがあり、それを取り囲む形で席が用意されていた。正面に2段の高い席がある。手前が審査官で、奥のひときわ高い場所が教皇用の席だろうか。特別感があるね。

「こちらでお待ちください。すぐに皆さま参りますので」

「分かりました」

「私達はそこらへんで見てればいいのね？」

ロクコ達は、俺を取り囲む席の一番前の列、俺の真後ろに座った。

しばらく待っていると、ぽつりぽつりと人が入ってくる。神官服を着ているが、見たことのない顔だらけ。もっとも、知らない神官の方が多いわけだが。

おっと、聖女が入ってきた。

「これは聖女様。おかげさまで最後の試練までやってこれましたよ」

「ナリキン様。先日はとても素晴らしいものをありがとうございました。……それにしても、まさかここを会場とするなんて。相当人が入る予定なのですね」

招待するにあたってあらかじめ人数を申請しておくため、会場はその数によって変動するらしい。

「やはり、教皇派が？」

「私も改革派の方を招待しておきました。マグニ様は、穏健派にも招待状を出したようですね。光神教三大派閥が揃（そろ）うことになりますね……」

そう言って、聖女は俺の真横の席に座った。

……そんな中でサンタクリスペクトのしょぼい札当てマジックを披露するのか？　今からでも演目を変えた方がいいんじゃないか、とか思えてきた。

そうして、時間になると3人の審査官がやってきた。正面手前側の席に座るマグニ、ラギル、バラクド。

「これより、ナリキン中級神官の最後の試練を執り行う。……教皇様入場」

マグニがそう宣言し、俺はステージに跪（ひざまず）く。ヴェールをつけた教皇が入ってきて、正面奥側の一番高い席に着いた。引き続き、マグニが司会進行をする。

「本日は光神様の覚え目出度き晴れの日に、お越しくださりありがとうございます。此度の上級神官候補、ナリキンへの試練。第一、第二を見事こなし、最後の試練と相成りました。……それでは、ナリキン中級神官。最後の試練を申し付ける——」

「——異議あり」

しんと静まり返った会場に、その一声が通った。

ラギル、ではない。ましてやバラクドでもない。

「教皇様。何を」

「聞こえなかったか、マグニよ。……異議あり、と言ったのだ」

俺に対し、異議を唱えたのは教皇であった。会場がざわめく中、教皇は【収納】から木槌を取り出し——カンカン！　と机を叩いた。再び静まる会場。

「これより、ナリキンの異端審問を開始する」

おおっと。どういうことかなこれは。突然の教皇の宣言により、マジックショーの会場が異端審問の宗教裁判所に早変わりだ。……いや待て、そもそもこの会場が裁判所に見えてきたぞ？　まさか最初からそのつもりだったのか？

「幸い、今日この場には各地から招待された多数の上級神官らが揃っており、裁判の要項を満たしている。都合が良いことだ」

「教皇様？　俺が異端者とはどういうことですかな？」

「ただの裁判よ。自身が潔白と思うなら何ら問題のないことだ……手枷をかけよ！」

教皇の呼びかけで布鎧を着た兵士が入ってきた。……抵抗しても無駄そうだ。俺は粛々従い、金属製の手枷をつけさせた。

「教皇様、お待ちください！　ナリキン様が、異端者であると!?」

聖女アルカが立ち上がり、教皇に問いかける。

「その通りだ聖女アルカよ。この者は、悪魔と取引をしている疑惑がある」

「悪魔と!?」

うむ、と重々しくうなずく教皇。悪魔って。うちの村にはサキュバスはいるけど悪魔なんていないぞ——と思ったところで、ひとつ気が付いてしまった。

光神教でいう悪魔って、つまりは闇神の使徒、ダンジョンコアのことじゃんと。

あとそういえば５６４番コアとか言い逃れようのない悪魔だったわ。……やっべ。これは言い逃れできないかもしれない。ごめんよナリキン、もしこれで死ぬことになったら後で復活させてやるから勘弁な。

『ちょっと、どうすんのよ!?』

おおっと、脳内に直接声が……ロクファか。

『下手に騒ぐな。なんとか言い逃れてみるが、最悪処刑されるだけだ』

『処刑!? 大変じゃないの!』

『別にＤＰで復活できる。なんならロクコは戻っててもいいぞ?』

『あ、そうか。ロクファもナリキンもウチのモンスターだもんね』

けろっと軽くなる声（念話）。元が30万Pなので蜘蛛を復活させるのとは桁違いのＤＰがかかるが、ハクさんに経費として請求もできるだろう。ダイードの件で貰った報酬もあるし、慌てるような状況ではない。


「まず第一の試練。報告を見せてもらった。――たった1日で、たいそう立派な石橋を建てたそうではないか。のうアルカや?」

「ええ、私も驚きました。それがなにか?」

聖女の発言を受け、教皇が頷く。

「そこでだな、余も気になり使い魔を飛ばし実物を見せてもらった。見事だったよ。あれほどの橋を一晩で架けるなどこの場にいる上級神官のだれひとりとして、できないだろう……ナリキンよ。貴様は、悪魔と取引を行い、橋を召喚したのではないか?」

そう言って、教皇がヴェール越しに俺を見る。

「異議あり! あれは」

「今は発言は結構。あとでまとめて聞こう」

そう言って教皇は俺の発言を遮る。

「続く、第二の試練。ラギルも知らない知識を披露したらしいではないか。サンタクの弟子とは言っていたが……こう言っては何だが、貴様はサンタクよりも遥かに優秀だ。ああ、こちらもやはり、優秀すぎた。……どこで知識を得た？　それにナリキン機関だったか。悪魔の領域で動くとは、悪魔におもねって授けてもらった仕掛けか？」

「異議あり！　それは」

「これも後で聞く。せいぜい言い訳を考えておけ」

教皇は、再び俺の発言を遮る。

「……この者はあまりにも優秀だ。優秀すぎた。人として、その範疇を超えてな……不思議に思わないかね？　どうしてこれほど優秀な者が、これまで無名だったのか」

「それはナリキン様は旅神官で、帝国へと赴いていたからでしょう？」

聖女アルカが声を上げる。

「まず、その経歴が偽物なのだよアルカ。ナリキンという旅神官の記録は、過去十数年遡っても一切ない。……さて、こうなってくるとサンタクが死んだのも、貴様が関わっているのではないか？　なにせ貴様がこの聖地クロマクにやってきた直後だ。サンタクから身分を買った後、邪魔になったから処分した——といったところではないか？」

「異議あり！　俺は」

「黙れ、悪魔に味方する者よ。貴様に発言は許していない」

　なんかこのまま発言させてもらえないまま終わりそうな気がしてきた。

「お待ちくださいい教皇様！　それはあまりにも酷い言い方です！　直弟子と寄親という仲なのですよ!?」

「アルカよ。であるから直弟子という身分が買ったもの。嘘なのだ」

「しかし……第二の試練で、皆さまもナリキン様がサンタク様の弟子であると、そう確認されたでしょう!?」

　アルカがそう言って、高席に座る審査官３人を見る。

「……ま、坊やが実際に優秀なのは確認したね。私ゃこれだけ優秀なら本当に弟子である必要はない、と思ったが……それが悪魔の力ってんじゃ話は変わってくるかねぇ」

「ワシは、未だ疑っておった。派閥こそ違えど、ワシはサンタクのことはライバルだと思っており、親しかった。しかしサンタクからナリキンという名前は一度も聞いたことがない。……試練としては研究内容を答えよというものであるため、合格と認めざるを得なかった。教皇様の言うことが真実であるならば、全て納得である」

「せ、拙僧は……ラギル様に同じで」

　各々そう答える。

「も、もし嘘でなかったら――皆、ナリキン様に謝っていただきますからね!?」

高席の面々にそう告げる聖女アルカ。これについては実際に嘘なのでこちらがごめんなさいすることになりそうかな？

「さて。……それでは、貴様の言い分を聞こう。だがその前に」

教皇の合図で、赤い宝石を掲げた魔道具が運び込まれてきた。

「これは『赤の眼』という魔道具。貴様が嘘を述べたら赤く光り、一目で分かるというものである」

嘘発見器ということか。前にこれと似た魔道具を見たことがあるな。……ん？　アレと同じようなものとなると、これ不正し放題じゃないかな？　というか、真実を言っているにも拘らず赤く光らせられたらいくらでも教皇のやりたい放題だ。宗教裁判どころか一方的な魔女裁判になりかねないぞ。

「初めて見ました。……一度試してみてもよろしいですかな？」

「試すだと？……よかろう、何か言ってみよ」

教皇の許可を得て、『赤の眼』に話しかける。

「俺はナリキン。実は娘がおり、その娘の好きな食べ物は靴下だ」

『赤い眼』は光らない。へぇ、ナリキンでも娘でも靴下でも反応しないか。

「……あの、ナリキン様？　娘がいるのは良いとして、好きな食べ物が靴下ですか？　この『赤の眼』壊れているのでは。交換しなければ」

「坊やの娘が本当に靴下を食べるのでなければ、そうだね。どっちなんだい？」

「はい、俺の娘は靴下を食べません」

と、ここで赤く光った。やるじゃん『赤の眼』。

「……訂正します、娘は何でも口に入れてしまうのです」

そう言うと、光は消えた。

「あ、そういうことでしたか」

それなら好きな食べ物が靴下で反応しなかったのも納得だ、と聖女が頷く。……今の質問で、とりあえず俺のこと、ナリキンのことを混ぜてもいいことが分かった。

「さて、確認は終わったかね？」

「いえ。まだこの魔道具が嘘をついたときに光らなかったり、真実に光ったりする可能性があります。……とはいえ、そこを疑うとキリがありません。手っ取り早く、裁判の間だけ奴隷の首輪をつけていただくことはできますか？　そして、皆の前で嘘をつくなと命令していただきたい。……無論、俺の無実が証明された暁には手枷と共に外していただければ、と」

「……よかろう、許可する。首輪と契約術士を用意せよ」

まぁ、わざわざ自分から嘘をつかないと言うんだから、断る理由もないだろう。しかしこれで俺の発言を勝手に嘘と本当を決めつける反則ができなくなった。あっさり許可するあたり、本当に嘘と本当を見抜くためだけに用意したのかもしれない。

「……できれば、首輪は聖女様につけていただきたい」

「なっ!? ナリキン様を奴隷に!? 私が!?」

「ええ、他の方では勝手に首を絞めつけないとも言い切れない。聖女様ならそういったことはしないでしょう」

「いいだろう。許可する」

こうして急遽、奴隷の首輪が用意され、裁判の間のみ聖女の奴隷とする契約が結ばれ、聖女の手により俺の首へと取り付けられることになった。……というか、首輪をつけることはデメリットどころか、うっかり嘘の証言をして光らせることがないというメリットがあるんだよな。首輪の準備で時間を稼げたから、話す内容も纏まったし。

「ナリキン様……あ、あの、私の足にキスなさいますか?」

「……そこまでしなくとも、命令だけで十分でしょう」

ロクファが見てるし。

「そ、そうですわね! ナリキン様。裁判の間、嘘を言ってはいけませんよ」

こうして皆が見る前で命令がかけられ、いよいよ弁明が始まった。


折角だし、こちらから少し攻撃してみよう。

「まず、最初にこれを言わねばならない。サンタク殿の死についてだ。……俺は犯人ではない。折角なので言わせてもらうが、ラギル殿が暗殺者に命じたことだ」

「なにを言っておる。証拠でもあるのか？」

余裕の表情でこちらを見るラギル上級神官。光らない『赤の眼』。ざわつく裁判場。

……光らないか、教皇派のスキャンダルだし、光らせるならここは光るかとも思ったが、あるいは、首輪の牽制が効いてるのか。……いや、そもそも何の対策もなく手紙なんて送らないか。そうなると手紙こそ俺の手元にあるが、証拠になるとは言い難い。

「先日ラギル殿から手紙をいただいた。運び人はサンタク殿を殺した暗殺者。内容は、ラギル殿に従わなければサンタク殿と同じように殺す、といった脅しだったな。俺が嘘をついていないのは、首輪と、『赤の眼』が光らないことで証明されているだろう」

「デタラメだ。ワシがそのような手紙を出したという証拠はない。その手紙が偽物であるか、配達した者が嘘をついているのだろう」

否定するラギル。それこそ嘘だろうに、しかしこの『赤の眼』は俺だけを対象としているらしくラギルの言葉には光らない。

「どうなっている？　ラギル様が？　まさか」

「しかし赤の眼は光っていないということは……」

「ラギルならやりかねん……」

そう会場内がざわついたところで、教皇がカツン！　と木槌で机を叩いた。

「……ラギルの言い分はもっともだし、ナリキンの発言も嘘ではないようだ。ここは議論しても仕方ないようだな……では、この件は置いておく。試練について弁明せよ」

教皇がそう纏める。ちっ、流されたか。

仕方がないので、試練について話す。

「まず第一の試練だが、悪魔と取引などしていない。あれは俺が魔法で建てた橋だ。そういう魔法が得意で、『建築魔法のナリキン』という呼び名もある」

これについては何も考える必要なくただの事実である。当然嘘は一切ない。

「第二の試練。これはサンタク殿の話と昔見た資料を基礎として俺が試行錯誤した結果だな。……そもそも弟子が師匠を超えることはよくある話ではないか？　何の不思議もないと思う。当然、ナリキン機関については俺がこの手で作ったものだ」

サンタクの研究についての情報と、昔日本で見た永久機関の資料から。何の嘘もなし。

ついでに弟子云々についてもまとめて解説だ。

「そして、俺は生まれてすぐ光神教に入った。サンタク殿の直弟子になったのはその時だ。つい最近まで帝国にいたから、こちらで記録がないのはサンタク殿が何かしていたのだろう。今思えば、サンタク殿は、何か企んでいたんじゃないかと思うが、サンタク殿が何を考えていたかは分からない」

ここだけはちょっと注意が必要だ。ナリキンが生後1年も経っていないのは事実だし、サンタクの弟子として登録されていたのも事実。だから首輪も『赤の眼』も反応しない。
……ここは光らせてくるかも、と思ったんだけど、案外本当に『赤の眼』は嘘判別機能しかないのか？

「これで俺に掛かっていた容疑を全て真実で反論したが、俺の無実は証明できただろうか？」

ふむ、と教皇がヴェールの下で顎に手を置く。

「……少しは、口が回るようだ」

「何？」

教皇が、鏡を取り出した。

「いやなに。少し考えたのだが、貴様が人あらざる者であれば。先程の生まれてすぐとか、特異な魔法が使えるとか、聖女や審査官を騙した術が使えるかもしれんと思ってな。人でないなら首輪や『赤の眼』が反応しないように言い逃れることができるかもしれない」

そして、鏡を俺に向ける。……うん、ナリキンの顔が映ってる。

「これは光神様により齎された神具、『真実の鏡』。この鏡の光に照らされたものは、真実の姿に戻る。貴様が人間かどうか。これを使えば一目瞭然だ」

なにそれ!?　呪われて犬にされた王女でも元に戻してろよ！　そして割れろ！　と、文句を言う前に鏡が光った。回避する隙もなく、俺はその光を浴びる。

「(カタカタッ！……ッカタッ！)」

弁明をしようとする口がカタカタと鳴るのみ。【人化】が強制的に解かれ、俺はリビングアーマーの姿になってしまった。

「見たことか、貴様は人外のモンスターであったわ！　見たか皆の者！」

……これは終わったな。そう思って諦めかけたその時だった。


「天使、様……？」


俺の後ろからその言葉が聞こえてきた。

思わず振り向くと、そこには丁度俺の真後ろに座っているロクファ(ロクコ)が。そして俺と同じく、【人化】が解けて……天使の羽と輪が浮かび上がっていた。

「奥様。人化が解けています」

尚(なお)、トイはさりげなくフードを被(かぶ)って耳を隠していた。

「……あら？……しまえないんだけど。どうなってるのかしら」

「あの鏡がこちらを向いて光っているからでしょう」

「……ということは、あらあら。ナリキンも【人化】解けてるわね。喋(しゃべ)れなくない？」

「御覧の通りです、奥様」

なんか余裕の表情で座っているロクファ(ロクコ)。

隣や後ろに座っていた人は、天使であるロクファを見て思わず平伏す。

「……天使様!?　どうしてこのような場所に、天使様が!?」

「も、もしやこの異端者を罰するために!?」

「そうだ、そうに違いない！　天使様!!」

そんな声が広がり、天使であるロクファに俺を倒せ、罰せ、という声が飛ぶ。

「静まれ、静まれ!!」

教皇がカンカンと木槌を鳴らすが、天使を見た神官達の興奮は抑えられない。

「……ろ、ロクファ様は、て、天使!?　ナリキン様がモンスターで、ええ、ええ!?」

「坊やがモンスターだってのは驚いたが、あの嬢ちゃんは坊やの……妻ってぇ話じゃなかったか？」

「せ、拙僧、天使様を初めてこの目で拝みましたぞ……！　はっ、こんな高い席で見下ろすなどとんでもないことを!?」

「天使、様……じゃと……？　おお……」

聖女や審査官3名も大混乱である。どうしようこれ。どうしたらいい？　俺は顔のない頭でカシャンと肩をすくめてロクファを見る。

「あら？　これってもしかして私が何かしないと収まらない感じ？」

「そのようですね奥様。いかがなさいますか？」

「ふふん、ならば私に任せなさい！」

すっとロクファが立ち上がる。それだけで神官達は「おぉお」と声を上げた。

『……えっと、何をする気だ？』

『いいから私に任せて！』

ロクファは少し浮いたまま俺の隣に立つ。そして——俺の首に手を回し、抱きしめた。

「これは私の夫なの。とっても素敵でしょ？　聖女にはあげないわよ、いいわね!?」

聖女アルカを指さしてまさかの「あげない」宣言である。

「……あ、えと……は、はい、ロクファ様？」

「はいって言ったわね、聞いたわよ！　天使に嘘ついたら神様に告げ口するからね!?」

「は、はい！　光神様に誓って！」

その発言を聞いて、ロクファは満足げにむふーっと鼻息を吐いた。

『おい？』

『まー、任せなさいって』

そう言って、俺の頭をカパッと外し、首輪をすぽっと抜きさった。えぇー、契約……

「首輪抜けの奇跡、なんてね？　返すわ聖女。……さて、教皇。その鏡、少し貸してくださるかしら？」

「……何故か、天使様？」

「あら、理由が必要かしら。貸せって言ってるのよ、天使の私が。人なのに逆らうの？　それとも、天使のお願いを聞けない理由があるのかしら」

「……この鏡は、光神様から授けられた神器ですので」

「それって天使のお願いを聞かない理由になる？……勝手に私の正体をバラシて？　色々穏便にしようとしていた私の気遣いを無駄にした理由になる？」

天使ロクファ(ロクコ)様はずんずんと教皇に圧力をかけていく。

「ぐ、いや、しかしっ」

「しかし何よ。強情ね、よこしなさいって言ってるのよ！　邪魔なのよその鏡！」

強引に鏡を奪い取ろうとするロクファ(ロクコ)の手が、鏡をかすめた。その瞬間、くるりと鏡は向きを変え、教皇を照らした。


「ッ!!」

「あっ」

ヴェール越しに、骨が見えた。いや、それどころか教皇の手が骨になった。比喩ではなく、白骨が動いていた。

「ちょっと教皇、あんた、人のことモンスターだのなんだの言っといて、何よその姿！」

「ち、違う！　こ、これはダンジョンを倒すための秘術を行った結果だ！」

鏡を手放し、ヴェールを深く被ろうとする教皇。しかし、その手が骨なのだ。頭隠して手がモロバレ。

「あ、アンデッド!?　教皇様が!?」

「どういう、どうなっている!?　なんだこれは、何が起きている！」

「偽物に違いない、本物の教皇様はどこだ!?」

先程以上に騒然となる会場。鏡を奪って教皇を照らし続けるロクファ（ロクコ）。武器を取り出すべきか否か迷う聖女達。

「どうやら異端者はアナタの方だったようね。教皇！　今があなたの確定申告よッ！」

と教皇に人差し指を突き付けるロクファ（ロクコ）。……セリフの方は多分『年貢の納め時』が翻訳機能さんでバグったかな。

「ッ、判決を下す！　ナリキン中級神官は異端者である！　承認する者は挙手せよ！」

教皇は焦ったようにそう言い、カツーン！　とひときわ強い木槌の音を立てた。当然、この流れで挙手する者がいるわけが――

「……異議なし」

「……承認する」

「……同じく」

「……かの者は異端者である」

――なかったはずが、神官達が。ロクファ（ロクコ）とトイを除く全員が虚（うつ）ろな瞳で挙手した。聖

女やマグニ上級神官までもが。

「ちょ、どうしたのよ!?」

「え……？　あ、あら？　私、一体何を？」

「おや？　どうかしたのかい？」

「ん、何かありましたかな？」

「……む？」

ロクファ(ロクコ)が声をかけると、即座に意識を取り戻したようだ。そして、骨姿の教皇に改めてビックリしている神官もいる。

「旦那様、奥様。今、支配系スキルの発動を感じました」

支配系？　俺が言うのもなんだけど、穏やかじゃないな……というか、そんなのが使えるならなぜこんな茶番をした？　そもそも、強引に判決だけを出して何になる？　くく、気にするな、数刻後には貴様らのいた証拠など記憶を含めて欠片(かけら)も残らん」

「我が支配に反応しなかったということは、やはり異端者ということだ。

ということは、記憶ごと消し去る何かをするということか。異端者認定の判決が、そのためにどうしても必要な条件だったと考えるに――

「判決有罪。10人以上過半数の上級神官承認により、【神罰(パニシュメント)】を要請する。お越しください光神様、この地に入り込んだ汚らわしき異端者に、神罰を落としたまえ!!」

『ロクコ、戻れ！　恐らく儀式魔法だ、ヤバいの来るぞ！』

『えっ』

しかし、俺達が『憑依(ひょうい)』を解くよりも早く、天井に光のゲートが開いた。

ゲートが開くと、俺と教皇以外が跪(ひざまず)いた。聖女アルカも震えて口を閉ざしているし、天使であるロクファ(ロクコ)やトイ達まで。

「神からは、何人(なんぴと)たりとも逃れることはできない。観念せよ異端者、これより光神が貴様を罰しに来る」

教皇の言う通り、『憑依』の解除ができない。くそ、ロックされたか？っと、人化はできるようになっている。しておこう。

「どういうことだ、教皇」

未(いま)だ骨姿の教皇に、俺は尋ねる。

「フ、貴様が人外であることなど、最初から分かっていた。経歴から察するに、さしずめまた帝国の犬だろう？　上手(うま)く潜り込んだものよ」

……大当たりだよ。って、まただって？

「審問で貴様が罪を認めれば、支配までは使う必要はなかったのだがな。認めてやろう、貴様はとても優秀だ。一体何を掴(つか)み、あの白い雌豚に吹き込んだのか見当もつかない。故に、【神罰】で貴様の存在をなかったことにするのだよ」

なかったことにする。つまり、俺の報告や記録、そういった諸々もまとめて削除できる都合の良い技。それが、【神罰】らしい。

なにそれヤバい。……というかもしかして、今までハクさんがいくら送り込んでも聖王国の深い情報を得られなかったのって、その【神罰】で消されてきたからか？　消された側はその記録や記憶が残らない。対策を立てようにも消された認識すらなく、故に何度でも同じ手に引っかかってしまう。神の手による完璧な秘密保持というわけだ。

「ついでに俺の記録を世界から抹消すれば、異端審問もなかったことになる。その木槌で支配した事実も、その姿を見られた事実も諸々まとめて消える、ということか」

「はは、随分と頭が回るようだ。その通り。もっとも、【神罰】を発動した余にだけはその記憶が残るのだがね。次は気を付けるとも」

随分と饒舌に話すじゃないか、教皇。それほど俺の消滅を確信しているということか。

……まぁ、さすがに光神に殺されたりしたら俺もヤバい。なにせお父様と同格の神様で勇者の元締め。俺を完璧に殺しきることくらい容易そうだ。せめて1回で済んで『憑依』が解けるだけになりますように。……その場合ナリキン復活できるかなぁ？

そうこうしていると、光のゲートから全身が光り輝く男がやってきた。装飾品やオーラなどという生易しい話ではなく、物理的に光っている。サングラスが欲しくなるな……

『今日はその姿なのか、教皇。というか度々呼び出される身にもなって欲しいのだけど』

脳内に直接響く光神の不満げな声。

「申し訳ありませぬ光神様」

『まったく、そんなだからここ暫く(しばら)バランスをとるため聖王国に勇者を召喚させられないんだって分かってる？　かれこれ百年を超えてるだろうに。もっと上手くやれと言っているじゃないか……で、今回の神罰は誰に何をすればいいんだい？』

「はっ、不敬にもそこに立つ男、ナリキンを罰していただきたく。我々の持つ彼の記憶を引き換えに、存在の抹消を」

『まったく仕方ないな……それじゃあ神罰を——おや？』

と、ここで光神が俺を見る。

『おや、君。久しぶりじゃないか。そんな身体(からだ)になってたから一瞬分からなかったよ。はは、あんなこと言ってたのに随分頑張っているようだね？』

「……お、おう、久しぶり。俺のこと覚えてたのか」

急にフレンドリーに話しかけられ、俺は思わず聞き返す。

『当たり前だろう！　君みたいな奴(やつ)忘れるもんか。どうだい、木や石にもなれる素敵な力だ、なるべく要望に近いものを見繕ったんだが気に入ってもらえたかな？』

　そういえば、そんな話もしていた気がする。

『それにサービスで最初は滅ぼしやすいダンジョンの近くに行ったはずだし、すぐに覚醒できただろう？　君達の世界でいうチュートリアルというやつだ』

「あー、うん、お陰様で、色々助かってる」

　近くどころかそのダンジョンに召喚されたんだが……俺がロクコに召喚されたのは、お前の仕業もあったのか。

『その調子でもっともっと精進してくれたまえ』

　多分ニコッと笑ったであろう光神。光が強くなってますます表情は見えないわけだが。

『さーて、それじゃあさっさと用事を済ませて……って、あれ？　今回の神罰、君だって？　ちょっと待ってくれ、なんで君が神罰をされるなんてことになるんだい？　オシャレな腕輪かと思ったけどよく見たら手枷じゃないか』

　こんな腕輪があってたまるかよ。

「光神様！　そやつは異端者、モンスターです！　早く【神罰】を！」

『何を言ってるんだ教皇。彼が異端者なわけないだろ？　今回は対象者なしだね』

　バキャッと俺の手枷を外しつつ言う光神。わぁ、無罪放免。やったね。

「な、こ、困ります光神様！　契約違反だ！」

『……自分は別人を名乗って僕を酷使するくせに契約は守らせようというのか。まぁ君のおかげで顕現できる機会が増えたことには感謝するけど、教皇特典の1代に一度のお願いを使いすぎだよ君は』

やれやれ、と肩をすくめる光神。

『でも駄目だよ。これは君と――ああ、失礼。7代前の教皇との契約を鑑みても、特記事項にあることだ。なんら契約には違反しない』

「特記事項……――ッ!?」

思い当たる節があるのか、たじろぐ教皇。

『そもそも判決を偽装して僕を騙せると思ってたの？　次やったら問答無用で消すよ？』

「も、申し訳ありません！」

『ペナルティを与える。……しばらくその姿で過ごしたまえ、隠すなよ？』

パチン、と光神が指を鳴らすと、教皇のヴェールが弾け飛び、骸骨の顔が露になった。

骨の手で顔を覆いそうになっていたが、光神の言葉で踏みとどまる。

『それと、教皇を続けたければ改めて信任を問うことだ。いいね？』

「ッ……わ、分かりました」

『そろそろ限界時間だ。楽しい時間はすぐ過ぎるよホント……じゃあ、またね』

そう言って、光神は俺に小さく手を振って光のゲートを潜り、帰っていった。

……

光のゲートが閉じても、会場は静まり返っていた。

「さて。俺は無罪だな」

「馬鹿な……あり、えん……！」

教皇の誤算はいくつもあった。

まず、俺のことをダンジョン関係者だと認識したこと。これは自体間違いではないが、これにより俺が試練をダンジョンの力で突破したと思い込んでしまった。確かに言われてみれば建物や設備をＤＰ(ダンジョンポイント)を使って出すことは不可能ではないのだが、ついつい自力でやってしまったのだ。日頃のクセで。

次に、ロクファ(ロクコ)の正体が天使であったこと。俺の正体を現すところまでは良かったのだ、なにせ確かにダンジョンモンスターの身体だったのだから。しかし、よもやその後ろに光神教で優遇されている天使が控えていて引っ掻(か)き回されることになろうとは思わなかっただろう。……いや、俺もこんなクリティカルな場面で正体がバレるとは思っていなかったけど。

そしてなにより、俺が勇者であったことだ。光神と面識があり、【神罰】を免れた。これが一番の誤算だろう、まさかリビングアーマーの中身が勇者とは思うまい。光神が見逃してくれたのは俺の勇者スキルが【超変身】というのもあったかもしれん。リビングアーマーになってかつ【人化】しててもなんの不思議もないもん。……うん、逃げ遅れて助かった。むしろ逃げて戻っていたら、ナリキンの存在を抹消されていただろう。
……【神罰】でなかったことになると思って開き直ったアレコレが、なかったことにならずにそのまま残ってしまった。いやぁ、やっちまったね！　これ、信任取れる？

「さて、この中に教皇が引き続き教皇で居続けるのを望むものはいるかしら？」

ニヤニヤと笑いながら一同に尋ねる天使ロクファ様。意地の悪い質問だ、明らかにアンデッドの教皇に並び、天使——しかも先程の光神の威光を浴びてか若干輝きを増している輪と翼付きだものな。

「こーんなアンデッドが教皇とか、見た目がよろしくないわよね！」

「これは秘術を行った結果だ。余のこの姿自体は、光神様も咎めなかったではないか」

「あら！　洗脳して異端審問の結果を覆したのは叱られたわよね？」

「それについても既に罰を受けて、禊としている！　問題はない！」

ロクファの質問にしぶとくも抗う教皇。確かに神が既に罰したことを神官が咎めるというわけにもいかない。

　しかし、教皇への不信を持つなとは言われていないのだ。会場の空気は、間違いなく教皇排斥へと傾いている。教皇も、その空気を感じ取ったのだろうかわなわなと震えている。

「教皇の続投に否を唱えるもの。立ちなさい」

ロクファがそう言うと、聖女アルカをはじめ、神官達が立ち上がり始める。

「貴様ら！　長年この国を支えてきた余と、そのポッと出の中級神官、どちらを信じるというのだ！　余がいなければこの国などとうの昔に帝国に飲まれ滅んでいたのだぞ！」

叫ぶ教皇。しかし、既に10人以上の上級神官が立ち上がっている。バラクドまでもが立ち上がっていた。

「なぜ逆らう！　余こそがこの国の象徴なのだ！　愚かな人間共を、導いてやったのだ!!　余に育てられた恩を忘れたか!?」

「見苦しいわよ、教皇」

ふふん、と得意げに足を組んで浮遊するロクファ（ロクコ）。

「……300年。300年かけてようやくここまで築き上げたのだ……準備は整い、まさにこれからというときに……貴様らさえ、いなければ……！　致し方ない……この手は使いたくなかったが……」

「何よ。まだ何かする気？　ブツブツ言ってないで観念しなさいよ」

教皇は素早く懐から小瓶を取り出した。その中には黒い水晶の欠片（かけら）――ダンジョンシードが。そして、

「我が眷属（けんぞく）よ、この地を支配せよ！――【ウェイク：アンデッドコア】！」

「なっ」

教皇の行動を止める間もなく、完全なる闇が会場を包み込んだ。

＊　＊　＊

次の瞬間、俺達──会場にいた神官達を含めて──は、紫がかった岩壁に囲まれた部屋の中央にいた。

「なにが起きたのよ、一体……？」

「……分からん、が、移動したのかな？」

少なくとも異端審問を行った会場ではなかった。奥へと道が続いているようではある。

「旦那様。御無事のようで何よりです」

トイ達も無事のようだ。……ちゃっかりまた耳と尻尾は消されているな。

「あいたたた……ったく、なんだってんだい？」

「こ、ここはどこ、拙僧ら、どうなっているのですかな？」

「……教皇様……」

マグニ、バラクド、ラギルの３名もいる。……おや、聖女アルカがいないな。

『聞こえるか、余に逆らう愚か者共よ』

教皇の声が響く。

『貴様らは、不要だ。全員殺すことにした。皆殺しだ』

その言葉に、顔を青くする神官達。部屋の入口からゴブリン——否、アンデッドゴブリンが入ってくる。粗末なナイフで武装していた。

『さぁ、助かりたければ、服従を誓うがいい』

教皇がそう言うとラギルがアンデッドゴブリンの前に出る。

「……教皇様！　ワシ、ラギルは、教皇様に服従を誓います！」

『おお、ラギルよ。信じておったぞ。貴様は我が腹心、きっとそう言ってくれると』

「で、では！」

次の瞬間、ラギルはアンデッドゴブリンに胸を刺された。

「きょ、教皇、様……？」

『ふははは、案ずるな。貴様は余の眷属として蘇らせてやる』

ラギルが倒れる。……そして、すぐに起き上がった。

「……おお、素晴らしい。素晴らしいお力です、これぞまさに【蘇生】の奇跡！　教皇にのみ許された、光神教の秘儀！」

そう言ってこちらに振り返り、どうだと自分の姿を見せつけるラギル。

「ラギルッ、あんた——」

「どうしたマグニ。……ああ」

ラギルの胸には、未だナイフが刺さっていた。それに気付いたラギルは、乱暴にそのナイフを抜き去る。一度だけ血がごぼっと溢れ、流れていく。

「大丈夫だ。痛いのは最初だけであった。さぁ、皆も早く教皇様に忠誠を誓うのだ！」

「ゾンビ……タチの悪い悪夢かい？　早く覚めて欲しいもんだが……現実のようだ」

そう言って、マグニは【収納】を開き、そこから身の丈を超える巨大な黒鉄鋼の斧を取り出した。

「元聖女候補だが、これくらいはできるさ――【エンチャント：セイクリッド】。光神様の加護を持ちて、葬ってやる」

「は？」

聖なる力を付与され白く光る斧を手に、老婆と思えない機敏な動きでラギルとアンデッドゴブリンをまとめて一刀両断にするマグニ。アンデッド2体は、即座に灰と化した。

『おや、酷いではないかマグニ。ラギルはお主の弟子であっただろう？』

「とうに袂は分かった仲さ。それに、責任を取って葬るのも師の役目さね」

『まぁよい。抵抗するなら、しても良い』

教皇は、愉快そうな声で言う。

『ただしここは聖女アルカが攻略不能と判断した、最凶のダンジョンを再現している。数多のダンジョンを壊した聖女アルカが認める、最悪のダンジョンということだ。……

さぁ、余の元へとたどり着けるかな？』

まるで聖女アルカがこのダンジョンに取り込まれているような言い回し。いや、この場に一人だけいないんだから実際取り込まれているんだろう。

「戦える連中はこっちに来な！　ダンジョンに潜るよ！」

と、マグニが声を上げる。即断即決で、ダンジョンに潜ることにしたらしい。光神教の神官なだけあって、戦闘力が皆無という奴(やつ)はそんなにいないようで、マグニの檄(げき)に気合を入れる者が多数いた。

ラギルがゾンビ化しマグニに滅されたのを見てすっかりビビっている神官もいる。さすがにここで教皇に忠誠を誓おうとする奴はいないが……

「旦那様。私はいかがしましょう？」

トイが鳥籠を持って聞いてくる。トラン(ナリキン)とシーバ(ロクフア)もキリッとこちらを見ているが……さて、俺達(たち)はどうしようか、と考えていると、一人の男が俺の傍(そば)にやってきた。神官服の下は相当鍛えているようで、体格に圧を感じる——ってこいつは。

「ママ、これからどうする？」

「ってジューゴかよ。なんでこんなところにいるんだ？」

ジューゴであった。まともな格好してるから一瞬分からなかったぞ。

「ママの晴れ舞台と聞いて？　まぁラギルに招待されてたんだけど」

ラギルめ、いざとなったら俺を暗殺でもする気だったのか？　まぁいいか。

「……とりあえず、俺達もマグニに同行して教皇を殴ってくるかな」

「それなら僕も行くよ！　ママの力になりたいんだ！」

それは頼もしい、と言いたいところなのだが、正直教皇の強さが上方向に未知数だ。仮に教皇の正体が10番コアだったとしよう。……ハクさんや大魔王、50番コアと同レベルってことだぞ？　勇者でも迂闊に戦えない気がする。


と、ここでロクファがくいくいと俺の服を引っ張る。

「アナタ。私達だけで先行しましょう」

「ん？　どうした急に」

「奥の手を使うことになると思うからトイ、ジューゴは足手まといよ。あっちの神官パーティーに紛れてなさい。……さぁアナタ。ここは、私達だけで突撃よ！」

ロクファが強気にそう言い切った。

「おい、聖女アルカが攻略不能と判断したダンジョンなんだぞ。俺達だけで行けるわけ」

「行けるのよ。むしろ、早く行かないと行けなくなるかも知れないわ。ここは、私達2人が適任なの。間違いなくね！」

何かの確信を得た表情でぱちん、とウィンクするロクファに、そこまで言い切るって、一体何があるんだろうかと首をかしげ――ふと、通路の先の景色に何とも言えない既視感を感じた。

「……あ、なるほど」

そして気が付いた。なるほど、これは確かにロクコの言う通りだ。まったく、教皇は運が悪いというか……神に見放されているんじゃないか？

「トイとジューゴはマグニを手伝ってやれ。俺達は、先行する」

「かしこまりました、旦那様」

「分かった。ママがそう言うなら、そうするよ。けど、大丈夫なの？」

「問題ない。このダンジョンは、良く知っている」

「ええ、きっと誰よりもね！」

こうして俺とロクファは、ダンジョン攻略の先陣を切ることになった。

――この、『欲望の洞窟』モドキの。

＊　＊　＊

「ニク達に連絡したわね？　じゃぁ行くわよ！　夫婦の力を見せてやるんだから！」

『内部構造を変えられないうちに、速攻勝負だな』

リビングアーマーの全身鎧（よろい）を着込んだ天使（ロクコ）ロクファ。元々男性用の鎧も、ロクファの持つ『全身鎧適性』のおかげでぴったりフィット。装着する様子を見て、神官達がこれは奇跡かと驚いていた。

俺がロクファ（ロクコ）に着られる理由は単純明快。この身体（からだ）がオリハルコンメッキされており、力、防御力共に最高峰になるからである。そこに天使の飛行能力が加われば地面の罠（わな）も無視できる。つまり、ゴリ押せるのだ。歩かず飛ぶなら天使はさほど疲労しないようだからかなりの速度で進めるはずだ。

「それじゃ、行くわよ！」

『おう……って、うぉっ!?　おま、こんな速く飛べたのか!?』

ぎゅん、と地面や壁を蹴って加速するロクファ（ロクコ）。最初の玄関、エントランスエリアなんぞ完全に素通りだ。ゴブリンゾンビが反応する前に既に正解ルートを飛び抜けている。

「聖女イチオシの難攻不落ダンジョン――そうよね！　ふふっ、褒めてあげてもいいわ」

『ご機嫌だな』

「ええ、最高に気分がいいわよ？　当然じゃないの」

そりゃ、自分（ダンジョン）が凄（すご）いと言われて嫌な気はしないか。

迷宮エリアも迷いがない。ゴーレム達の頭を足場に駆け抜けていく。

「って、あら？　ここって壁あったかしら？」

『少し前に作り替えた場所だな。確か、聖女が来たときにはあったはずだ』

「そう。今はさらに手を加えてるから、ますます最高最凶ってわけね」

得意げに壁を殴り突き抜けた。メッキとはいえオリハルコンパワー恐るべし。どんどん奥に行こう。螺旋階段エリアの吹き抜けをビュンビュンと飛び降りショートカット。

「ねぇ！　さっき黒い毛のウルフがいたわ。もしかしてリンの再現かしら！」

『かもな』

倉庫エリアもいい再現度だ。……『火炎窟』に続く通路はどうなってんのかな、見に行く余裕はないけど。……しかし、人工ダンジョン、いや、アンデッドダンジョンか？　こんなに細かく再現できるもんなんだなぁ、教皇の力かもしれないけど。

かくして、俺達は止まることなく闘技場エリアまで——ああいや、ここは当時まだただのボス部屋だったな。確か仕込み腕のハニワゴーレムで聖女アルカと黒狼スライムのリンと戦った場所。アルカが知るダンジョンの限界点。つまり、最奥までやってきた。

紫がかった岩壁の部屋。馬ゴーレムが壁を駆け回るに十分な広さがある。そこの中央には首無し騎馬に乗る首無し騎士、デュラハンと共に、骸骨の教皇が待っていた。さしずめこのアンデッドダンジョンのボス、といったところか。

「貴様らか……見ていたが、天使がリビングアーマーを着るとは面白いことをするものだ。使用者に合わせて形が変わるとは良い性能をしている。しかし迷わずここまで来てしまうとは。天使の権能か？　反則的な」

「そんなとこよ。観念しなさい教皇」

ロクファ(ロクコ)が教皇へ指を突き付ける。

「まぁ良い。どうせ貴様らは皆殺しの予定だ。必要なのは人造勇者計画の成功例、アルカのみ。そのアルカもじっくりと教育し直さねばなるまいが――懇意にしていた貴様らの死骸を見せてやるのも一興というものよ」

一気に再教育が進みそうだ、と骨をカタカタ鳴らして笑う教皇。

『随分と饒舌(じょうぜつ)じゃないか、教皇』

「当然だ。貴様ら、誰の前に立っている？　余だぞ。ひとたび戦場に出れば一言で千の死骸を作り出す余だ。貴様ら如(ごと)きが余に勝てると思っているのか？」

「それはこちらのセリフよ！　召喚、コールコボルト!!」

そう言って、ロクファ(ロクコ)は【収納】を開いた。【収納】から飛び出たコボルトは両手にゴーレムナイフを手に嬉(うれ)しそうに尻尾を振っている。

「GO!」

「ハッ、たかがコボルトに何ができる」

とてとて、と近づいていったコボルトだったが、突然ギュンッと鋭く踏み込み、教皇の懐に潜り込んだ。が、そこにデュラハンが割り込む。デュラハンの剣に受け止められるゴーレムナイフ。

「ほう、油断しかけたわ。……相手をしてやれ、デュラハン」

「やるじゃない。まずは手下同士ってわけね。片付けてやりなさい、ニク」

首無し騎士がコボルト——否、コボルト（ニク）と対峙（たいじ）する。ナイフを構え、突撃した。首無し馬に乗っている足元をちょろちょろと動き回り切り付けていく。機動力で圧倒するコボルト（ニク）に、馬の脚が折れて倒れた。

「平伏（ひれふ）せ——【10（テン）グラヴィティ】」

教皇から黒い魔力（マナ）が放たれる。コボルトが突然地面に倒れ、そしてぷちっと潰れた。同時にデュラハンも潰れて崩壊。味方ごと攻撃してくるとは。

「コボルト程度に壊されるとはな。所詮アンデッドコアの作ったモノか」

やれやれと肩をすくめる教皇。そして、こちらを見る。

「……なぜ、立っていられる？　今、この部屋の重力は10倍だぞ？」

「えっ？」

『ん？』

首をかしげるロクファ（ロクコ）。あれ、そういえばコボルトは潰れたのに俺達はまったく重さを感じていない。

「……ああ、そうか、そういうことか。失念していた。天使はゴースト同様、重力を無効にできるのか、まいったな。概念系の存在か。鎧にも適用されるのか？」

天使は飛ぶんじゃなくて浮く。つまり重力に関係なく動ける。ついでに鎧の重さも『全身鎧適性』で天使の浮遊と合わせて消しているのだろう。

俺は教皇に手を向けて無詠唱で【エレメンタルバースト】を放つ――おっと、避けられた。

「【ジャッジメントレイ】か……王級光魔法を完全無詠唱とはやるではないか天使」

どうやら【エレメンタルバースト】の光を見間違えたらしい。どちらも光線系攻撃魔法だから仕方ないだろう。が、俺の魔法はそんな光魔法とは違い、燃費が良いのだ。大量に撃ちまくってやる。

「む、はは、連発できるのか。見た目はそれほどでもないのに凄い魔力量だ。それとも光神様の残滓によるものか？　貴様を捕獲して研究したくなってきたぞ。神殺しに使えるかもしれん」

そう言って、教皇は骨の身体で身軽にステップを踏み、時には短距離転移をして【エレメンタルバースト】を避けていく。だが、避けるということは当たると不味いということだ。俺は不意打ち気味に肘からも【エレメンタルバースト】を撃ち――

「む。そんなところからも撃てるのか」

教皇は手に持った錫杖で俺の放った光を払いのけた。明らかに錫杖より太い光なのに錫杖で叩かれるとぐぃんと軌道を曲げられ、教皇を避けていった。

「ハハハ、聖王国の技術の粋を集めて作ったアダマンタイトの錫杖だ。我が魔力が良く通る……どうだ、聖王国の技術力は、帝国が囲っているドワーフ連中の数十年先を行っているのだぞ？」

足を止める教皇。そこに何発も撃ち込んでやるが、カキンカキンと錫杖に弾かれる。大砲の弾を杖でパリィするような離れ業を事もなげにこなしてみせる教皇に、ロクコはチッと舌を鳴らした。

「ち、なかなか当たらないわね」

「なんだ、まるで当たれば倒せるとでも言いたげだな。……よかろう、なら当てて見るといい」

そう言って棒立ちになる教皇。絶対対策されてるやつだこれ。そう思いつつもやらないという選択肢はない。デカい奴を一発お見舞いしてやる――が、予想通り、【エレメンタルバースト】の直撃を受けても教皇はびくともしなかった。

「ははは、残念だったな。効かぬよ」

笑って光の奔流を受ける教皇。完全に直撃していた。後ろにすり抜けているということもない。……なぜ効かないんだ？　【エレメンタルバースト】はレオナにも通るほどの攻撃だってのに。

「やはりな。中々の魔法だが、我が魔法防御を抜けるほどの攻撃ではないようだ」

「ッ、どんな手を使ってるのよ！」

「残念ながら馬鹿共の『奇跡』と違って種も仕掛けもない。これは単純に経験の差、格の違いだよ。余は500年を超えて生きるエルダーリッチ。本来弱点である光魔法であろうと、既に克服しているのだ……余に魔法は効かぬ」

「500年かけて体質改善でもしたっていうの？」

「ふむ、言ってしまえばその通りだな。人間共を見習ったコツコツとした積み重ね、努力の賜物というやつだよ。幸い、こんな身体で時間はたっぷりあるのでね」

そう言って肩をすくめてみせる教皇。

……魔法が効かないとなると、物理で殴るしかないところだが……10倍重力のせいでコボルトが使えない現状にあの回避力。ダメージを与えられる気がしない。もしかして詰んだ？

「次はこちらの番だ。先程は重力が効かないことが分かったが、では天使を殺すにはどうしたらいいか……そうだ、物理的に潰してやろう。――【ウォールプレス】」

教皇が手を叩くと、コンマ1秒遅れて左右から石壁が飛び出し、俺達を挟み込んだ。

……そして開いた。

「くっ、なんてこと、潰されてしまうわ!?」

『いやちょっとまて。もう潰されたんじゃないか?』

「え、でも潰れてないけど」

きょとん、とするロクファ（ロクコ）。石壁に潰されたの気付かなかったの？　それは鈍感にも程があるんじゃないか。

「どうなっている？　壁の方がへこんだぞ……羽と輪も実体がないのか」

教皇の言葉に横を見ると、人のサイズで壁がへこんでいた。

……そういえばこの全身鎧（ナリキン）、オリハルコンメッキだ。

「素晴らしい防御力だな。この聖王国で総アダマンタイトの全身鎧でも手に入れたのか？……だとすれば石壁程度で歯が立たないのは仕方ない――【サンダーフォール】」

教皇はそう言って今度は左手で虫を叩き落とすような仕草をする。次の瞬間、雷が俺達に降り注いだ。

「うわっまぶしっ」

しかし、金属鎧であるリビングアーマーの身体は素通りで、天使のロクコにもダメージが入っていない。むしろ心なしか羽と輪が元気になったかもしれない。

「金属鎧には雷が効果的なものだが……天使には効かんか。厄介な耐性だな」

「え、何。さっきの眩（まぶ）しいの雷なの？」

気付かないロクコも逆に凄（すご）い気がしてきた。が、それほどまでにダメージが皆無ということなんだろう。凄いな天使。

「こんな連中が神を守っているわけか。……いい機会だ、このまま天使の殺し方を実験させてもらおう。天界兵士の効率の良い殺し方を知っておいて損はないからな」

さてどうしたものか、と教皇は顎に手を当てる。

「では防御を無視して直接内部を攻撃しよう。心臓を握り潰す――【ハートブレイク】」

教皇が右手を開いたまま突き出し、ぐっと握った。

「まずいわ、さすがに心臓を潰されたら死んじゃう！」

『なぁ、なんか羽と輪っかが光ったんだけど、もしかして抵抗した？』

「えっ？　どうだろ」

自分の胸に手を当ててみるロクファ（ロクコ）。……大丈夫、動いてるぞ。

「……呪術耐性か？　本当に厄介な奴だ。闇魔法はどうだろうか。――【ダークネスウォール】、加えて――【ダークフレイム】」

闇魔法が展開されて、部屋を闇が埋め尽くしていく。闇色の炎が容赦なく俺達を飲み込み――

「何も起きない？　くっ今度は一体どんな魔法を」

そしてロクファ（ロクコ）には一切影響を及ぼさなかった。

『待って、暗くなったりしてない？』

「え、普通に見えるわよ」

どうやら天使に闇は効かないらしい。羽と輪が光っているところを見るに、光神の力が残っているからかもしれないけれど。

「ははは、すごいな。闇は一方的に無効化ときたか。では火か？　水か？　風、土……」

言いながら数々の魔法が飛んでくる。しかし、オリハルコンメッキの鎧(よろい)を着た天使は凄かった。火は断熱され、水も払いのけるだけで十分。風では少し揺らされたが、土もこの硬い鎧に傷をつけることができないようだ。

「うーむ。どれも効きそうにないな」

「鎧が優秀なのよ」

「鎧の隙間もダメージが通らない。なんのスキルだ？」

……確かに全身鎧、しかも俺特製のスキマを極限まで減らしたナリキンの鎧(からだ)といえど、兜(かぶと)の形状だけは一般的なものに差し換わっていて視界用の穴が開いている。なのにそのあたりもまったくダメージになりそうにない。

……多分、『全身鎧適性』が鎧の防御力を隙間部分にまで適用する、みたいな効果があるのだろう。ゲームのキャラが鎧を装備すると防御力が上がり、あらゆるダメージが軽減され、行動も阻害されず、視界も遮られることがない。まるでそんな感じだ。オリハルコンの防御力が全体に適用されるなんて、なんとも凄(すさ)まじいチートスキルじゃないか。

と、ここで教皇が顎に手をやる。骨がカチッと音を立てた。

「いいデータが取れた。しかし困ったな。貴様らはどうすれば死ぬのだ」

「私は私が死ななくても困らないわよ。というか、あなたこそどうやったら死ぬの？　それとも、アンデッドだしもう死んでるって言うべきかしら」

「ぬかしおるわ。……しかし、本当にどうしたものか――お手上げだな。私が貴様らを殺すのは難しいようだ……」

そう言って、教皇は右手を挙げた。

「ナリキンよ。ひとつ提案しようではないか」

『提案？』

うむ、と教皇が頷く。

「このままでは、貴様を殺すことができん。すなわち、余の敗北と言っていい」

そして、教皇はカチンッと骨を鳴らして言う。

「貴様、特記事項――勇者であろう？　元の世界に返してやろう。だからもうこの世界に関わるな、という提案だ。……余の力をもってすれば、ついでにもう1人くらいなら送ってやれる。どうだ？」

◆エピローグ

それから1か月が経過した。教皇に勝利して生還した俺達は、家に帰っていた。それも日本の、俺の家にだ。そして俺は今、ロクコと同居している。

教皇は約束を守り、俺をロクコと共に地球へと送った。元の世界に誰を連れていくかと聞かれ、俺は迷わずロクコを選んだのだ。3人以上は送れないらしく、他のみんなとはお別れすることになった。一度村に戻ってちゃんと送別会もしたぞ。ゴレーヌ村と『欲望の洞窟』については全てをソトに移譲し、ニク達に後を任せることになった。

親バカかもだが優秀な娘だし、レイ達もソトを支えてくれる。事情が事情なだけにハクさんには黙って日本へ帰ることになったが、ソトならうまいことやってくれるだろう。心配事は……靴下関連で暴走するかもってくらいしかない。

そして、魔法やらスキルのないこの世界では俺はただの一般人に逆戻り。……いや、少し筋力が付いてるけど。魔国で鍛えさせられた影響かな？　でもまぁ、異世界にいたときと比べて何もできない無力な一個人になったのは確かだ。あわよくば【収納】ダンジョンで異世界と通じたりしないか、と思ったりもしたのだが、無理だった。残念。

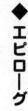

こうなっては俺にできることは何もない。あちらが今後どうなるかは非常に気になるが……教皇との契約もあり、もうあの世界に手出しはできない。気にしても仕方ないので、

あまり考えないでおこう。

とはいえ、人が生きるにはお金がかかる。俺は自宅でできるPCの仕事で生活費を稼ぐ日々だ。働きたくないが、働かなければ飯が食えん。まったく、ままならないもんだ。

ロクコはロクコで、この間コンビニのバイト面接を通ったらしい。適当な履歴書と、給料の振込先に俺の銀行口座を使うことでなんとかいけたそうだ。やりおるわ。いずれバイトリーダーになって俺のことを養ってくれるらしいので期待しておこう。

「ふぁ……寝てたか……」

どうやら明かりをつけたまま寝てしまっていたらしい。

蛍光灯に照らされた使い古しのしなびたベッドに、愛用の掛け布団。枕元のPCモニターと手の届く場所にあるコントローラーとキーボード、マウス。生活費を稼ぐ道具でもあり遊び道具でもあるこいつらも、日本に帰ってきて久々に触った。

それといつものジャージだが……だいぶくたびれてきたな、まぁそれが寝間着には丁度いいんだけど。……おっと、そういえば今日はゴミの収集日か、捨ててこないと。

「んー、ケーマぁ……？」

と、布団の中から声がする。ロクコだ。また布団に入り込んでいたらしい。こっちに来てからロクコはニクみたいに布団に潜り込んでくる。染みついているニオイが好きとかで、布団を占拠されることもしばしばだ。

「……んー」

もぞもぞと起き上がり、寝間着にしているたるんだTシャツのまま寝ぼけた青い目を擦る。あくびをして、寝ぐせが思いっきりついた金髪を手櫛で漉きつつ周りを見回した。

そして俺を見つけると、にまーっと笑い、抱き着いてくる。

「ケーマ、好き。好き……えへへ」

「お、おう」

すっかりこの調子である。ハクさんの目が届かない日本に来て、ついにその、ロクコに手を出してしまったのだ。それからすっかりこうして甘えん坊になった。きちんと結婚したいので、金を貯めてロクコの戸籍をなんとかできないかなーと色々調べている。現状は内縁の妻ってやつになるんだろうか？

「……ねぇ、ところでケーマ。寝落ちしてる間にその画面見ちゃったんだけど……それって、私達の話よね？」

「あー、まぁ、な？」

実は、あちらでの経験を基に小説でも書いて一発当てられないかな、と、思い出を少しずつ文章にしてみたりもしてる。目指せアニメ化。劇場化。いやまぁ、その前に書き上げ

られるかどうかなんだけど、そこはあちらの世界でオフトン教聖典を書いてた経験が生きている。

「完成したら見せてよね。約束よ？」

「ああ。一番に見せるよ。約束だ」

そう言うと、ロクコは満足げに微笑(ほほえ)み、俺の頬にちゅっとキスした。……ま、まだ慣れないなぁ。顔が熱くなる。

「ね、ケーマ。ちゅーしよ、ちゅー」

「ちょ、ちょっと待てロクコ。ゴミ捨てに行ってこないと」

ロクコに押し倒される俺――と、ここでグゥー、とロクコの腹が鳴った。

「……俺を食べる気か？」

「た、食べないわよっ！　あー、あー、小腹が空(す)いたわね。バイトまでまだ時間あるし、何か食べるわ。メロンパンでいいかしら」

「間食は太るぞ？」

「大丈夫よ、私、太らない体質だもの」

そう言ってロクコはメニューを開いて、メロンパンを出す。……ん？

「この特技のおかげで、コンビニの仕入れも任されてるのよね。ほんと私って働き者？」

「ちょっと待て」

メロンパン、どっから出てきた？

「今、メニューを、DP(ダンジョンポイント)を使ったか？　この世界は、魔法もスキルも使えないのに」

「え？　何言ってるのよ。ダンジョン機能は魔法でもスキルでもないでしょ」

「いやそれはおかしい。ここ(これ)は日本だぞ？」

「えっと、そう、よね？　言われてみれば確かに……じゃあこのメロンパンは一体？」

するとロクコの手からメロンパンが消えた。

「……消えたんだけど」

「……消えたな？」

はっとして、俺は頬をつねってみる。痛い。が、マイルド。

「どうやら高精度な夢を見ているらしいな。痛みの感じ方が夢のやつだ」

「夢？　ほっぺつねって判別できるの？」

「どちらかというと、これは現状が夢かどうか疑うという儀式だ」

夢の中でも痛いと思えば痛くなるから、これで判別するのはちょっとコツがいる。しかしサキュバスに襲われたときみたいなリアルな夢だ。生憎(あいにく)と指輪サキュバスがいないので自分でここが夢だとしっかり意識しておくしかないな。

「……なるほど。言われてみたら夢な気がしてきたわ。じゃあケーマ、キスしましょ」

「おう。って、なんでだよ？」

「え、夢なんでしょ。私の言うこと聞きなさいよ。いつもなら全身くまなく、いや足を重点的にしてくれるじゃない。でも最初は口。ね？　ね？」

そう言って「んっ」と軽く口を突き出してキス待ちのロクコ。

「……ロクコお前、いつもそんな夢見てるの？」

「…………待ってケーマ？　これ、夢じゃないの？　夢って言ったじゃない!?」

ボッ、と顔を真っ赤にしてボスボスと布団を叩く。可愛い。

「ちょっと待て。ロクコ、お前、まさか本物か？」

「なによ本物って。本物に決まってるじゃないの偽物の私でもいるっての？」

「……そりゃ、俺の見てる夢なら、夢の中のロクコがいてもおかしくないし」

「本物よ！　ケーマと一線越えた記憶もあるわ。こう、父様の作ったダンジョンコアにキスしながら2人で力を注いで……て、あれ？　こっちにダンジョンコアなんてあるわけ、ないわよね……」

「本物みたいだな。俺の記憶と明かな齟齬がある」

夢というのは、齟齬が出ない……というか齟齬があっても夢の最中には中々気付かないものだ。明晰夢——夢の中で夢と分かっている状態——でも、ここまでの大きな祖語は滅多にないこと。であれば、これは夢であって夢でない可能性が高い。

「そうか。教皇の精神攻撃だな」

「よくあるパターンだと幸せな夢を見させて動きを封じるとかそういう奴じゃないか？」

「え、精神攻撃？」

「パターンになるくらいよくあるもんなの？」

というか、異端審問でも神官達を操ってたし、教皇は洗脳やら精神攻撃が得意なのかもしれない。攻撃ではあるが、ダメージのあるものでもなく、こうして幸せな夢という方向だと天使の耐性もすり抜けて通るのだろう。回復魔法に近い感じだ。

「ロクコと一緒に放り込まれてるのは、まとめて範囲指定だったからかな？……雑な仕事をしたもんだ。おかげで違和感があっさり見つかったけど」

「……幸せ、ね。確かにケーマと一緒にいられるのは幸せだわ」

そう言って、俺を見るロクコ。

「けど、ニクやイチカ、レイ達ダンジョンモンスター。可愛い娘、ソトもいない。それにダンジョンが改装中だったのよ？　こんなんじゃ『欲望の洞窟』である私を満たすには、随分と物足りないわ！」

「はは、言うじゃないか。それでこそ俺のパートナーだ」

となれば、次はこの精神攻撃を打ち破るのみだ。

「……現状は理解したわ。それで？　どうするの？」

「どうするもなにも。……起きるだけだ。毎朝やってることだから、簡単だろ？」

「ケーマの場合、毎昼ね」

ロクコがくすっと笑い、夢の世界がぼやけ、崩れていく——

＊　＊　＊

——意識が浮上する。視界正面には骸骨教皇。どうやら現実に戻ってきたようだ。

そこは、先程までいたボス部屋ではなかった。黒い球体——人工ダンジョンコアのある部屋。俺達はどうやらガラスケースに入れられているようだ。……向かい側にもうひとつガラスケースがあり、その中に意識のないアルカが拘束されている。俺達と同じように、手枷(てかせ)が頭上で吊(つ)るされている形だ。

「……おや、戻ってきたか。そのまま【幸福の監獄(ハピネスプリズン)】で幸せな夢を見ていれば苦しまずに済んだものを」

そして、ガラスケースの外側から俺達を見る骸骨教皇。

「いやはや、精神攻撃が天使やリビングアーマーにも有効だとはいいデータが取れたよ、感謝するぞ貴様ら。……そして、起きるのが少し遅かったな。光神の残滓(ざんし)は、既に抽出させてもらった」

そう言って教皇は神々しく光る結晶を指でつまみ、見せてくる。

「間一髪だったが、神の加護は消えた。残された魔力(マナ)ではもはやそのカプセルを壊すほどの魔法も使えまい。残りカスも、今後有効利用させてもらおう」

言われてみれば、身体の魔力が……半分くらい減っていた。何だ、余裕で【エレメンタルバースト】撃てそうだぞ。あれ初級魔法数発分の魔力で撃てるし。

教皇は俺が乱発していた魔法攻撃を【ジャッジメントレイ】と勘違いしてるんだな。それもロクファが撃ってると。それを狙ってひたすら無詠唱で撃ち続けてたってのもある。

「貴様らはもう囚われの鼠だ。では余は残りの連中の対処をするのでな、精々大人しくしているがいい」

と、人工ダンジョンコアの前にある石板を操作しにいく教皇。

しめしめ、油断してやがる。どうしてくれようかこの骸骨め。そう思っているとロクファが『どうする?』と【念話】で俺だけに聞いてくる。

さて、今ならいくらでも不意打ちできるだろうが、実際に【エレメンタルバースト】が効かなかったことを考えるとただ攻撃するだけというのは愚策。いざとなればナリキンとロクファも復活できるし、もうここは精一杯の嫌がらせをしてやるべきだろう。

ではどうすれば「むしろ勝った」と言えるほどの嫌がらせになるかだが。

『隙を見てあのコアを弄る。そんでトイや神官達をダンジョンの外に放り出して、教皇の罪を白日の下に晒してやろうじゃないか』

教皇の座に執着してるっぽいから、多分これが一番ダメージデカい。信用がた落ちした教皇は、次の選挙で落選確実というものだろう。

『いいわねそれ！　すっごく楽しそうだわ！　でも、操作はできるの？』

『あの石板を操作しているところを見るに、俺が教えてもらった人工ダンジョンの操作と大して変わらないだろうと思う』

そもそもが俺達のメニュー機能の簡易版みたいな感じだし、たぶんなんとかなる。

『あと、そこの聖女は助けなくていいの？』

『聖女は自己蘇生できるスキルを持ってるし、大丈夫だろ』

むしろ殺して復活させた方が早いんじゃないかな。祭壇とかで蘇るし。

……考えてみれば聖女だけ別枠で捕らえられていた理由も察しがつく。勝手に死なれたらダンジョンの外で復活してしまうもん、殺すわけにいかなかったんだ。

『ねぇ、コアを操作するのはともかく、あの人工コアから教皇が離れないんじゃない？』

『なにか気を引けるものでもあればいいんだが』

『そうねぇ。適当にDP使ってモンスターでも呼ぶ？』

……それも手だが、生半可なモンスターでは教皇の魔法で即死させられて終わりである。かといって、教皇の魔法で即死させられないようなモンスターとなると……いや待てよ？

『ちょっと賭けだが、良い手を思いついた。――二手に分かれようか、ロクコ』

教皇　Side

一時はどうなることかとも思ったが、素晴らしい素材が手に入った。

天使に宿っていた光神の残滓。この結晶の光は、まさしく光神のそれである。突き付けて見せれば、光神教徒は平伏(ひれふ)さざるを得ないだろう。天使についても今後の研究に役立ちそうだ。教皇は笑いを隠せず骨をカタカタ鳴らした。

そして聖女アルカも手中にあり、残りの神官達もダンジョン内。……神官は綺麗(きれい)に殺し、フレッシュゾンビとして蘇らせれば改めて教皇信任を取れる。

いや、いっそ今後は上級神官になるために教皇の手による秘術を受ける必要があるとでも言って、上級神官全員をゾンビにしてしまうのも良いかもしれない。そうすれば、術者である教皇に逆らうことはできない。普段、都合が悪くなければ自由意志を認めてやってもいい。


「しかし、このダンジョン。本当にアルカが攻略不能と断定したダンジョンなのか？」

元聖女候補マグニに率いられ、ラギルが用意していた暗殺者やナリキンの従者が活躍しているとはいえ、未(いま)だに神官達の被害が殆(ほとん)どない。

というか、これはまるで教導用ダンジョンである。

「……なぜこの程度のダンジョンが最凶なのだ……？　難易度を上げるか」

そう言って教皇がダンジョンを操作しようとしたとき――

――ぴしり、とヒビ割れる音がした。

「む？」

振り向くと、天使を吊るして入れているカプセルにヒビが入っている。どういうことだ、このカプセルには教皇が丁寧に重ね掛けした結界が張られており、生半可な攻撃では傷ひとつ入らない。壊すには【ジャッジメントレイ】クラスの王級光魔法でもなければ……一体どうして。

そこまで考えて、教皇はあることに気付いた。

「……待て、貴様、魔力吸収の手枷はどうした!?」

「あっはっは、壊してやったわ。ご覧の通りね！」

次の瞬間、ぱりん！　カプセルが割れた。結界が完全に破壊され砕け散る。魔力の光が教皇に向かって飛んできて、思わず錫杖（しゃくじょう）で弾（はじ）き飛ばし事なきを得た。

鎖を持って立っていただけの天使がニヤリと笑う。

見れば、鋭利な刃物ですっぱりと切られた鏡のような断面の手枷が落ちている。

「馬鹿な、アダマンタイト製だぞ。どうやったらこんな綺麗に割れる!?」

「どうやったと思う？　あんたの身体で答え合わせしてあげるわっ！」

そう言って、天使は隠し持っていたナイフで切りかかる。咄嗟(とっさ)にアダマンタイトの錫杖で受け止め——すぱり、と杖(つえ)が切られたところで回避に切り替えた。カランカラン、と錫杖の切れ端が床に転がる。なんとか避(よ)けられたが右腕の骨を少し切られてしまった。【アンデッドヒール】で傷を修復する。

「余の防御を抜いてくるとは……オリハルコンの刃。神の作った聖剣か？　小賢(こざか)しい」

「ふふっ、私は近接戦闘もできるのよ？」

そう言って教皇から距離を取り、ナイフを構える。集中したのかスッと雰囲気が変わり、無機質な殺意が飛んできた。

「だが付き合ってやる義理はない。もう一度寝かしてやろう——……む？」

パチンと指を鳴らし【幸福の監獄(ハピネスプリズン)】を発動するも、動きを止める様子がない。先程はこれで寝たのだが。

「一度破ったことでもう対策できたとでもいうのか？　これだから光神の眷属(けんぞく)は。ならば物理的に捕まえる。——【ロックバインド】」

しゅるり、と石の触手が天使に迫る。身軽にかわしながら、スパスパと石の触手を切り落としていく天使。しかしガラガラと大きな音を立てて残骸となった石片から、さらに触手が生えてくる。

「重ねて【ロックバインド】【ロックバインド】。それまだいくぞ【ロックバインド】」

教皇の詠唱破棄した魔法スキル。四方八方からうごめく石に囲まれ、天使は流石(さすが)に捕らえられてしまう。

「まったく、手間をかけさせおって」

天使の手からナイフを奪う。……ふむ、とナイフを見る。刃だけがオリハルコンで、それ以外は鉄である。その間は鉄とオリハルコンが混ざって融合しているかのよう。貴重なサンプルとして貰っておこうかとしたところ、ナイフがはらりと消えていく。

「こんなもの、人の手では作れぬな……神が力をひけらかしおって」

オリハルコンを素材にしている点、消える機能。どちらについてもである。教皇は骸骨の目で忌々し気にナイフが光の粒に変わり消えるのを睨んだ。

と、ここでぐらりと眩暈がした気がした。

天使が何かしたのか、と見るも、天使は気を失ったかのように動かない。

「何だ、今のは？……ぬ!?」

部屋を見回すと、驚くべきものが目に入った。聖女アルカを入れていたはずのカプセルが内側から破壊されていた。そして、その中身――聖女アルカが、人工コアの入出力装置を弄っていたのである。

「ッ!? 馬鹿な、一体どうやって！　いや、そもそもどうして意識を取り戻した!?」

アルカの意識を奪っていたのはナリキン達（たち）にかけた【幸福の監獄（ハピネスプリズン）】とは異なる。より手間をかけた思考の初期化。魂を無防備な赤子に巻き戻す【無垢の揺籠（イノセントクレイドル）】というスキルであり、未だに発動中のはず——

「おっと、見つかっちまったか」

「そこを離れろアルカ！【10（テン）グラヴィ……ちぃっ！」

そして、アルカは殺せない。殺してしまえば、聖女は祭壇で【復活】してしまう——つまり、このダンジョンから逃げられてしまうのだ。

「何をした、アルカ」

「何って。楽しいことさ」

そう言って、アルカは見たことのない顔、聞いたことのない口調で笑う。まるで別人。

「……ッ、そうか、【憑依（ひょうい）】！　貴様、ナリキンか!?」

「ご明察だ、教皇」

アルカが——否。アルカに【憑依】したナリキンが、そう答えてニヤリと笑った。

＃　ケーマ　Side

やったことは簡単だ。ロクファ（ロクコ）に囮（おとり）になってもらい、その隙に意識のないアルカに【憑依】してやったのである。

　ただし、ロクファの身体を実際に動かしていたのはニクだ。身体を動かしている意識が落とされるなら、離れたところから遠隔操作すればいい。単純に、ゴーレムやウサギを動かすのと同じように。まぁ失敗したら次はレイが上書きで『憑依』して動く算段になっていた。

　タイミングよく消えたナイフはソトの【ちょい複製】の品だ。1時間経(た)たずとも、出したものは任意で消せるらしい。今頃ニクの後ろからモニターを眺めているだろう。

　そんなわけで囮(ロクファ)が派手に暴れている隙にアルカ(俺)はガラスケースを脱出。かくして教皇の目を盗みダンジョンからマグニ達をダンジョンから吐き出すことに成功というわけだ。囮が優秀で随分と余裕があったので今はこの管理部屋を地上にまで移動させている。昇りエレベーターの中にいるような感覚があるなぁ。

『ケーマ、こっちは作戦終了よ。あとは好きにしてね』

『お疲れ、先に戻っててくれ』

『聖女の身体に変なことしたらだめよ？　ソトも見てるんだからね』

『するわけないだろ』

　と、ロクコが一瞬ロクファに『憑依』し、念話を飛ばして戻る。これでこの部屋で動いているのはアルカと教皇のみとなった。あとは別に死んでもいい。アルカは死んでも復活するし、モンスター2人もＤＰ（ダンジョンポイント）で復活させられる。そもそもナリキンについては殺せるか怪しいところ。つまり、既に俺達の勝利は確定しているのだ。あとは生きたまま帰れれば完全勝利、かな？

……それに聖女アルカの身体（からだ）凄（すご）いな。さっきまで吊（つ）るされながら魔力（マナ）を吸収されていたのに今はもう平気で動ける。おそらく自動回復系のスキルがいっぱい付いてるからだろうけど、吸収されてるときでも【エレメンタルバースト】を撃ちまくるのに十分な魔力があった。他にも死ぬ直前ですら動けるよう多種多様な耐性も所持してるんじゃないかな。


「もうおしまいだな教皇様。しがみついてた権力の座を手放すってどんな気持ちだ？」

「おのれ……おのれ、おのれぇぇぇぇ！！！　貴様を殺す！」

教皇は骨の顔を怨嗟（えんさ）に歪（ゆが）め、切断された錫杖でナリキンの身体を突く。しかし、ナリキンの身体はリビングアーマーの、オリハルコンメッキの身体である。無抵抗にも拘（かかわ）らず傷をつけることも叶（かな）わない。ロクファの『全身鎧（よろい）適性』のおかげかペンキすら剝がれない。

「【ゴーストロア】！　【ダークボム】！　【グラヴィティヴォルテックス】！」

「ははは！　無駄無駄！　その程度で殺せるものか」

魔法をありったけぶつけられるも、オリハルコンメッキの鎧はびくともしない。中のロクファも無傷。我ながらなんという頑丈さだと感心せざるを得ないな。と、時間を稼ぎ、ちらりと人工コアのコンソールを確認する。そろそろ地上か。

「んん……っとと」

……フラッと身体が揺れる。アルカの意識が浮上して【憑依】が解除されそうになっているのだろうか、かなり抵抗を感じてきた。

「……──【サンダーブレイク】！」

教皇の攻撃が、アルカの身体を掠めた。

「おっと、危ないな。殺す気か？」

「もう良い。この場はどうとでもする。それよりはこのダンジョンを崩し貴様らを生き埋めにする方が効果的だ！」

言われて振り向くと、黒いダンジョンコアにメロンのようなヒビが入っていた。

「もう遅い！　永遠に埋まっていろ！」

「させ……ぐッ」

教皇が折れ曲がった錫杖を手に突撃してくるが、身体が動かず見逃してしまう。

ヒビ割れたコアに突き立てる教皇。ヒビから黒い煙が噴き出した。

「ハハッ！　余に楯突いたことを後悔し、地の底に沈め！……うぐ!?」

胸を押さえつける教皇。黒い煙が、教皇にまとわりついていく。

「あ、ぐッ!?　な、なぜ、この反応はッ、支配は、余には起きないはず……あァッ!?　光神の残滓の、仕業かッ!?　増幅されっ……ぐぬぅう！」

光の結晶を投げ捨てようとする教皇だが、その手に結晶が張り付いている。そして、黒い煙はそこへと吸い込まれていく。黒いコアは、徐々に色を失い透明になっていく。

「い、いか、んっ……これは……ぐぁあああァッ」

「おい？　なんだどうした……？　んぐっ!?」

どくん、と俺の方も身体の反応が大きくなり、膝から崩れ落ちるように伏す。

「ぐぁ、お、ぐ、き、記憶を辿、りっ、つなげっ、駆けよ、て、て、【転移】ぃい!!」

黒い煙が纏わりついた教皇が、転移の魔法陣に消え——

——透明になったコアが砕け落ちると共に、バチン、とモニターの電源が切られるかのように。俺の【憑依】と『憑依』が強制的に解除された。

◆エピローグ

ナリキン　Side

　青空の下。太陽に向かって感謝を捧げる神官達の姿。先程まで聖女が攻略不能と判断した凶悪ダンジョンの中に放り込まれていた彼らだったが、突然「ぺっ」と吐き出すように地上へと放り出されたのだ。

「犬娘。これはママ達がなにかしたに違いないな？」

「そうですね、旦那様方のことをママ達と呼ぶあなたの神経は理解できませんが」

　鳥籠を持ったトイに、ジューゴが話しかける。この男はケーマが絡まなければ本当に年相応な男なのだが……それもマスターの人望故だろうとナリキンは頷いた。

「ここは……教会だな。一部建物が倒壊しているが」

「思っていたより移動させられていなかったようですね」

「ああ。そして犬娘よ。俺はこれからママのために教会地下にある『神のナイトキャップ』を回収してくる。倒壊範囲から考えて無事なはずだが、今ならこの事件に巻き込まれたと言い訳できるだろう。だからお前はママの功績を存分に喧伝しておけ」

「名案ですね。どさくさに紛れて失くしたことにすれば旦那様がこっそり手に入れても何ら問題はありませんし、あわよくば功績を使って合法的に所有権を得られる、か」

こちらで確保しておくことで、どちらにでも転がすことができるらしい。

さすがトイだな、とトラン（ナリキン）が納得したそのとき――

――突然、【憑依】が切れた。ナリキンの視界は青空の下から一転、透明な水晶の破片が散らばる薄暗い研究室のような場所に移される。

『む!?　これは俺の身体？　ロクファに着られている状態か。マスター達はどうした？……なんだこれは、邪魔だな』

ナリキンは、【ロックバインド】の残滓を意識するまでもなく振り払う。オリハルコンメッキによる怪力で、魔力供給のない只（ただ）の岩から抜け出す程度造作もない。

「ここは……あら、アナタ」

『ロクファか。ということは、そちらも【憑依】が解除されたか？』

「……ナリキンもですか？　あの砕けた水晶が何か関係しているのでしょうか」

と、そこでぐらり、と部屋が軋（きし）む音を立てて揺れる。

『マスター達に何かあったのかもしれん。連絡が取れないとなると、警戒するに越したことはない……ところでロクファよ。あそこに倒れているのは聖女ではないか？』

見ると、砕けた水晶のすぐ近くに聖女アルカが横たわっていた。

「そうですね。……救出しておきますか？」

『そうしよう。色々と世話になっているしな』

倒れ伏す聖女アルカに近づくと――天井が割れて降ってくる。

「危ないっ！」

ロクファが飛び、身を挺して割れた天井を弾く。ナリキンの防御力で天井からアルカを守ると、丁度四つん這いになってアルカに被さるような形になっていた。

「ん……ぁ、ろ、ロクファ、様……」

『む、気が付かれたか聖女様』

「……あ、念話――はい、ナリキン様も。おかげで助かりました……」

それはなにより、と頷くロクファ。

「おやアナタ。天井が崩れて外が見えていますよ。ここにいるのもなんですし、皆のところに運びましょうか」

『そうだな。聖女様、失礼。しっかり摑まっていてください』

「え、あ、は、はい……っ」

聖女をひょいと両腕に抱えるように抱き上げる……俗にいう、お姫様抱っこで。

ロクファが羽を広げ、ふわり、と浮き上がる。そのまま崩れた天井から見える空に向かって飛び上がった。

「と、飛んでます、飛んでますよナリキン様、ロクファ様!?」

「それが何か？」

『落ちないようしっかり摑まってくだされ』

「は、はいっ」

ぎゅっとロクファに抱きつく聖女アルカ。教皇に人格をリセットされかけた影響か、その精神はまさしく思春期の乙女よりも初心で、命の危機に瀕していた心臓は吊り橋の上のチワワよりも激しく高鳴っていた。まるでナリキンが別人のようにすら見えてくる。

「お。トイ達とすぐ合流できそうですね」

ロクファの言う通り、眼下に神官達が見えた。教会の一角が盛大に崩れて、広場になっている。アルカを連れて、そこへ飛ぶ。

「アルカ！　坊や達も無事だったかい！」

「旦那様、ご無事で何よりです」

マグニ上級神官やトイが喜色満面でナリキン達を迎える。アルカを降ろしたのち、ナリキンはロクファをぱこっと吐き出すように分離して人化した。

「……坊や、それどうなってるんだい？　鎧の形が変わるのも不思議だよ」

「我が妻の力だ。すごかろう」

「天使様のお力か。ってことは奇跡だねぇ、深く考えないようにしとくよ」

マグニはそう言ってから、改めてナリキンに尋ねる。

「それで、教皇様はどうなった？」

「……」

ナリキンはそれを見ていない。気付いたときにはいなかったので、黙って分からないと首を横に振った。

「そうかい。……となると、新たな教皇を選定しないとならないねぇ」

ちらり、とマグニはナリキンを見る。

「新たな教皇か……うむ、良いのではないか？」

「ああ、誰か丁度いい人材がいると良いんだが。なぁ坊や？」

マグニはじっとナリキンを見る。

「そうだな。いい人材がいればいいが」

「なぁ坊や？」

ぽん、と肩を叩くマグニ。

「ん？　何かな？」

「……なぁ坊や、あんた教皇やりな」

「む？」

ついに直接言ったマグニ。ナリキンはその言葉の意味を考えて首をかしげる。『教皇をやれ』とはどういうことだろう。何か出典が……思いつかない。もしや、言葉通りか？

「俺に、教皇になれと？」

「そう言ってるんだよ。ニブいねぇ」

「すまない、あまりの内容で衝撃を受けていた。……トイはどう思う？」

「え、そこで私に尋ねますか旦那様。……別に、やりたいのならやったらいいのでは？」

「ふむ」

顎に手を当て考える。……教皇という立場は、とても偉い。であれば、さては情報収集するのにも捗るのでは？

『ナリキン、ナリキン。私、凄いことに気付きました』

『む、どうしたロクファ。何に気付いたのだ』

『アナタが教皇になるなら、教皇の正体を探るという仕事が完了します！』

『……！　そうか、正体が俺になるものな！　我が妻はなんて賢いんだ』

これは素晴らしい。教皇になることは、絶対にマスターの役に立つに違いない。ナリキンはうむと頷いた。念話が聞こえなかったマグニには、熟考して頷いたように見えた。

「分かった。教皇になろう。どうすればいい？」

「おお、心を決めてくれたかい。やっぱいい男だねぇ……アルカ！　教皇信任しな！」

「は、はい！」

マグニの言葉に、アルカが一歩前に出て声を上げる。

「教皇不在により、神官が多数集まっているこの場で新教皇を選出します！　聖女アルカ・ル・バイポーラ・レッドが皆に問う。この者――ナリキンを次の教皇とすることに、異のある者は!?」

――アンデッドと化した教皇と戦い、ダンジョンを破壊して神官達や聖女を救い、光神様の覚えめでたく、天使を妻とするナリキンである。彼が教皇にならずして他の誰がなれるというのか？　一番の候補と思われるマグニだってナリキンを推薦してる。

反対する神官は1人もいなかった。

＊　＊　＊

「――というわけで、ナリキンが教皇になっていました」

「はい？」

すっかり恒例となったハクさんへの報告お茶会。ハクさんに事の顚末(てんまつ)を説明したところ理解できないという意図の返事が返ってきた。そりゃまぁ訳分からんよね。

ダンジョンの崩壊に伴い、『憑依(ひょうい)』が断絶。以前人工ダンジョンを破壊したときもこうなってたなと復旧を待って半日。ようやく通信できたところで話を聞くと、ナリキンが教皇になっていた。

「……『ですので教皇の正体は俺です』とか報告された俺の気持ち分かります？」

「違う、そうじゃありません。というやつですね」

「はい。しかし実際調査が捗りすぎまして。さしあたり教皇命令で現存する人工ダンジョンや生産工場等が現在どこにあるかを記した地図を作らせています。ダンジョンシードについても各種お渡しできるかと。ダンジョンイーターの見本もあります」

「……調査どころか……実質的に聖王国乗っ取りですね？　何をやっているんですか」

「すみません、成り行きで……」

　頭を抱えるハクさん。気持ちは分かる、良く分かる。俺もそうなったもん。そこについでと『神のナイトキャップ』を献上してきて、もうね。

「……神の寝具まで……あら、もしかして7つ揃いましたか？」

「はい。掛布団と枕をお借りできれば、揃いますね」

「私が対価を肩代わりする旨を一筆認めておきます」

　とりあえず報酬の一部です、とハクさんはため息をついた。

「それと教皇――前教皇の正体についてですが、ロクコちゃんに見せてもらった素顔から、間違いなく10番コアであると確定しました」

「あ、はい」

「よって今度10番コアにダンジョンバトルを仕掛けます。――徹底的に潰し、最低でも再起不能、可能であればコアを破壊する予定です。ケーマさんにも派閥メンバーとして参戦してもらおうかと思っていましたが……これだけの功績を挙げられて、追加で戦果を挙げたら報酬に困るので絶対に参加しないでください」

「はぁ……はい？　10番コアにダンジョンバトル？」

俺は首をかしげた。参戦しないでくれ、というのはまぁいいけども。しかも再起不能やコア破壊が目的なのか。随分と過激だな。

「当然です。人工ダンジョン及びダンジョンイーターの件はお父様への明確な裏切り。決して許しません」

あれ、でもウチって『裏切者派閥』だったんじゃ？　と思ったけど、心を落ち着かせるためか茶を飲むハクさんを見てふと思う。

「……あの。もしかして、『裏切者派閥』って裏切者を始末する派閥って意味ですか？」

「あら？　言っていませんでしたか？　大体合ってますよ」

……初耳だよ!?

一方ロクコは「今頃気付いたの？」と肩をすくめてみせた。

「馬鹿ねぇケーマ。ハク姉様が父様を裏切るとかあり得ないでしょ？」

「知ってたのかロクコ!?」

「父様と仲良しなハク姉様が、どうして父様を裏切るのよ」

いや、でも、だって『裏切者』って呼ばれてるじゃん。イッテツもそう言ってたし！

「あえて『裏切者』と呼ばせているのですよ。そう名乗っていると自分も混ぜてくれという馬鹿が釣れるんです。便利でしょう？」

ハクさんはにこりと微笑んでそう言った。

お父様に弓引く真の裏切者を再起不能にし、子飼いの勇者を送り込みトドメを刺させるというのが『裏切者』ことハク・ラヴェリオの手口らしい。死人に口なし、裏切りを働こうとしたコアは勇者に殺され、手引きしたハクさんの悪名だけが高まると。

「……はぁ、そういうことだったんですね。そんな裏があったとは」

「この事実を知るのはごく少数です。言いふらさないようにしてくださいね」

「分かりました」

112番コアですら知らないとなれば、相当昔からの策だろう。少なくとも、俺達がお父様に敵対することはなさそうでなによりだ。

「ああ、そうだ。イチカを3日程貸してもらえますか」

「イチカを？　どうしてです？」

「金策です。ケーマさんへの報酬は私の個人資産から出しているのですが、さすがに今回のは大規模すぎていくら払ったものか分かりません。なので、レース賭博を帝都でも行い、その利益を継続的に払うことにします。それでノウハウを教えて欲しいのですよ」

あー……なるほど。それならイチカが適任だろう。

「走らせるのはモンスターにするので色々と勝手は異なるでしょうが、参考にできるところがあるなら参考にして損はありませんからね。金貨30枚でどうです？」

「ケーマへの報酬をどうにかするために別途報酬が発生するって面白いわね」

くすっとロクコが笑う。

「必要な投資です。モンスターレースであれば運営の一部をクッコロ家に任せられるのでそこも都合が良いんですよ。当主のダインはテイマーですし、仕事を引き換えに敷布団を出させることもできますから」

色々と都合がいい一手ということか。ハクさんならイチカを無下に扱うこともないだろうし大丈夫だろう。……そして何より、不労収入！　不労収入！　不労収入である!!

「分かりました、お貸しします」

「ならシフト調整するわね。３日だけよ姉様」

「ええ、ありがとう。穴埋めにドルチェ働かせていいわよ」

こうして金貨30枚でイチカの貸し出しとドルチェさんのバイトがこっそり決まった。頑張ってくれイチカ、俺達への報酬、不労収入のために！

イチカ Side

ハクに指名され帝都に働きに来たイチカ。早速1日仕事を行い、直接ハクへと報告しに来ていた。手にはレースのノウハウ伝授についての報告書を持っている。

「ハク様ー、報告に来たでー」

「ご苦労様、報告書は預かっておきますね。……ところで、村の様子はどうです？」

「ハク様のご懸念してることは起きとらんよ。ロクコ様は思いっきり迫ってるんやけど、ご主人様がへたれやからな。ハク様に許可貰うまでは手ぇ出さんて」

うんうん、と頷くハク。

「殊勝な心がけですね。このまま100年くらい睨みを効かせておきますか」

「いや、ロクコ様が可哀そうだから普通に許可出してやりぃな？　聖王国乗っ取ったんやし暗殺者から守るっちゅーお題目も消えたやん？　監視引き上げちゃうん？」

やれやれ、と肩をすくめるイチカ。

「さて、それでは……次の報告をしてもらいましょうか。折角建て前を用意して呼んだのだから素晴らしい報告を期待していますよ。帝国諜報部特殊潜入官、ソリン？」

そう言って、ハクはイチカの首に手を伸ばし、そっと奴隷の首輪を外した。

「今はイチカや。……んじゃ、ご主人様にはナイショの、ご主人様のナイショやでー？」

イチカは、しばらくぶりにスッキリした首をコキコキと鳴らした。

あとがき

ホロライブではおかころが好き、鬼影スパナです。16巻です。この「絶対に働きたくないダンジョンマスターが惰眠をむさぼるまで」も皆様の応援もありここまでこれました。覚悟の準備をしておいてください、次が最終巻です！　というわけで着実に伏線回収も進めてます。しかし、気付いてますか？　今回あとがき手前ラストの展開については8巻のあとがきにコッソリ仕込まれていたことを。下から5文字目、2行目の「い」から左方向へ8文字。無駄に凝って「。」と「は」で「ぱ」と表現していたので、あとがき仕込み文章で、一番の見つけにくさだと思います。他のは大体端からスタートしてますし。上の方にも囮でおっぱい云々とも仕込んでましたし。

……そして、ついでに言っておきますと、あとがきって実はコミカライズ版にもあるんですよね。中には気付いた人もいて、SNSで「もしや？」と聞いてきた方も。ええ、あります。人々が誰も気付かずともこっそり仕込み続けたしょうもない文章が！　スケジュール的には大人しく何も仕込まない方が楽なんですけど、ついやっちゃうんだ。仕込んだ文章は結構変な事になったりもするんですが、私自身が変わっているせいかあまり違和感を感じられない仕上がりになっている……んでしょうかね？　それとも技術力のせい？

一応今回のあとがきも当然のように1文仕込んでるので、見つけたらSNSにアップして自慢してよね！　折角だからね！　今回のはネタバレになるような内容じゃないし。

……はい。というわけで1ページ終わったし16巻の内容にいきますか。あとがきを先に読む人はネタバレ注意ですからねー。

さて、今回は聖王国に突入となりました。今回の聖王国編ですが、実はWeb版ではまだ（少なくともあとがきを書いている時点では）終了しておらず、書籍の原稿が先行していることになります。しかもWeb版ではまた展開が異なり頭が混乱しまくりで。なので週一更新を隔週更新にして頭を整理しないといけなくなったり。更にはこっちの原稿からWeb版へ逆輸入、書籍化ならぬWeb化作業をしたり。

ナリキンとロクファに『憑依（ひょうい）』してのリモート旅行についてですが、「ケーマとロクコがイチャイチャするにはどうすればいいか」という点を重視した結果、別の身体使えばロクコが「清いまま」ってことになってハクさん的にはギリセーフなんじゃないかというギリギリの線を攻めています。もちろん『憑依』状態でロクファに手を出したらロクコの反応があからさまになるのですぐバレてハクさんへ伝わります。……健全なお付き合いをしましょう！

Web版にはいないジューゴ君。彼には神の寝具を探してもらっていて、伏線的には聖王国で合流する予定だったので計画通り7巻以来の再登場です。オギャり系ムキムキマッチョ。残念ながらサキュマちゃんとの再会とまではいきませんでしたが。代わりにケーマの女体化エピソードで挿絵を付けたかったけれど、女体化ケーマをデザインする余裕がなかったという大人の事情。くそう、よう太さん画の女ケーマ見たかった。

10番コアについては、こちらは5巻以来でしょうか。アンデッド型で聖王国の黒幕という設定がようやく回収できました。魔法特化のダンジョンコアで、500年以上磨き続けた魔法の腕はダンジョンコアでも随一。しかしギリギリ1桁ではないというのが地味にコンプレックスな10番です。10番のダンジョン本拠点についてはこれからハクさんが戦争を仕掛けるそうなので17巻で語られるかもしれませんね。


ところで偽エピローグについては文字が「エ」じゃなくて「工(こう)」だったりしている他、柱の英字部分も若干変わっています。ここは編集のIさんのアイディアですね。こういう細かい修正って良いよね。……気付いた人います？　ついでにページ左上のサブタイトル的なのも併せて変えておいてもらいました。まさか本当にエピローグだと思ったかね？　残念だったね、本物のエピローグは文字数の都合で結構詰め込み駆け足だ。

……ちなみに【幸福の監獄(ハピネスプリズン)】の名称についてはとあるやる夫スレ主さんからお借りしました。ありがとうJさん、復讐(ふくしゅう)するは我にあり！（挨拶）

そして今回はまたページ数が地味に多いです。一通り書き上げてみたら規格を2回りほどオーバーしちゃいまして……書き下ろしEXエピソードではナリキンとロクファの聖王国デートに、こっそりとソトや幹部連中が『憑依』で合流。一緒に家族旅行を楽しむ、みたいに考えていたのですが、ページ数が既に超過していた都合で残念ながら断念。……そもそもEXエピソードを入れずとも毎回書き下ろしなのではないか、と思う所存。

あと表紙ですが、可能ならキヌエさんをと思っていたのですが出番なさすぎで無理でした。そもそも基本家から離れられないシルキーですし、聖王国編ではキヌエさんの出る幕がなかった。キヌエさんは縁の下の力持ちタイプで表に出ない方がメイドの矜持(きょうじ)に沿うものだということで。……実際、魔物3人娘の中では一番働いてる気がします。ほとんど休みなく宿で仕事してますからね。宿に一番いなくてはならない存在。

……さて、そろそろあとがきのスペースがなくなってきました。今回は4ページなので結構色々書けましたね。次回は何ページになるかな？　最終巻のラストあとがきだしそれなりに書きたいところですが、あとがきってのは余ったページの調整用という側面もあるため未定です。……5の倍数巻毎にやっていたミニゲームを特別にやる可能性も？　可能性だけですが。尚(なお)、15巻のイラストロジックは1巻表紙ロクコが元絵でした。やっぱり最初の表紙というだけあって思い入れも大きいんですよね！

それではまた次のあとがきでお会いしましょう。

鬼影スパナ

OVERLAP

絶対に働きたくないダンジョンマスターが惰眠をむさぼるまで 16

発　　行　2021年11月25日　初版第一刷発行

著　　者　鬼影スパナ
発 行 者　永田勝治
発 行 所　株式会社オーバーラップ
〒141-0031　東京都品川区西五反田 8-1-5
校正・DTP　株式会社鷗来堂
印刷・製本　大日本印刷株式会社

Printed in Japan　ISBN 978-4-8240-0045-3 C0193